HISTOIRES À DONNER DES SUEURS FROIDES

ALFRED HITCHCOCK
présente :

HISTOIRES À DONNER DES SUEURS FROIDES

FRANCE LOISIRS
123, boulevard de Grenelle, Paris

Titre original :

COFFIN CORNER

Édition du Club France Loisirs, Paris,
avec l'autorisation des éditions Presses Pocket

ISBN : 2-7242-6661-7

LE FANTÔME AU GRAND CŒUR

par C. B. Gilford

Le meurtre eut lieu en plein jour, en pleine lumière — mais seul le meurtrier, Claude Crispin, en sut quelque chose, car il n'y avait aucun spectateur. Aussi chacun admit-il la version de Claude, selon qui il s'était agi d'un accident.

La première chose que virent les témoins, ce fut le canot à moteur de Claude Crispin, surgi du milieu du lac et se dirigeant vers la rive. Claude commença à crier en agitant les bras, à l'adresse des nageurs et des skieurs nautiques. Quand il se rapprocha, on comprit ses paroles : sa femme était tombée à l'eau et il n'avait pu la retrouver.

Immédiatement, tous les canots — certains traînant encore leurs skieurs — se dirigèrent vers le lieu du prétendu accident. Ils le repérèrent en découvrant le chien en train de nager. Momo était le petit pékinois hargneux qui avait appartenu à Mme Crispin. Claude, balbutiant, raconta que le chien était tombé à l'eau et que sa femme s'était noyée en voulant le sauver. Le chien était toujours là, mais plus trace de sa maîtresse.

Quelqu'un dut se dire que, tant qu'on y était, on pouvait aussi bien repêcher le chien. Celui-ci fut donc hissé à bord d'une des embarcations, et s'ébroua en aspergeant ses sauveteurs, envers qui il montra sa gratitude en grognant. Claude le regardait avec une haine ostensible, puisqu'il

7

était la cause apparente de la mort de sa femme, qui avait été une piètre nageuse.

Entre-temps, tous les occupants des canots avaient plongé dans l'eau. Claude, les observant, se tordit les mains et arbora une expression angoissée, attitude qui convenait à un mari victime d'une telle tragédie.

Au bout de vingt minutes, tout le monde était épuisé, et il fallut se rendre à l'évidence : on ne retrouverait Mme Crispin ni morte ni vivante. Claude à cette annonce éclata en sanglots et on s'empressa de ramener son canot au rivage.

Après cela, les choses se passèrent de façon très officielle. Le shérif fut convoqué et vint en compagnie de deux de ses adjoints. On se prépara à draguer les eaux du lac. Le shérif lui-même, homme sympathique et compatissant, s'entretint avec Claude et lui fit raconter toute l'histoire.

Les Crispin habitaient la ville et passaient depuis plusieurs années leurs vacances au bord de ce lac. Claude raconta que les excursions en canot à moteur étaient leur passe-temps favori. Claude, au contraire de sa femme, était un excellent nageur.

— Pourquoi, interrogea le shérif, ne portait-elle pas de ceinture de sauvetage, comme les règlements de sécurité l'exigent ?

Claude haussa les épaules avec impuissance.

— Vous connaissez les femmes. La mienne était joliment faite, les maillots de bain lui seyaient. Elle ne voulait pas gâcher sa silhouette, ni empêcher son corps de bien bronzer, en portant une ceinture. Elle la laissait au fond du bateau. Une réaction de coquetterie, en somme.

Le shérif opina de la tête.

— Et c'est à cause du chien qu'elle a sauté à l'eau ?

Claude prit une voix amère.

— Elle aimait cet animal comme un enfant, elle l'emmenait partout. Ne me demandez pas comment il est tombé par-dessus bord. D'habitude ma femme le tenait

8

dans ses bras, mais cette fois elle l'avait laissé en liberté à côté d'elle. A-t-il sauté ou perdu l'équilibre ? Toujours est-il qu'il est tombé à l'eau et que ma femme s'est mise à crier. Notez bien que j'aurais arrêté le bateau pour plonger à son secours, mais ma femme ne m'en a même pas laissé le temps. La seconde d'après, elle était dans l'eau elle aussi. J'ai ralenti et fait demi-tour, mais, le temps de revenir sur place, elle avait déjà disparu. J'ai stoppé et j'ai plongé à sa recherche, mais sans la voir. J'ignore comment cela a pu se passer. Elle avait disparu, un point c'est tout.

Le shérif fit signe qu'il comprenait.

— Quelquefois, un mauvais nageur peut être entraîné d'un coup jusqu'au fond, s'il est victime d'une crampe par exemple. C'est sans doute ce qui s'est produit.

Et tel fut le verdict rendu après enquête. Le shérif ne mentionna pas l'éventualité d'un meurtre. Sans doute parce que l'idée ne lui était même pas venue à l'esprit.

Claude Crispin s'était débarrassé de sa femme, mais il lui restait le bien le plus précieux de celle-ci : Momo. A la fin de la journée, le chien lui fut rendu, en bon état physique mais de fort méchante humeur.

Sitôt ramené dans le cottage, l'animal, reniflant partout, commença à chercher sa maîtresse. Ne pouvant la trouver, il se mit à gémir sur un ton funèbre. Claude, qui n'avait plus à jouer la comédie maintenant qu'il était seul, lui décocha traîtreusement un coup de pied qui le projeta dans un coin de la pièce, pour l'amener à réfléchir sur les vicissitudes de ce monde.

— Morte, tu comprends ? Elle est morte, expliqua-t-il avec un sourire heureux et malicieux.

Le chien le regarda fixement.

— Je suppose, continua-t-il, que pour le moment je dois te supporter. On ne comprendrait pas que je ne chérisse pas chaque souvenir de ma chère femme. Mais cela ne durera pas, je te le garantis. Tes jours sont comptés.

Momo geignit et parut chercher le moyen de s'enfuir.

Claude se sentit de plus en plus content de lui.

— Remarque, je devrais te remercier. Tu m'as fourni un fort bon prétexte, non ? Mais ce n'est pas ça qui te sauvera la vie. Le lac ? Non, tu nages trop bien. Un petit quelque chose dans ta pâtée, peut-être. Et après, tu serviras d'engrais au jardin. Dès qu'on sera rentrés à la maison.

Le chien se coucha, la tête entre ses pattes. Claude alla s'allonger sur le lit et ferma les yeux. La journée avait été rude, mais maintenant il possédait sa récompense. Tout de même, cette tension, ces efforts l'avaient épuisé. Il s'assoupit.

Les jappements du chien le tirèrent de sa torpeur. En jurant, il se leva pour aller le chasser. Momo était toujours là, mais il était debout, frétillant de la queue, les yeux brillants, tableau vivant de la joie.

— Bonsoir, Claude.

La voix était familière. Celle d'Alvina. Il écarquilla les yeux, croyant rêver. Mais pourtant il ne dormait pas. Machinalement, il se tourna du côté où regardait le chien.

Face à lui, il y avait Alvina !

Non pas trempée, les cheveux poisseux et couverts d'algues. Pas même vêtue du costume de bain qu'elle avait porté. Non, une Alvina fardée et nette, vêtue d'une élégante robe à fleurs qu'il ne lui connaissait même pas. Ses yeux bleus brillaient, ainsi que ses cheveux blonds. Elle se tenait devant la porte qui donnait au-dehors, et que Claude était sûr de n'avoir entendue ni s'ouvrir ni se refermer.

— Claude, je te dis bonsoir et tu ne me réponds même pas.

Puis elle sourit, comme à l'évocation d'une pensée subite.

— C'est vrai, tu n'en reviens pas. Tu ne t'attendais pas à me revoir.

Claude fit face à l'incroyable.

— Tu es vivante !

— Oh ! non, Claude, je suis un fantôme.

Instinctivement, il regarda Momo. Le chien manifestait par des signes évidents qu'il reconnaissait Alvina. Mais, chose étrange, il ne courait pas vers elle pour être pris dans ses bras. Comme s'il se rendait compte qu'il n'avait pas affaire à une visiteuse capable de le toucher matériellement. En d'autres termes, Momo réagissait comme s'il savait que c'était Alvina, et en même temps que ce n'était pas tout à fait elle.

Claude avait encore du mal à y croire.

— Un fantôme ? Tu veux dire que tu es vraiment... ?

— Bien sûr, Claude, ne sois pas ridicule. De toute façon je ne peux pas être en vie, puisque tu m'as tuée. J'espère que tu t'en souviens ?

— C'était un accident, dit-il automatiquement.

— Oh ! je t'en prie, Claude, pas entre nous. Après tout, je suis bien placée pour savoir. Tu m'as poussée, mon chéri, et tu m'as maintenu la tête sous l'eau.

Ce fut alors que Claude commença à se demander, non pas si c'était bien là le fantôme d'Alvina, mais ce que lui voulait ce fantôme. Et cette perplexité engendrait une certaine frayeur.

— Je te jure, Alvina... commença-t-il.

— Voyons, mon chéri, tout le monde, là d'où je viens, sait que c'était un meurtre. D'ailleurs, seuls les gens assassinés peuvent revenir sous forme de fantômes. Tu ne le savais pas ?

— J'avoue que non.

Elle secoua la tête en riant. Le tintement argentin du rire d'Alvina. Momo aboya joyeusement à l'unisson.

— Tu ne m'aurais pas tuée si tu l'avais su, hein ?

Il décida de jouer cartes sur table. Il n'avait pas le choix.

— Tu me fais un peu peur, avoua-t-il.

11

Elle traversa la pièce et alla s'asseoir sur le lit. Il remarqua qu'elle était comme immatérielle, car le lit ne plia pas sous elle.

— Mon pauvre Claude, je ne voulais pas t'impressionner. Comme je te l'ai dit, les gens assassinés ont le privilège de revenir sur terre. J'ai simplement voulu profiter de l'occasion...

A voir la douceur de son comportement, il commençait à reprendre un peu de courage.

— Pourquoi es-tu revenue, Alvina ?

— Nous nous sommes séparés si brutalement, Claude. Nous n'avons eu le temps de discuter de rien.

— De quoi voulais-tu discuter ?

— Eh bien, de Momo, par exemple.

A la mention de son nom, le pékinois agita la queue.

— Claude chéri, je sais que tu avais des raisons de me haïr, mais je ne voudrais pas que ce sentiment rejaillisse sur cette pauvre petite bête innocente.

Claude rougit, au souvenir de ce qu'il avait dit quelques instants plus tôt à Momo.

— Sans toi, Momo ne sera jamais vraiment heureux, répondit-il évasivement.

— Il le sera si tu lui témoignes de l'affection. Je sais bien que vous n'avez jamais été très amis, mais c'était ta faute, Claude, pas la sienne. Promets-moi que tu feras un effort, que tu t'occuperas de lui ? C'est un orphelin maintenant, tu le sais, et à cause de toi. Tu veux bien me faire cette promesse ?

— Je te le promets, dit-il solennellement, heureux d'être quitte à si bon compte.

— Merci, Claude, répondit-elle avec un accent de profonde sincérité.

Ils restèrent assis en silence. Le regard spectral d'Alvina était posé sur Claude, presque avec tendresse. Il le lui aurait bien rendu, mais la situation le mettait quelque peu mal à l'aise.

— Et c'est tout ce que tu désirais ? demanda-t-il enfin.

12

Puisque nous sommes d'accord pour le chien, je suppose que maintenant ton esprit reposera en paix, et que...

Il s'arrêta en bredouillant. Son intention était de dire que les fantômes — même de bonne composition — le rendaient nerveux, et qu'elle pouvait aussi bien désormais regagner sa tombe aquatique. Mais une telle réflexion eût été impolie et — sait-on jamais ? — peut-être un brin dangereuse.

— Tu as été très gentil, Claude. Je me sens mieux, maintenant que tu m'as rassurée au sujet de Momo. Je te suis très reconnaissante.

Devant un tel assaut de politesse, il lui était difficile de ne pas se mettre en frais.

— Ecoute, Alvina, je voulais te dire que je suis désolé de...

— Oh ! non, ne dis rien, mon chéri. Tu n'as rien à te reprocher. Je méritais ce que tu m'as fait.

— Hein ?

— Oui, je méritais que tu te débarrasses de moi. J'ai été une épouse tellement abominable.

— Voyons, Alvina, je n'ai jamais pensé ça.

— Si, c'est vrai. J'étais un monstre. Je ne m'en rendais pas compte quand j'étais en vie, mais maintenant tout est si clair pour moi. J'étais égoïste, entêtée, coléreuse. Je voulais toujours avoir raison, et je faisais une scène si je rencontrais la moindre résistance. Et en plus, je ne valais pas grand-chose comme amoureuse. Non, je t'ai fait subir un véritable enfer, mon pauvre Claude.

— Euh, ma foi...

— Tu vois que j'ai raison. Je t'assure, tu as bien fait de me tuer.

— Alvina !

— Et je voulais te dire une chose : du fond du cœur, Claude, je te pardonne.

Il la contempla avec incrédulité. Il éprouvait un sentiment curieux. Ce n'était pas de la peur. C'était simplement le fait de la voir si généreuse, si tolérante... Il y avait de quoi être remué.

— Ecoute, Alvina... commença-t-il.

Mais elle avait disparu. Momo geignit piteusement, et se mit à courir frénétiquement à travers la pièce, à la recherche de quelque chose qui n'était plus là.

— N'amène pas ce chien dans mon appartement, déclara Elise.

En pantalon rouge et les mains sur les hanches, elle barrait le seuil. Elle secoua la tête en agitant ses cheveux noirs.

— Mais, mon ange, dit Claude, c'est le chien de ma femme.

— Je le sais, fit Elise d'une voix coupante. Mais je n'aime pas les chiens, figure-toi, et j'aimais encore moins ta femme.

— Mais, mon ange, je ne pouvais pas le laisser seul à la maison. Il faut que je m'occupe de lui.

— Ah! oui? Et pourquoi?

Les yeux sombres d'Elise étaient chargés d'électricité.

— Pourquoi ne te débarrasses-tu pas de lui?

— J'ai promis.

— Promis quoi?

— Eh bien, j'ai fait une sorte de vœu après la mort de ma femme. Après tout, je lui devais bien ça. C'est comme si elle nous avait rendu service, non? Maintenant nous sommes libres, rien que nous deux.

— Nous trois, corrigea-t-elle. Toi, moi et le chien.

— Mais nous y avons gagné, tu ne crois pas? Nous n'avons pas à nous plaindre. Voyons, laisse-moi entrer, mon ange.

Elle hésita en le fixant durement. Puis brusquement, elle lui tourna le dos et s'éloigna, libérant le passage. Il

14

s'introduisit dans l'appartement, tirant Momo au bout de sa laisse, et referma la porte derrière lui.

Le fait d'avoir été admis ne sembla pas réjouir Momo. Il se coucha près de la porte, regardant Claude d'un air de reproche, et poussa des petits cris maussades. Claude l'ignora et suivit Elise vers le sofa, où il s'assit près d'elle, mais sans la toucher.

— Tu as pris ton temps avant de venir me voir, dit-elle avec hostilité.

— Mon ange, il fallait bien que je sois discret. Je suis veuf, je suis censé être en deuil. Je te l'avais expliqué.

— Mais tu n'avais pas besoin de faire durer ça trois mois.

— J'ai peut-être péché par excès de précaution.

— En effet.

— Pardonne-moi, mon ange.

Il tenta de l'enlacer, mais elle se déroba.

— Tu m'en veux tellement ? J'étais déchiré entre la prudence et ma passion pour toi, crois-moi.

— Et c'est la prudence qui l'a emporté.

— Peut-être, mais maintenant c'est fini. Rattrapons le temps perdu.

— Je préfère te dire que ce n'est pas le moment.

— Ecoute, Elise, je suis allé très loin pour toi. J'ai pris des risques énormes. Tu pourrais me pardonner au moins d'avoir été prudent.

— Je ne te pardonne rien du tout. Tu apprendras qu'on ne joue pas avec mes sentiments. Tu n'avais pas à me laisser tomber pendant trois mois...

Le discours fut brusquement interrompu par un aboiement perçant de Momo. Claude regarda distraitement le chien. Celui-ci s'était dressé, plein d'agitation joyeuse. Et en face d'eux, dans un fauteuil, était assise Alvina.

— Ainsi, voici la femme pour qui tu m'as assassinée, Claude, dit-elle.

— Alvina !

— Tu m'as appelée Alvina ? demanda Elise.

— Chéri, expliqua Alvina, elle ne peut pas me voir. J'avais oublié de te dire qu'on ne peut apparaître qu'à son assassin. Alors ne lui fais pas penser que tu es devenu fou en m'adressant la parole. Ne t'occupe pas de moi, continue comme si je n'étais pas là.

— Claude, qu'est-ce qui t'arrive ? interrogea Elise.

— Rien. Je suis un peu nerveux, je crois.

— Elle est très jolie, Claude, remarqua Alvina. Beaucoup plus que je ne l'étais. Un autre genre. Elle est plus séduisante, plus romantique.

Claude se leva en hâte du sofa.

— Ecoute, Elise, je crois qu'il me vaut mieux rentrer. Je ne me sens pas bien.

— Rentrer ? Mais tu viens d'arriver et je ne t'ai pas vu depuis trois mois.

Alvina poussa un soupir audible.

— Elle est d'un tempérament possessif, n'est-ce pas, Claude ? Je pense que cela rend une femme plus désirable. J'aurais dû me montrer ainsi, si j'avais su.

— Elise, articula Claude avec peine. Une autre fois, peut-être…

— Claude, tu restes ici, ou tout est fini entre nous.

— Mais tu ne veux même pas de moi. Tu es en colère contre moi.

— Et je le resterai jusqu'à ce que tu m'aies fait des excuses.

— Bon, excuse-moi.

— C'est mieux comme ça.

— Tu me pardonnes maintenant ?

— Il faudra d'abord que tu répares. M'avoir laissée poireauter trois mois, cela demande réparation.

— Elle est très exigeante, n'est-ce pas ? remarqua Alvina. Est-ce cela qui te la rend si attachante, Claude ?

— Ça ne la rend absolument pas attachante ! cria Claude.

— Claude, hurla Elise, je te prie de ne pas crier ! Et d'ailleurs, je ne sais pas ce que tu racontes.

16

Elle lui fit face avec animosité.

— Trois mois sans venir me voir, puis tu t'amènes ici sans un mot d'explication, et tu débites des insanités.

— Voyons, mon ange…

— Et ne m'appelle pas « mon ange » !

— Ecoute, reprenons les choses là où nous les avions laissées. J'ai passé par une sale période. Tu sais ce que j'ai fait.

— Je ne sais rien du tout, Claude. N'essaie pas de me mettre dans le bain.

— Mais tu y es autant que moi.

— Certainement pas. L'idée venait de toi, et c'est toi qui l'as mise à exécution.

— Mais tu étais d'accord, mon ange. C'est ce que tu voulais.

— Claude, si tu es venu ici pour me dire que je suis ta complice, tu peux t'en aller.

Sans attendre sa réaction, elle sortit du salon et gagna sa chambre à coucher dont elle referma violemment la porte. Claude, bouche bée, resta debout au centre de la pièce, tandis que Momo aboyait joyeusement.

— La pauvre, dit Alvina, elle a un sentiment de culpabilité, c'est cela qui la bouleverse. Je suis bien fâchée de vous donner à tous deux tous ces tracas. Mais je voulais te dire, Claude : je lui pardonne, à elle aussi, comme à toi.

Claude se rassit lourdement sur le sofa.

— C'est très bien de ta part, Alvina. Merci.

— Je suis sûre qu'elle n'est pas comme ça en réalité. Elle n'est pas dans son état normal.

— Hélas, je crains que si. Elle est butée, querelleuse, et abominablement égoïste.

— Mais, chéri, c'est précisément tout ce que tu me reprochais. Oh! combien j'aimerais pouvoir t'aider ! Dommage que je ne puisse hanter Elise. Si seulement je pouvais lui parler, la faire profiter de mon expérience. Je suis sûre qu'au fond c'est une fille très bien. Quand l'épouses-tu ?

— Quand je l'épouse ?

— Vous avez bien l'intention de vous marier ?

— Oui, elle a toujours insisté pour que nous le fassions. A ses conditions, bien sûr. Quoique, à vrai dire, je ne sache plus très bien, maintenant, quelles sont ses conditions.

— Ça ne la rend que plus mystérieuse, mon chéri. Et le mystère est si attrayant.

— Dis-moi, Alvina.

Il se leva à nouveau, en proie à une certaine agitation.

— Chercherais-tu à m'encourager ?

— Mon chéri, tu t'es donné tellement de mal pour te débarrasser de moi. Je trouve que cela mérite récompense. Et si tu désires Elise, je la désire pour toi. Vois-tu, Claude, j'ai toujours tes intérêts à cœur. Et même, je dois l'avouer...

— Quoi donc, Alvina ?

— Je crois qu'il me reste un faible pour toi.

— C'est très généreux de ta part.

— Non, c'est égoïste. J'éprouve le désir égoïste qu'une autre chance me soit donnée. Si je pouvais te revenir, je suis sûre que j'arriverais à te rendre heureux, cette fois. Malheureusement, c'est impossible.

Il se sentit terriblement embarrassé. Il aurait dû dire quelque chose, mais il ne savait quoi. Pauvre Alvina... mais ce n'était pas cela qu'il voulait dire.

Elle le regardait avec tendresse.

— Oh ! mon Dieu, dit-elle, je vais me mettre à pleurer, j'en ai peur. Au revoir, mon chéri. Et bonne chance.

Elle disparut, aussi soudainement que la première fois. Momo poussa un gémissement esseulé. Sa réaction correspondait assez bien à l'état d'esprit de Claude.

Alvina l'attendait chez lui, un jour où il rentrait de l'une de ses nombreuses et décevantes visites à Elise. Il avait

18

laissé celle-ci en rage, et trouvait Alvina placidement installée sur son fauteuil favori, un sourire de bienvenue aux lèvres. Il fut presque content de la voir. Cela faisait quinze jours qu'elle ne lui était pas apparue.

— Comment va Elise, mon chéri? Je ne veux pas mettre mon nez dans tes affaires et me mêler de ce qui ne me regarde pas, mais je me sens concernée moi aussi.

— Ma foi, elle ne supporte toujours pas le chien.

Momo aboya en signe d'assentiment.

— Et, bien que j'aille la voir presque chaque jour, elle ne me pardonne pas d'être resté trois mois loin d'elle.

— En somme, elle est aussi déraisonnable que je l'étais. Quel dommage, mon chéri. J'aurais voulu que tu trouves quelqu'un qui te convienne. Il faudrait que tu puisses tuer Elise, pour qu'elle apprenne la leçon que j'ai apprise.

Elle s'interrompit, comme découragée.

— Mais cela ne servirait à rien. Les vivants et les morts ne peuvent rester ensemble.

Claude s'assit en face d'elle et le chien monta sur ses genoux. Il lui tapota la tête.

— Sais-tu une chose, Alvina? Si le meurtre était le meilleur moyen de se concilier une femme, je n'aurais plus besoin de me tourner vers Elise. Car j'aurais déjà en toi la femme idéale.

— Comme c'est bon de ta part de me dire cela, Claude.

Le sourire d'Alvina était radieux.

— Quel malheur de découvrir trop tard notre entente mutuelle. Je voudrais tant qu'il puisse y avoir un moyen. J'ai bien demandé à emprunter un autre corps, mais on m'a dit que c'était impossible.

— Oui, moi aussi je voudrais qu'il y ait un moyen, Alvina.

Momo acquiesça en aboyant avec enthousiasme.

— Tu sais, reprit soudain Claude, il me vient une idée.

— Laquelle, chéri?

Les yeux fantomatiques d'Alvina brillaient d'espoir.

— Si c'était moi qui allais te rejoindre?

— Claude !

— Je reconnais que c'est une méthode un peu radicale, évidemment.

— Et pour Elise ?

— Elle ne portera pas longtemps le deuil.

— Mais Claude, tu es jeune encore. Tu as ta vie devant toi.

— Ma vie ? Elle n'a plus de sens depuis que je t'ai perdue.

— Oh ! Claude, si je pouvais t'embrasser...

— Est-ce vraiment impossible ?

— Oui, il y a entre nous une barrière que je ne peux franchir.

— Eh bien, alors, c'est moi qui la franchirai.

— Claude, tu parles sérieusement ?

— Bien sûr que oui. Il doit y avoir ce qu'il faut dans l'armoire à pharmacie. Je pourrais aller au bord du lac et en finir là-bas, pour des raisons sentimentales. Mais le délai serait trop long. Je suis impatient de me retrouver avec toi.

— Claude, mon amour...

Il se leva.

— Je vais tout de suite voir ce qu'il y a dans cette armoire à pharmacie.

Il se précipita hors de la pièce, mais la voix d'Alvina l'arrêta.

— Claude, prends aussi quelque chose pour Momo.

— Bien sûr. Je ne veux pas plus être séparé de lui que de toi, ma chérie.

Quand ils se retrouvèrent de l'autre côté, Momo sauta des bras de Claude pour courir dans ceux d'Alvina. Il resta là, en poussant des petits cris de contentement.

— Voilà un chien qui a de la chance, dit Claude. Et mon baiser de bienvenue ?

Mais Alvina et Momo étaient perdus dans une contemplation réciproque, un échange de mamours et de caresses. Claude, patiemment, regarda alentour.

— Je n'ai jamais pensé à te le demander, chérie, mais quelle sorte d'endroit est-ce ?

Ce qui lui avait inspiré cette question était la vue de deux étrangers en train d'approcher. Ils portaient une sorte d'uniforme, comme des gardes. Sur les uniformes figurait un motif rouge et noir.

— Claude Crispin ? demanda l'un d'eux.

— C'est moi.

— Suivez-nous.

— Que signifie… ? Ma femme est ici avec moi et j'ai l'intention de rester auprès d'elle.

Ce fut Alvina qui expliqua la difficulté.

— Claude, mon chéri, Momo et moi aurions vraiment été ravis que tu restes avec nous. Mais il y a ce vieux règlement. Tu es un assassin, tu comprends. Ta place n'est pas ici, mais dans l'autre endroit.

Et sans plus s'occuper de lui, Alvina et Momo retournèrent à leurs mamours.

The forgiving ghost.
Traduction de Daniel Meauroix.

LES YEUX FERMÉS

par Helen Nielsen

Ambrose Du Page avait tenu durant une dizaine d'années l'affiche où il se proclamait « Le plus Grand Hypnotiseur du Monde ». Puis son étoile avait pâli, ses tours et artifices avaient cessé de passionner le public, de même que son pouvoir hypnotique d'ailleurs grandement surfait par la publicité orchestrée autour de l'affaire Bridey Murphy. Peu à peu, la bouderie des foules avait transformé le déclin professionnel d'Ambrose en une véritable déchéance après la création de l'école Du Page de sciences occultes, dans Melrose Avenue, au deuxième étage d'une vieille bâtisse anciennement à usage médical.

Ce fut par la fenêtre de son bureau, dans cet établissement où il exerçait une activité involontaire gratuite, qu'il observa la démolition d'un entrepôt voisin ayant servi de garde-meuble. Quand les démolisseurs eurent rasé l'entrepôt et déblayé le terrain, le professeur sans élèves constata que ce dégagement révélait à ses yeux l'arrière d'un autre building et que cette partie du bâtiment abritait un bureau qui semblait être le cabinet directorial du *Blue Front* et — non moins visiblement — la salle de dépôt où l'on enfermait les recettes de ce grand magasin. A travers, comme seul écran, les minces barreaux d'une grille de fer forgé, la fenêtre du local exposait à la vue d'Ambrose l'énorme coffre-fort installé dans le bureau du directeur. Le grand hypnotiseur déchu n'ayant quasiment d'autre occupation que la corvée quotidienne d'empiler les sommations et les notes impayées dont les tas grossissaient de jour en jour sur son bureau, la vue continuelle du coffre par les deux fenêtres ne tarda pas à exercer sur lui une attirance magnétique. Bien avant que « Le Maître de l'Inconscient » prît conscience du complot ourdi par ses propres cellules grises, il eut l'occasion de constater que *Blue Front* réalisait son chiffre d'affaires le plus important au cours du week-end et que, afin de respecter l'horaire des banques, on enfermait la recette dans le coffre juste avant la fermeture dominicale de l'établissement. Ces fonds y séjournaient alors jusqu'au lundi matin, à l'heure où les banques ouvraient leurs guichets. Grâce à une paire de fortes jumelles (achetées tout récemment au *Blue Front*), Ambrose fut bientôt en mesure d'évaluer la recette moyenne du week-end à quelque vingt mille dollars, non compris les chèques illisibles.

En somme, une perspective édifiante.

La passion d'Ambrose Du Page envers le coffre ne fit que croître au fil des jours. Avec sa force mentale capable de subjuguer une salle comble, il pouvait certes concevoir les multiples possibilités que lui offrirait la possession d'une des recettes hebdomadaires du *Blue Front* : renouvellement des accessoires professionnels, engagement d'une nouvelle assistante de corpulence idéale et irradiant le fluide d'une personnalité adéquate, un nouvel imprésario et de nouveaux contacts, une vaste tournée... en Espagne. De ses doigts effilés, il lissa ses cheveux qui s'argentaient sur les tempes. Distingué d'aspect et d'allure, il avait gardé sa ligne : pas une livre de plus en l'espace de vingt ans. Quant au don, on ne le perd jamais. Il le possédait en lui, n'attendant, pour se manifester, que le prélude musical et le lever du rideau.

Le quatrième dimanche après que l'entrepôt eut été réduit à l'état de terrain à bâtir, Du Page, les yeux rivés aux jumelles, observait l'homme qui faisait le compte des billets de vingt dollars empilés à portée de sa main. Il en était à la sixième pile semblable, et Ambrose avait inscrit les cinq montants antérieurs sur un bloc-notes devant lui. Absorbé de la sorte, il n'entendit pas entrer le visiteur dans son bureau et l'aurait ignoré encore un moment si l'homme n'avait trahi sa présence par un violent hoquet. Les jumelles à la main, Du Page pivota dans son fauteuil tournant pour faire face à l'intrus.

— Excusez-moi (hic) de vous déranger, hoqueta ce gringalet au visage bleu, mais j'ai vu (hic) que votre bureau était encore éclairé, et j'ai déjà (hic, hic) tout essayé !

Le dernier mot s'acheva en une plainte pathétique tandis que le bonhomme, venu buter contre le bureau d'acajou, s'y cramponnait maintenant à deux mains. Ses yeux injectés imploraient assistance. Du Page comprit immédiatement. Le malheureux souffrait d'une crise aiguë de hoquet et venait se soumettre à un traitement hypnotique.

— Tous les sujets ne se prêtent pas à l'hypnose, prévint Du Page. Il faut que vous soyez consentant.

— Je le suis ! geignit le patient.

A contrecœur, Du Page tourna le dos au coffre toujours visible par sa fenêtre et celle du *Blue Front*. Il commença par le disque tournant. Le résultat fut presque instantané. Dans sa détresse, le malade n'opposait aucune résistance.

— Détendez-vous à présent, lui dit Du Page. Votre respiration est revenue à la normale. Vous n'avez plus le hoquet. A mon claquement de doigts, vous allez vous réveiller complètement guéri.

Du Page fit claquer ses doigts. Aussitôt l'homme rouvrit les yeux. Déjà il avait meilleure mine. Ses lèvres blêmes ébauchèrent un sourire.

— Merci, professeur, dit-il. Vous m'avez tiré d'un bien mauvais pas. Vous êtes un génie !

Certes il y avait là une pointe d'exagération, mais Du Page apprécia le compliment. Du reste, le petit homme se révélait sympathique maintenant qu'il ne hoquetait plus et que son visage avait recouvré de saines couleurs.

— Je me présente : Wing. Carmichael Wing, dit-il.

— Chirurgien-dentiste, compléta Du Page. Vous vous êtes installé juste au-dessous de mon bureau... précisa-t-il, pensif, non sans jeter un coup d'œil vers la fenêtre éclairée du local où le directeur du *Blue Front* continuait à compter l'argent. Et il est étrange que vous soyez présent à votre cabinet dentaire un dimanche soir, d'autant que je n'ai jamais entendu bourdonner la fraise.

— Je ne puis exercer dans cet Etat, répondit Wing. Je n'en ai pas l'autorisation légale.

— Mais vous avez loué...

— Acheté, corrigea Wing. Oui, j'ai acheté ce local. J'ai pratiqué en Arizona ; toutefois, pour des raisons familiales et notamment à cause de mon ex-épouse, j'ai transféré mes pénates en Californie. Mais, en attendant de pouvoir débourser le coût de la licence, force m'est de me croiser les bras.

Machinalement, le regard de Carmichael Wing se porta sur la fenêtre éclairée du *Blue Front*. Puis il remarqua les jumelles posées sur le bureau de Du Page, la colonne de chiffres sur la feuille de bloc-notes... et en conclut que leurs esprits se rencontraient en une parfaite coïncidence de vues.

— J'ai encore mes jumelles de l'armée, reprit Wing. Je les préfère à celles que l'on vend au *Blue Front*. Savez-vous que la semaine dernière ils ont récolté pour leur camelote la bagatelle de vingt-deux mille cinquante-six dollars, sans compter les pièces de monnaie ?

Vingt-deux mille cinquante-six dollars...

Ambrose Du Page reprit ses jumelles et son observation. Maintenant la recette était totalisée. Il vit le directeur placer les liasses dans des sacs bancaires qu'il enferma ensuite dans le coffre.

— Vous l'avez sans doute remarqué, dit encore Wing, comme si la conversation s'était poursuivie sans interruption, la lucarne du toit donne directement sur le bureau directorial. Elle est garnie d'une double épaisseur de pyrex que recouvre un rideau de toile métallique ; et le châssis est en acier trempé.

— Monsieur Wing... commença Du Page.

— Appelez-moi *docteur,* je vous prie.

— Docteur Wing, vous rendez-vous compte que votre reconnaissance des lieux s'apparente à un projet de cambriolage par effraction ?

— L'effraction se limiterait à la lucarne si nous trouvions le moyen d'ouvrir le coffre en douceur.

Certaines associations passent pour providentielles. Lorsque Du Page eut décelé le penchant au vol couvant dans le cœur de Carmichael Wing, il s'accommoda plus facilement de la convoitise qui était venue habiter le sien. Ils ne savaient ni l'un ni l'autre comment ouvrir le coffre. Le local était probablement équipé d'un système d'alarme et placé sous la surveillance d'une ronde de vigiles. Bref, un coup pareil ne pouvait être exécuté que par un professionnel. Mais les « casseurs » ne formant pas une corporation officielle, leur liste ne figurait pas dans les pages jaunes de l'annuaire du téléphone.

Alors Du Page se rappela qu'il avait donné autrefois une série de représentations gratuites au pénitencier de San Quentin. Et il extirpa de son subconscient le nom de Willie Evers, un cambrioleur qui lui avait servi de médium lors d'une démonstration de son pouvoir hypnotique. Du Page contacta ledit pénitencier et apprit qu'Evers avait été libéré huit mois auparavant, à l'expiration de sa peine. Aussitôt après son élargissement, il était entré au service des Machines-Outils Hover, à Culver City. Entre-temps, le magnétisme exercé sur l'hypnotiseur par le coffre du *Blue Front* était devenu irrésistible. Ambrose Du Page endossa son dernier complet, usé jusqu'à la corde ; puis il s'en fut louer une modeste conduite intérieure et se rendit aux Etablissements Hover.

A part un hâle acquis au cours des années intermédiaires, Willie Evers n'avait pas changé. C'était un gaillard encore jeune, trapu, aux traits rudes. Il usait encore, par moments, d'une langue assez verte et avait la tête dure. Du Page le cueillit à la sortie du personnel en fin de journée et l'emmena *Chez Artie,* un bar situé à deux rues de la maison Hover. Ils discutèrent le coup entre deux bières fraîches.

— Qui vous envoie ? s'enquit Willie en dévisageant son interlocuteur d'un œil soupçonneux.

— Personne, Willie, lui assura Du Page. Vous vous souvenez de moi, non ? Le grand Du Page. Nous avons travaillé ensemble lors d'une fête de Noël à San Quentin.

— Ah, oui ! Ça me revient, admit Willie. Mais vous n'avez pas pu me retrouver sans qu'on vous rencarde. Les casseurs ? De nos jours ils relèvent tous du Syndicat. Il vous faut un contrat.

— Pas pour ce travail-ci. En l'occurrence, il n'y a que deux personnes au courant : moi et mon associé. Nous voulons vous mettre dans le coup, Willie.

— Et pourquoi ?

— Parce que nous avons besoin de vous. Est-ce clair et franc ?

— Je me suis rangé des voitures, déclara Evers.

— Nous ferons part à trois, Willie. Un butin d'au bas mot vingt mille dollars... et sans risque.

— Depuis ma sortie de taule je me tiens peinard avec un boulot tout ce qu'il y a d'honnête, réaffirma Willie. J'ai donné ma parole d'homme à Genevieve, ma fiancée, de ne plus jamais toucher à un coffre-fort. Et puis, je ne tiens pas à retourner au placard.

— Genevieve... rumina Du Page. Plutôt un prénom de mégère.

— Genevieve a de l'éducation. C'est une demoiselle ! se récria Willie. Et je vais vous le prouver illico. Hé ! Artie !

Le cafetier dirigea vers l'habitué un regard interrogateur.

— Verse-nous encore deux bières, Artie, commanda

Evers, et fais-les servir par Genevieve. Je voudrais lui présenter une célébrité.

Ainsi donc, la Genevieve de Willie était serveuse dans ce bistrot. Du Page éprouva une vive surprise lorsqu'elle vint à leur table. Elle était vraiment charmante, adorable même, avec ses yeux bleus, son chaud sourire, et sa chevelure soyeuse, d'un blond doré. Si Du Page avait eu les moyens d'engager une assistante en prévision de sa tournée en Espagne, il eût jeté son dévolu sur Genevieve sans plus chercher ailleurs.

— Elle ne travaille ici que le soir, ajouta Willie après avoir fait les présentations. Son vrai métier, c'est l'enseignement... dans une école pour enfants attardés.

— C'est là une branche de haute spécialisation, commenta Du Page. Mes compliments !

Le visage du fiancé rayonna.

— Quand nous serons mariés, Genevieve essayera de compléter mon instruction. Je parie que je serai l'élève le plus attardé qu'elle aura jamais eu.

— Willie ! veux-tu bien te taire ! intervint Genevieve sur un ton de réprimande. Pourquoi dire des choses pareilles ? Tu es doué d'un esprit brillant...

— Tu parles ! Rien d'étonnant qu'il brille comme un sou neuf : je ne m'en suis jamais servi.

Genevieve fronça son joli nez pour faire la moue au railleur. Tout en elle dénotait la femme éprise. L'instinct maternel, peut-être, conjectura Du Page. Car certaines filles sont ainsi faites... invariablement attirées vers quelque minable qu'elles croient en leur pouvoir de réhabiliter. Il se demanda si Willie en vaudrait la peine. Lorsque Genevieve retourna au comptoir en ondulant les hanches avec un innocent abandon, Du Page dit à Willie :

— A présent que j'ai vu Genevieve, je m'explique mieux la réforme de votre conduite.

— C'est vraiment une fille bien, n'est-ce pas ?

Elle se tenait maintenant derrière le comptoir, souriant à une demi-douzaine de consommateurs mâles, doublés d'admirateurs qui, badinant avec elle, se renvoyaient des boutades égrillardes. Willie semblait très sûr de lui... et d'elle pour la laisser ainsi exposée.

— A quand le mariage ? demanda l'hypnotiseur.

— Dès que j'aurai mille dollars de côté. Genevieve en a déjà économisé autant, mais elle veut un départ à égalité en tout. Depuis ma sortie de cabane, en huit mois j'en ai mis trois cent vingt sur mon livret de caisse d'épargne.

— Magnifique ! dit Du Page qui réfléchissait. A ce train-là, vous pourrez vous marier d'ici une vingtaine de mois. Encore une fois, toutes mes félicitations !

Il écarta sa chope vide et se leva. Il venait de semer la graine en terrain fertile. Il sentit posé sur lui le regard anxieux de Willie.

— Une *vingtaine* de mois ? répéta-t-il comme un lointain écho.

— Autrement dit, un an et huit mois, précisa Du Page.

Il embrassa du regard le groupe joyeux qui blaguait au comptoir et reprit sciemment, avec un fin sourire :

— J'espère que vous avez en Genevieve une pouliche non seulement jolie mais patiente.

Exactement quarante-huit heures plus tard, Willie Evers vint trouver Du Page à son bureau. N'ayant pas même pris le temps de rentrer chez lui après son travail, il portait encore sa tenue de magasinier ainsi que la musette qui avait contenu son déjeuner.

— Vingt mois d'attente, c'est long, convint-il. Ça m'a fait bougrement réfléchir. Car c'est à peu près le temps que j'ai passé derrière les barreaux.

— Cela vous ferait l'effet de purger une nouvelle peine, Willie, renchérit Du Page.

— Tout juste. Et puis, vous savez, ça me travaille drôlement le système : je ne suis pas de bois... Je ne crois pas que je pourrais endurer le supplice de voir Genevieve tous les jours de la semaine sans...

— ... Et avec cette bande de types autour d'elle.

— Vous l'avez dit! Du Page, où est le coffre en question ?

D'un tiroir de son bureau, Du Page sortit ses jumelles et les tendit à Willie. Puis il lui indiqua du geste la fenêtre à sa droite et lui céda l'unique fauteuil, mué en poste d'observation. Dehors il faisait encore jour, mais la lumière était allumée dans le bureau du directeur du *Blue Front* ; cette fois, personne ne masquait le coffre. Au bout de quelques instants, Willie abaissa l'instrument d'optique.

— Ce sera un jeu d'enfant, déclara-t-il. C'est en m'essayant sur un coffre de ce modèle-là que j'ai débuté dans la cambriole. Mais par où m'introduire dans la place ?

— Par la lucarne du toit. Quand nous l'aurons ouverte, je tiendrai le bout de la corde qui vous permettra d'opérer une descente dans le bureau. Wing fera le guet afin que nous ne soyons pas surpris par les vigiles. Du reste, nous avons noté les heures de leurs rondes la semaine dernière.

— O.K., acquiesça Willie. Mais il faut me promettre que Genevieve n'en saura jamais rien. Je lui ai donné ma parole.

— Nul n'en saura rien. On imputera le vol à une bande de délinquants juvéniles. Veillez donc à ne pas donner l'impression que c'est l'œuvre d'un professionnel.

Willie se livrait maintenant à des flexions de doigts, comme pour se les assouplir.

— J'ai les doigts gourds, dit-il. Si je pouvais les exercer un peu…

Par un heureux hasard, Du Page comptait encore parmi ses possessions réduites un petit coffre-fort. Le meuble se trouvait remisé dans l'arrière-pièce. Il ne contenait pas grand-chose d'autre qu'un dépôt de poussière. Néanmoins son propriétaire amena Willie devant ce seul vestige d'opulence afin qu'il pût s'y dégourdir les doigts. L'ex-cambrioleur fit pivoter le disque du cadran et, à plusieurs reprises, trouva directement la combinaison. La confiance en son habileté lui revint.

— Je n'ai pas perdu mes antennes ! s'écria-t-il. C'est tout comme avant. Regardez. Je peux l'ouvrir en trente secondes.

Il reprit entre ses doigts le disque du cadran… et se figea. Trente secondes s'écoulèrent sans qu'il pût mouvoir un seul muscle des phalanges.

— Eh bien, ça ne marche plus ? s'enquit Du Page. Qu'avez-vous ?

— Je n'en sais fichtre rien. Impossible de bouger mes sacrés doigts.

— Quoi !… S'agit-il d'une crampe ?

— Non. Il y a tout simplement que je ne peux plus les remuer.

Willie leva vers l'hypnotiseur un regard empreint de désespoir. *Serait-ce une feinte, un truc en vue d'exiger une part plus importante du butin ?* se demanda Du Page qui le soupçonna de simulation jusqu'au moment où son regard rencontra celui d'Evers. *Mais non. Ma parole, il est réellement frappé de paralysie partielle.* Willie se releva et alluma une cigarette… Quelques minutes plus tard, il fit une nouvelle tentative sur le coffre. Mais de nouveau il se heurta à l'inertie totale des doigts. Accroupi devant le petit meuble d'acier, il en contemplait encore avec hébétude la serrure quand Carmichael Wing entra dans le réduit. Du Page le mit rapidement au fait de la situation.

— C'est parce qu'*il ne veut pas* ouvrir le coffre, déclara Wing.

— Non, mais vous débloquez ! vociféra Willie. Bien sûr que je veux l'ouvrir. Sinon, pourquoi que je serais venu, malgré ma promesse à Genevieve de ne plus mouiller dans un seul braquage ?

— Voilà précisément où le bât le blesse, persista Wing en s'adressant à Du Page. Sa paralysie est d'origine psychique. Il n'a pas *vraiment* l'intention d'ouvrir ce coffre. Dans son subconscient, il est dominé par la crainte que, en l'ouvrant, il ne perde sa fiancée.

Willie Evers ignorait jusqu'à l'existence de son subconscient. Mais deux vérités premières lui sautaient aux yeux : d'une part il ne pourrait épouser Genevieve avant d'avoir en sa possession un millier de dollars, d'autre part il lui serait humainement impossible de patienter pendant plus d'un an et demi... Une fois de plus il s'attaqua au coffre, mais ses doigts s'avéraient aussi raides que la corne de ses ongles.

— Allez vous asseoir, Willie, et détendez-vous, lui ordonna Du Page. Installez-vous dans mon fauteuil, vous y serez plus à l'aise... A la bonne heure ! Laissez-vous aller contre le dossier, fermez les yeux et détendez-vous complètement. Nous sommes entre amis, vous ne courez donc aucun danger. Vous êtes Willie Evers, le plus habile cambrioleur du monde, et nulle serrure ne vous a résisté. On n'aurait jamais eu l'occasion de vous mettre sous les verrous si quelque envieux n'avait joué les indics.

— C'est vrai, marmotta Willie qui oscillait au bord du sommeil hypnotique. Comment le savez-vous ?

— Par le fait que je vous connais aussi bien, sinon mieux, que vous-même, Willie. Vous êtes un maître cambrioleur et vos nerfs sont d'acier. Mais vous manquez de confiance en vous. Maintenant, Willie, écoutez bien ce que je vais vous révéler au sujet de ce coffre. Il renferme la dot de Genevieve — mille dollars qui sont à vous. Toutefois, afin de fournir la preuve que vous méritez votre future femme, vous devez ouvrir le coffre pour toucher au but. A mon claquement de doigts, vous vous lèverez de ce fauteuil pour aller former aussitôt la combinaison.

L'hypnotiseur claqua des doigts.

Willie, toujours plongé dans un état médiumnique, se dressa sur ses pieds, alla directement au coffre et l'ouvrit séance tenante.

— Fantastique, Du Page ! Vous êtes réellement un génie ! s'exclama Carmichael Wing.

— C'est plutôt un coup de chance, corrigea l'hypnotiseur. Fort heureusement pour nous, le gaillard s'était réformé par opportunisme et sans conviction. Si vraiment une objection de conscience lui avait interdit d'ouvrir le coffre, cela nous eût ramenés au point de départ.

Puis, au sujet en transe :

— A présent, Willie, refermez le coffre. Nous allons procéder aux dernières répétitions.

La suggestion hypnotique, à elle seule, rendait miraculeusement à Willie Evers l'entière possession de ses moyens. Deux fois encore il ouvrit le coffre en se jouant. Alors Du Page le libéra de son emprise magnétique.

Le samedi soir, à la veille de l'opération projetée, les trois complices se réunirent encore une fois : pour la répétition générale. Du Page avait trouvé dans sa malle d'accessoires une liasse de billets donnant, sur scène, l'illusion d'être des billets de banque. Il les enferma dans le « coffre-école ». Puis il alla faire l'acquisition d'une mallette de cuir. D'autre part, Willie se munirait de sa trousse de cambrioleur pour le cas où le coffre du *Blue Front* se montrerait rebelle aux sollicitations de ses doigts magiques ; cet attirail comportait également les leviers nécessaires pour forcer la lucarne du toit. De son côté, Carmichael Wing se procura environ dix mètres de corde à linge, extra-solide, pour assurer la descente de Willie à pied d'œuvre.

— Willie, dit Du Page, en faisant asseoir le sujet dans son propre fauteuil, cette répétition est la dernière. Demain soir, ce sera pour de bon. Il faudra donc — du premier coup — exécuter le numéro à la perfection lors de cette séance unique. Chacun de nous y tiendra son rôle, pour une raison qui lui est propre. Vous, Willie, avez besoin d'argent pour vous marier avec Genevieve. Le Dr Wing, dentiste, afin d'obtenir l'autorisation de pratiquer. Et moi pour... (Du Page réprima un frisson)... pour m'évader de cette masure aux murs croulants. Allons, Willie, asseyez-vous dans le fauteuil et laissez-vous aller à la décontraction complète... Là... Là... A mon claquement de doigts, vous prendrez cette mallette et irez droit au coffre. Vous ouvrirez la porte blindée, transférerez l'argent dans la mallette, refermerez le coffre et reviendrez vers moi. Vous exécuterez mes instructions à la lettre jusqu'à mon second claquement de doigts. Après quoi, vous n'aurez nul souvenir de ces actes.

Du Page claqua des doigts.

Immédiatement Willie se leva du fauteuil, prit la mallette, alla ouvrir le coffre, procéda au transfert des fausses coupures que Du Page avait placées dans le meuble, referma la porte blindée et revint auprès de l'hypnotiseur.

— Il l'a fait ! s'extasia Wing.

— Comme un robot téléguidé, compléta Du Page.

— Vous disiez, tout à l'heure, qu'il ne se souviendrait plus de ses actes... Est-ce vrai ?

— Certainement ! Sous l'influence de la suggestion post-hypnotique.

— Mais alors si, demain soir, il ne se rappelle plus avoir volé, il ne...

— Willie, coupa impérieusement Du Page, nous n'avons plus besoin de ces semblants de billets et je ne voudrais pas que la police les trouve chez moi au cas ou elle viendrait me questionner lundi. Il y a un incinérateur à ordures au bout du terrain à bâtir qui s'étend à côté de l'immeuble. Allez donc les y brûler.

Toujours en état d'hypnose, Willie obtempéra sans un murmure. Dès qu'il fut sorti, le professeur répondit à la question inachevée du dentiste :

— Effectivement, Willie aura ce qu'on appelle un trou de mémoire. C'est en cela, docteur Wing, que réside l'astuce de ce coup de maître. La suggestion post-hypnotique. Incapable de se rappeler le vol, Willie ne pourra vendre la mèche. Mais comme je suis bon prince, j'ai l'intention de lui envoyer après coup un mandat-poste de mille dollars afin qu'il puisse épouser sa Genevieve. S'il en ignore la provenance, il n'en saura pas moins les utiliser.

Lorsque Willie revint avec la mallette vide. Du Page lui restitua son état normal. Evers promena autour de lui le regard vague d'un homme encore à moitié étourdi et n'ayant pas la moindre idée de ce qui s'était passé dans l'intervalle. Du Page lui donna de nouvelles indications au sujet du coffre du *Blue Front,* puis s'offrit à le reconduire en voiture à son domicile. Au préalable, ils contournèrent l'immeuble par la ruelle et firent une halte derrière l'incinérateur.

— Retenez bien ce que je vais vous dire maintenant, Willie, commanda alors Du Page. C'est ici que, demain soir, je garerai ma voiture. D'ordinaire, la première ronde de nuit n'a lieu qu'à neuf heures. Ce qui nous laissera soixante minutes pour exécuter le coup. Le Dr Wing fera le guet en bas, devant l'immeuble. Nous ouvrirons la lucarne et je vous ferai descendre à l'intérieur au moyen d'une corde. Dès que vous aurez pris l'argent, je vous hisserai sur le toit. Cela fait, nous nous en irons chacun de notre côté. Vous emporterez la mallette pour la déposer ici, dans la voiture. Et vers dix heures, nous nous retrouverons tous les trois à mon bureau.

Willie parut assimiler ces diverses instructions. Un incident se produisit toutefois au moment où Du Page déposa Willie à la maison : Genevieve, qui avait attendu en vain son fiancé au rendez-vous, était venue guetter son retour sur le pas de la porte. Sa vive inquiétude avait déclenché en elle une combativité d'amazone.

— Eh bien, Willie ? lui reprocha-t-elle avec acrimonie. Qu'est-ce qui t'a pris de me poser un lapin ? Tu m'avais bien promis de...

— Willie a effectué un petit travail de transformation dans mon cabinet, expliqua rapidement Du Page. Cet aménagement ne pouvait s'accomplir qu'en dehors des heures de consultation. Nous en terminerons demain soir, Willie. N'oubliez pas : à 8 heures précises.

Laissant Willie à l'enviable tâche d'apaiser Genevieve, Du Page rentra chez lui et consacra le restant de la soirée à inventer de nouveaux tours destinés à épater l'Espagne entière.

**
*

A 20 heures le lendemain, Willie et le Dr Wing arrivèrent ponctuellement au cabinet-observatoire. Par-delà le terrain à bâtir, le directeur du *Blue Front* enfermait dans le coffre la recette d'un week-end particulièrement fructueux. Du Page plongea immédiatement Willie dans une profonde hypnose et lui récapitula les différentes phases de l'opération imminente.

— Faites exactement ce que je vous ai dit hier soir, conclut-il. Ensuite, rentrez chez vous pour vous mettre au lit. Vous dormirez comme une marmotte et, demain, vous aurez tout oublié de cette affaire. Ab-so-lu-ment TOUT. Maintenant... (il claque des doigts)... allons-y.

L'opération se déroula comme prévu. La fenêtre du bureau directorial avait été masquée si longtemps par les murs du défunt entrepôt, qu'au *Blue Front* nul n'y prenait garde.

La lucarne s'ouvrait comme une trappe ; son abattant céda dès la première pesée de levier. Willie, suspendu au bout de la corde à linge, fut en quelque sorte parachuté dans le bureau et atterrit sans encombre, porteur de sa trousse... Il la fit remonter peu d'instants après, par la même voie, car déjà il avait ouvert le coffre comme par enchantement. Lorsqu'il eut bourré de liasses la mallette, il tira sur la corde. A ce signal convenu, Du Page le hala jusqu'au toit. Le cambrioleur y récupéra sa panoplie.

— Voilà qui est fait. Pour le reste, Willie, observez strictement mes instructions d'hier soir, lui rappela l'hypnotiseur. La voiture est garée dans la ruelle.

Willie s'en fut dans la nuit cependant que Du Page refermait sans bruit la lucarne. Il roula la corde et se hâta de descendre du toit. Arrivé sur le trottoir, il signala son retour à Wing et, ensemble, les deux hommes gagnèrent la conduite intérieure qui stationnait dans la ruelle. Willie avait eu bonne mémoire. La mallette les attendait sur le siège avant. Du Page se mit au volant et introduisit la clé de contact. La pendule du tableau de bord marquait 8 h 50 — juste dix minutes avant la ronde. L'hypnotiseur baissa la vitre de la portière et prêta l'oreille... Le Dr Wing prit place à côté de lui et posa la mallette à plat sur ses genoux. Du Page tourna la clé de contact tandis que Wing faisait jouer les fermetures de la mallette qu'il ouvrit...

— Du Page !... Elle est vide ! Absolument vide !

Carmichael Wing disait vrai. La mallette ne contenait pas même un grain de poussière.

— Que s'est-il passé ? reprit le dentiste, alors que Willie se trouvait en état d'hypnose, vous lui avez recommandé d'agir *exactement* selon vos instructions d'hier soir...

Wing s'interrompit pour humer l'air.

— Du Page, gronda-t-il alors d'une voix sourde. Sentez-vous comme moi une odeur de fumée ?

Jaillis de chaque côté de la voiture, ils coururent à l'incinérateur d'où s'échappaient maintenant des flammes orange qui dansaient joyeusement sur un tas de billets verts. Du Page vit avec horreur une coupure de 50 dollars, bien identifiable, devenir la proie du feu et être presque instantanément réduite en cendres. Se risquant alors à une tentative désespérée, il voulut mettre le grappin sur une liasse de billets de vingt — mais ne récolta que des brûlures aux doigts.

— *Exactement* la répétition de ce qu'il avait fait hier ! grinça Wing. Il a poussé l'exécution servile jusqu'à *brûler les billets dans l'incinérateur* !

Du Page en était à verser un pleur devant le brasier lorsque le projecteur de la patrouille nocturne parcourut de son faisceau la ruelle qu'il inonda de lumière, forçant les deux hommes à une retraite précipitée vers la voiture. Il n'y avait d'ailleurs plus rien à faire, sinon quitter les lieux tandis que l'incinérateur achevait la crémation de vingt mille dollars...

— Vingt mille six cent soixante-dix, conclut Willie lorsqu'il eut compté en solitaire la recette volée dans le coffre du *Blue Front*. Par liasses bien rangées il les replaça dans sa trousse à outils, non sans en avoir soustrait les mille dollars qu'il déposerait sur son compte avant d'acheter l'anneau nuptial de Genevieve. Le reste du butin serait mis en sûreté dans un coffre. Pour un homme qui va contracter mariage, il est toujours bon d'avoir un peu d'argent à gauche.

Willie enferma sa trousse dans la commode et contempla sa propre image dans le miroir.

— *Détendez-vous, Willie,* articula-t-il en imitant Du Page. *Détendez-vous assez pour vous mettre en mon pouvoir.*

Willie éclata d'un rire sarcastique.

— Bien sûr, je reconnais que l'hypnose m'a été nécessaire au premier essai. J'avais perdu la main. Mais je suis devenu plus futé que tu ne crois, Du Page ! Tu prétendais qu'il y avait mille dollars pour moi dans le coffre. Pourquoi pas toute ma part, soit un tiers du butin ? Tu ne t'es même pas rendu compte que tu venais de gaffer, professeur. Car pour le grand homme, je n'étais qu'un ex-taulard trop bas de plafond pour flairer l'entourloupe.

Il se remit à imiter le magnétiseur :

— *Faites exactement ce que je vous dis, Willie. Ouvrez le coffre. Prenez-y l'argent. Allez le brûler en bas, dans l'incinérateur* pendant que je tuyauterai l'arracheur de dents sur le moyen de vous chauffer votre part... Surtout, n'écoutez pas aux portes.

Puis, redevenant lui-même :

— Tu aurais voulu que je ne pige rien à la combine. hein, Du Page ? Mais, moi, hier, au lieu de jeter directement les faux tickets au feu, je les avais fourrés dans ma trousse de monte-en-l'air. Et le moment venu, ce sont ceux-là que j'ai fait flamber pour te faire croire que j'avais gaffé en brûlant les vrais.

Willie commençait à sentir la fatigue. Il s'étira sur sa couchette et sourit béatement à la photo de Genevieve, qui trônait sur la commode. « Mais si Du Page rappliquait pour me cuisiner sous hypnose ? »...

Willie Evers ferma les yeux.

— Bah ! je vais dormir comme une marmotte et au réveil, j'aurai tout oublié... Ab-so-lu-ment TOUT.

The master's touch.
D'après la traduction de Jean Laustenne.

UN HOMME EN LAISSE

par Jack Ritchie

Je consultai ma montre et fronçai les sourcils.

— Bon. Je vous accorde dix minutes.

Renolds était un homme grand, aux traits anguleux et au regard brûlant ; il prétendait être l'un des reporters de mon journal.

— *La Gazette,* déclara-t-il, a toujours joué le rôle de sentinelle auprès du public depuis le premier jour de sa création, voici soixante ans.

Je pris une cigarette dans mon étui.

— Vous devriez dire cela à mon rédacteur en chef ; il adore les compliments. Venez-en au fait.

Je vis à son expression qu'il sautait mentalement plusieurs paragraphes pour trouver une entrée en matière plus proche de son sujet.

— Nous avons dans ce comté une police tout à fait compétente, représentant un peu plus de trois mille hommes. Et pourtant, nous continuons à tolérer l'existence anachronique d'un bureau du shérif composé de vingt-cinq fonctionnaires.

— Si vous aviez lu dernièrement le journal pour lequel vous êtes censé travailler, dis-je, vous auriez remarqué plusieurs éditoriaux sur cette question.

Renolds ignora ma remarque.

— Mais le scandale ne réside pas uniquement dans cette dualité dans l'application de la loi. Le plus grave, c'est que le bureau du shérif est un repaire de magouilles politiques, un racket de protection en uniforme qui entrave l'action de la police régulière dans cette ville.

Il frappa de son poing la paume de son autre main. Cela fit un léger bruit.

— Nous ne devons plus nous contenter d'écrire des éditoriaux. Nous devons crever l'abcès une fois pour toutes !

Il avait le visage cramoisi, comme s'il couvait une mauvaise fièvre.

— Le bureau du shérif dirige la prison du comté, et nous savons tous ce qui s'y passe.

J'allumai ma cigarette.

— Peut-être bien.

Il hocha vigoureusement la tête.

— Bien sûr que vous le savez, monsieur Troy. C'est le pactole personnel du shérif Brager. Il touche des ristournes sur la nourriture et les gardiens lui glissent des pots-de-vin. Les prisonniers vivent comme des chiens, à moins d'avoir à l'extérieur des amis qui leur remettent discrètement de l'argent pour s'acheter des faveurs. Les gardiens sont des débiles mentaux qui se cramponnent à leur emploi parce qu'il leur permet de grappiller et de tabasser en toute impunité.

— Une enquête a eu lieu il y a deux ans, objectai-je. Elle n'a donné aucun résultat.

Renolds émit un ricanement méprisant.

— La commission n'avait que des rumeurs pour démarrer son enquête. Pas le moindre fait concret. Brager s'est empressé de remettre de l'ordre dans son repaire et il s'est tenu tranquille pendant un mois, jusqu'à ce que cesse la surveillance. Les prisonniers étaient trop effrayés pour parler ; Brager y a veillé personnellement.

Il se mit à arpenter la pièce.

— Les tribunaux irréguliers prolifèrent. Brager se sert des prisonniers comme main-d'œuvre à son usage personnel. Quand il ne les fait pas travailler sur sa propriété, il les

41

entasse dans des camions pour les louer aux grands fermiers, au tarif de quatre dollars par tête. Naturellement, c'est lui qui empoche l'argent ; les autres peuvent s'estimer heureux si, en contrepartie, on leur sert un bon repas.

Je me carrai dans mon fauteuil, le regard fixé sur la fumée de ma cigarette.

— Apparemment, vous semblez décidé à réagir.

Renolds acquiesça avec vigueur.

— J'ai l'intention de me faire arrêter.

J'examinai mes ongles manucurés.

— Pour vagabondage, sans doute. Et vous écrirez un article en forme de témoignage vécu sur votre séjour à la maison de redressement. Bravo. Parlez-en à Frank Harrison. C'est lui le rédacteur en chef de ce journal ; vous auriez dû aller le trouver directement. C'était inutile de passer par-dessus sa tête. Je considère mon temps comme précieux...

Renolds m'interrompit d'un geste de la main.

— Mon plan n'est pas aussi simple, monsieur Troy. Et j'ai estimé préférable de mettre le moins de gens possible dans le secret. Cela vaut aussi pour M. Harrison.

Il esquissa un sourire.

— Un exposé des conditions de détention ferait certes un bon article, mais j'ai l'intention de détruire la réputation du shérif et de ses hommes d'une manière plus radicale.

Il paraissait très content de lui.

— Je compte me faire arrêter pour meurtre, dit-il.

— Le meurtre de quoi ? m'informai-je.

Son sourire s'élargit.

— Le vôtre.

Je me trémoussai sur son siège.

— Naturellement, reprit Renolds avec un petit rire, je n'ai pas l'intention de vous assassiner pour de vrai. Je veux simplement qu'on le croie.

Je me détendis.

— Merci, dis-je d'un ton sec.

— Mais il faudra que Brager soit persuadé de se trouver devant un meurtre. Saisissez-vous mon idée, monsieur Troy ? Cela fait des éternités que Brager et ses hommes n'ont pas eu d'affaire importante à se mettre sous la dent. Leurs activités se bornent à arrêter quelques chauffards pour excès de vitesse, à épingler des vagabonds et à opérer des descentes dans les cabanes qui bordent la voie ferrée afin de recruter de la main-d'œuvre gratuite. Brusquement, un crime sensationnel est commis, et l'enquête échoit à Brager. Un homme important est assassiné, et Brager tient le meurtrier. Il tirera le maximum de l'affaire. Il veillera à ce que sa photo paraisse dans tous les journaux. Il s'attribuera tout le mérite de la capture.

Renolds s'interrompit un instant avant de poursuivre :

— Et voilà que la baudruche se dégonfle. Brager se retrouve sans meurtre ni assassin. Il s'est laissé abuser par une fausse confession. Tout le monde aura les yeux braqués sur lui : à ce moment-là, toutes ses magouilles seront étalées au grand jour et le public exigera qu'on remédie à cet état de choses.

— Peut-être, dis-je. Mais pourquoi me choisir, moi, comme victime du meurtre ?

— Parce que vous êtes un homme en vue, monsieur Troy. Or, nous aurons besoin d'un maximum de publicité. Vous êtes le propriétaire de ce journal, le plus important de tout l'Etat. Votre famille est connue dans tout le pays. Votre père a siégé au Sénat pendant plus de trente ans, jusqu'à sa mort voici trois ans. Et voici qu'à votre tour, vous vous lancez dans la politique, en marchant sur ses traces glorieuses. Vous vous présentez au poste de gouverneur, mais chacun sait que cela n'est qu'un tremplin vers une plus haute destinée.

— Vous en êtes sûr ?

— C'est évident, dit-il. L'avenir est à vous.

J'écrasai ma cigarette.

— Si je vous comprends bien, vous voulez que je vous aide à piéger Brager ?

Il secoua farouchement la tête.

— Je n'appellerais pas cela un piège. Lorsqu'on a affaire à un homme comme Brager, il s'agit d'une entreprise de salubrité publique.

J'observai le ciel un moment, en pensant avec lassitude à la demi-douzaine de discours que je devais prononcer dans la journée. Puis je me retournai vers Renolds.

— Si vous avez un tant soit peu d'intelligence, vous devez vous rendre compte que je ne puis participer à un tel projet.

Renolds posa les doigts sur mon bureau et se pencha en avant.

— D'une certaine manière, vous ne serez pas impliqué dans l'opération. Tout ce que je vous demande, c'est de disparaître pendant trois ou quatre jours. Partez chasser dans un endroit isolé du monde, où il n'y ait ni radio, ni télévision, ni journaux. Et ne dites à personne où vous allez, ni même que vous avez décidé de vous absenter.

Ses doigts laissèrent des traces humides sur mon bureau.

— A votre retour, vous apprendrez avec une surprise horrifiée que tout le monde vous croyait mort. Vous affirmerez ne pas me connaître et tout ignorer de cette histoire. Aux yeux de tous, je ne serai qu'un opportuniste ayant décidé de mettre à profit votre absence pour attirer l'attention.

C'était un plan totalement stupide, mais j'éprouvai néanmoins une vague curiosité.

— Venons-en aux détails.

Son regard se fit circonspect.

— Acceptez-vous de marcher avec moi ?

— Il me faut d'abord en savoir davantage.

Il secoua la tête.

— Je ne puis vous en dire plus tant que nous ne serons pas tombés d'accord sur le principe.

Je le dévisageai avec attention.

— Vous devez avoir une bonne raison de vouloir la peau de Brager. Un motif plus puissant que le simple devoir civique.

Il serra les lèvres sans répondre.

Je jouai quelques instants avec le galet qui me servait de presse-papiers, puis je levai les yeux.

— Accordez-moi quelques jours de réflexion.

L'espoir éclaira son visage.

— Certainement, monsieur Troy. Je repasserai vous voir mercredi.

Après son départ, je descendis au troisième étage dans mon ascenseur privé. Le bureau de Frank Harrison était rempli de journalistes lorsque j'y entrai. J'attendis quinze secondes, le temps qu'il se vide, puis je m'assis.

Harrison ramena en arrière une mèche de cheveux gris qui lui tombait sur le front.

— La vie du journal s'arrête quand le propriétaire fait son apparition. Cela faisait combien de temps que vous n'étiez pas descendu ? Deux semaines ?

— Je crois savoir, dis-je, que nous avons un journaliste du nom de Renolds.

Il acquiesça.

— Qu'a-t-il de particulier ?

— A vous de me le dire.

Il secoua les cendres de sa pipe.

— C'est l'un de mes meilleurs reporters. Quand je lui confie un reportage, il va au fond des choses. C'est le fouineur le plus doué que je connaisse, imbattable pour déterrer des faits cachés.

— Qu'est-ce qui le ronge ?

Il me lança un regard surpris. Puis il eut un haussement d'épaules imperceptible.

— Il voue à Brager une haine sans merci. Il consacre tous ses moments de loisir à ça. J'imagine qu'il en sait davantage sur le compte de Brager que Brager lui-même.

— Pourquoi ?

A contrecœur, Harrison finit par répondre :

45

— Il y a environ un an, Renolds est venu me trouver. Il arrivait de San Francisco. Naturellement, je me suis demandé pourquoi un journaliste de son niveau éprouvait soudain le besoin de déménager pour s'installer à l'autre bout du pays. Je me suis donc renseigné.

Harrison entreprit de bourrer sa pipe. J'attendis.

— L'an dernier, reprit-il, Brager a assisté à une assemblée des shérifs à San Francisco. Bien entendu, il n'y allait pas pour travailler ; c'était simplement pour lui l'occasion de faire la tournée des bars. Un soir, au volant de sa voiture, il a renversé et tué un gosse de quatre ans. C'était le fils de Renolds.

Harrison jeta un coup d'œil vers la demi-douzaine d'hommes qui faisait le pied de grue à l'extérieur de son bureau aux parois de verre.

— Brager s'est assuré les services d'un bon avocat, et il a sans doute distribué de l'argent à droite et à gauche. Des témoins ont déclaré que l'enfant avait surgi entre deux voitures à l'arrêt. Les mêmes témoins ont affirmé que Brager n'était pas ivre. Le flic qui l'avait arrêté a eu beau déclarer le contraire, Brager s'en est tiré.

Il plongea son regard dans le mien.

— Vous avez une raison particulière de vous intéresser à Renolds ?

— Simple curiosité.

Harrison haussa les épaules.

— En d'autres termes, ce ne sont pas mes oignons.

Il croisa les mains et me regarda bien en face.

— C'est curieux, je n'arrive pas à vous cerner.

— Ce n'est pas nécessaire.

Il eut un petit sourire.

— J'ai comme l'impression que quelque chose vous tracasse depuis que vous avez repris le journal.

Je me levai, prêt à partir.

— J'ai travaillé pour le sénateur pendant vingt-cinq ans, dit Harrison. Et je travaille pour vous depuis trois ans. Votre père était un homme bien.

— Oui. Il y a longtemps qu'on me le dit.

Il ne me quitta pas des yeux.

— Votre père me faisait entière confiance. Il me laissait diriger ce journal sans jamais intervenir.

— Vous ai-je forcé la main ?

— Non. Mais j'ai l'intuition que vous n'hésiteriez pas à le faire si, d'aventure, vous en veniez à vous intéresser à ce journal. Mais je suis maintenant trop vieux pour démissionner et chercher un autre emploi.

— Je m'absente pour la journée, lui dis-je.

Il tira sur sa pipe.

— J'aimerais pouvoir en faire autant. Ça doit être agréable d'avoir de l'argent.

En prenant par le lac et au nord, il y en avait pour une demi-heure de voiture. Je franchis les grilles et remontai l'allée conduisant à la maison qui était dans notre famille depuis quatre générations. Je reconnus tout de suite la Cadillac noire garée devant le perron.

Brager se préparait un cocktail dans la bibliothèque.

— Si mon bar ne vous semble pas assez fourni, dis-je, je me ferai un plaisir de courir vous chercher un seau de bière à la taverne la plus proche.

Il eut un large sourire qui révéla de grandes dents crispées sur son cigare.

— Toujours aussi poli, à ce que je vois.

— Que faites-vous ici ?

— Rien de particulier. J'aime, de temps à autre, voir ce que deviennent mes investissements. Mes biens immobiliers et humains, en quelque sorte. (Il se servit une double rasade de cognac.) Et ne me dites pas, une fois de plus, de me méfier des domestiques. Ils discutent peut-être entre eux de nos rencontres, mais ça ne va certainement pas plus loin. Depuis le temps qu'ils sont dans la famille, ils attachent plus d'importance que vous à sa réputation.

Il s'approcha du portrait de mon père et leva son verre, comme pour porter un toast.

— Le bon sénateur... Il a servi fidèlement et honnêtement la nation pendant trente ans, en prélevant sur son capital pour se donner les moyens de son action.

D'un geste de la main, il indiqua le portrait de mon grand-père.

— Et voici le digne ambassadeur... Un homme d'une irréprochable intégrité, lui aussi, et qui a mené grand train dans les plus grandes villes d'Europe. En piochant dans la fortune familiale, lui aussi.

Brager s'arrêta devant le tableau — plus petit — représentant mon arrière-grand-père.

— Et voici le forban à la barbiche en pointe qui a permis toutes ces folles dépenses. Lui, c'est le tigre à la mode du XIXe siècle, qui s'est frayé à coups de griffe un chemin vers l'opulence.

— Oui, dis-je. C'est l'un de mes préférés.

Brager se tourna vers moi, le sourire aux lèvres.

— Il ne restait plus grand-chose de la fortune familiale quand vous en avez hérité, or vous n'êtes pas fait pour être pauvre.

— Je trouve cela pénible, en effet. Pourquoi cette récapitulation ?

— Je vous ai rattrapé juste à temps. Vous étiez au bout du rouleau. Dans la misère, pour ainsi dire.

Je m'approchai du buffet et me servis un whisky.

— Nous irons loin, vous et moi, reprit Brager en savourant son cognac. Vous avez un nom célèbre et une réputation sans tache ; moi, j'ai de l'argent pour vous financer et une organisation pour vous encadrer.

J'ajoutai des glaçons dans mon verre.

— Que désirez-vous, au juste ? demandai-je sèchement. Etre nommé receveur des postes ?

Il grimaça un sourire.

— Ce serait une idée. Depuis quelque temps, j'envisage de blanchir mon nom aux yeux du peuple. D'ici dix ou quinze ans, plus personne ne froncera les sourcils en me voyant marcher à vos côtés.

— Question nettoyage, vous aurez du pain sur la planche.

Il acquiesça de bonne grâce.

— Vous avez parfaitement raison. Je commencerai peut-être par le bureau du shérif. Je le ferai briller comme un sou neuf, pour que le pays tout entier puisse l'admirer.

— Il soupira. — J'ai un petit faible pour le bureau du shérif... C'est là que j'ai commencé ma carrière, mais ce n'est plus que de la petite bière par rapport à mes autres activités. Je suis un homme riche, mon garçon. L'un des plus riches de cet Etat.

Il me dévisagea de ses petits yeux rusés.

— Ce n'est pas un hasard si je vous ai rencontré. Je cherchais une marionnette, et mon choix s'est porté sur vous. Je vous ai observé pendant des années avant de me décider.

Il éclata d'un rire gras. Il s'amusait beaucoup trop pour s'arrêter en si bon chemin.

— Vous avez liquidé tout ce qui pouvait se monnayer, puis vous vous êtes rabattu sur le journal. Vous avez dû croire que vous vendiez les parts à cinquante acheteurs différents, alors que j'étais seul à me cacher derrière tous ces noms. Et maintenant, mon garçon, vous m'appartenez. Jusqu'au dernier de vos os d'aristocrate. Je vous tiens en laisse ; quand je tire, vous êtes obligé de suivre. Nous sommes les seuls à le savoir, vous et moi, et j'entends que ça continue ainsi. Je vous laisse même publier des articles défavorables sur mon compte. Ça me stimule et ça empêche le bon public de voir que nous marchons la main dans la main.

— Ne m'attribuez pas le mérite des éditoriaux, protestai-je. Le responsable en est mon rédacteur en chef.

Brager me considéra d'un œil critique.

— Au fond, vous devriez me remercier. Avant que je vous mette le grappin dessus, vous n'étiez qu'un inconnu qui avait des ancêtres célèbres. En dehors de votre petit cercle mondain, personne n'avait jamais entendu parler de vous. Vous n'aviez aucune ambition, aucune perspective d'avenir. Aujourd'hui, mon garçon, vous êtes parti pour la gloire.

Il secoua la tête.

— Je n'arrive pas à vous comprendre. Vous, l'argent vous intéresse uniquement pour le luxe qu'il peut procurer, n'êtes-vous donc pas tenté par le pouvoir ?

— Ce pouvoir ne m'appartiendrait pas, répondis-je. En outre, la recherche du pouvoir oblige à fréquenter des gens qui transpirent — ce que je déteste.

Il réfléchit un instant à ma réponse, puis se remit à rire.

— Moi, c'est le contraire : ça me botte. Je me sens dans mon élément là-dedans.

Je terminai mon whisky et posai mon verre.

— Je me demande... Qu'est-ce que vous diriez de m'avoir pour gendre ?

Ses yeux s'étrécirent.

— Qu'entendez-vous par là ?

Je souris.

— Ce n'est qu'une idée. Puisque notre association est manifestement appelée à durer longtemps, je me suis dit qu'il serait peut-être amusant d'en faire une entreprise familiale. Pourquoi ne me présentez-vous pas à votre fille ?

La colère empourpra son visage.

— Si jamais vous l'approchez, je vous tue.

Je haussai un sourcil étonné.

— Quel père protecteur ! Pourquoi cette attitude ? N'avez-vous pas envie qu'elle devienne la femme d'un gouverneur, voire d'un sénateur ?

Il me lança un regard noir.

— Ce que je veux, c'est qu'elle soit heureuse. Et elle n'a aucune chance de l'être avec vous. Les autres vous considèrent peut-être comme un petit saint, mais moi je sais ce qui se cache sous votre peau. Il n'y a qu'une seule personne au monde qui vous intéresse, et c'est vous.

Je hochai la tête.

— Vous avez sans doute raison. En outre, il faut tenir compte du fait qu'une telle alliance compromettrait ma brillante carrière politique.

Je le regardai prendre son chapeau.

— J'aurais bien besoin de cinq mille dollars, dis-je.

— Encore ? Vous jetez l'argent par les fenêtres. C'est bon, je vous enverrai du liquide dès demain. Mais vous devrez vous contenter de mille dollars. (Il eut une moue agacée.) Je me demande parfois lequel de nous deux est le patron.

Une demi-heure après son départ, le téléphone sonna. C'est encore Ellen Brager.

— Oui, dis-je, je n'ai pas oublié. Mais je dois assister à plusieurs réunions ce soir. J'essaierai de m'échapper avant dix heures.

Je la retrouvai dans le même petit restaurant familial de la troisième circonscription. Comme d'habitude, elle avait retenu la table du fond, près des cuisines. Agée de vingt et un ans, elle était plutôt laide et accusait sept ou huit kilos de trop par rapport aux critères de beauté communément admis. Une fois de plus, je me fis la réflexion que, du point de vue intelligence, elle devait tenir de sa mère. La lueur rusée qui brillait dans les yeux de son père n'était qu'un pâle reflet dans les siens.

— J'ai déjà commandé, dit-elle. Je suppose que j'aurais dû vous attendre, mais ils ne prennent plus les commandes après dix heures. Je voulais être sûre que nous aurions de quoi manger. J'ai faim.

— Vous avez raison. Les choses importantes d'abord.

— Vous aimez le poulet rôti, j'espère ?

Je réprimai un frisson.

— Mes goûts n'ont pas changé.

Le chef nous apporta deux bocks de bière.

— Belle soirée, dit-il d'un air jovial. Pas vrai, monsieur ?

— Charmante. Absolument charmante.

Lorsqu'il se fut éloigné, Ellen but une gorgée de bière et se pencha en avant, le menton dans la main.

— Vous savez à quoi je pense ?

— Pas en cet instant précis.

— Je pense à l'extraordinaire coïncidence qui a fait que nous nous rencontrions.

— Une remarquable coïncidence, en effet. Peut-être le destin nous a-t-il rapprochés.

Elle acquiesça avec vigueur.

— Le destin, c'est ça ! Je n'aurais jamais imaginé rencontrer quelqu'un comme vous. Un homme important, bien né et tout.

Un serveur nous apporta le poulet rôti et le posa sur la nappe à carreaux. Au bout d'un moment, Ellen s'arrêta de manger pour déclarer :

— J'ignore encore beaucoup de choses sur la façon de bien se tenir en public, mais j'apprends. Je lis des livres et je viens d'engager Mme Jackson pour m'enseigner les bonnes manières. C'est une dame de la haute, elle aussi. A l'en croire, elle donne des leçons pour occuper ses loisirs et verse l'argent à des œuvres charitables ; personnellement, je ne sais trop qu'en penser. Ses vêtements m'ont pas l'air si neufs que ça.

Le nom de Jackson ne me disait absolument rien.

Ellen se tapota les cheveux.

— Comment me trouvez-vous ? Pas trop maquillé ?

— Vous portez un peu trop de bijoux.

— Mais ils sont vrais !

— Je n'en doute pas, ma chère. L'important n'est pas là.

— Je veux que vous soyez fier de moi, un jour.

— Je le suis déjà, je vous assure.

Elle émit un soupir.

— Tous les deux, nous sommes comme Roméo et Juliette. Leurs familles aussi étaient ennemies. Vous écrivez dans votre journal des tas d'éditoriaux contre mon père, et voilà que nous sommes amoureux.

Elle émit un gloussement léger. Je m'essuyai les doigts sur ma serviette en papier et je lui tapotai la main. Son visage redevint sérieux.

— Papa est vraiment quelqu'un de gentil.

— J'espère bien faire un jour sa connaissance.

Elle secoua la tête.

— Pas tout de suite. Je sais que ça nuirait à votre carrière politique qu'on vous voie avec mon père — ou même avec moi. Et si vous m'épousiez maintenant, ce serait la ruine de tous vos espoirs. C'est pour ça que nous devons nous rencontrer clandestinement. Pour le moment.

Il me sembla que le poulet n'était pas assez cuit.

— Ma carrière ne représente absolument rien pour moi, ma chère.

Elle eut un sourire plein d'une sagesse toute féminine.

— Je vous suis reconnaissante de dire ça, Roger, mais il faut bien que l'un de nous deux soit lucide. Vous dites ça aujourd'hui en toute bonne foi, mais vous risquez plus tard de le regretter. Vous ne me l'avouerez jamais, mais je m'en apercevrai bien.

Je lui tapotai de nouveau la main. Elle soupira.

— Ce serait tellement simple si nous pouvions fuir ensemble et nous marier, s'il n'était pas question de politique... A ce moment-là, même si papa désapprouvait ma conduite et me coupait les vivres, ça n'aurait pas d'importance, puisque vous avez plein d'argent.

— Oui, dis-je, vous avez tout à fait raison.

Elle inclina la tête.

— Nous devons être patients et attendre encore un peu. Papa ne me parle pratiquement pas de son travail, mais il est décidé à ne pas se représenter au poste de shérif. Il nous suffit d'attendre encore deux ans ; à ce moment-là, tout le monde aura oublié ces histoires.

Une loyauté aveugle lui fit dresser le menton :

— Non que papa ait quoi que ce soit à se reprocher, mais les gens bavardent.

Je la quittai à onze heures et demie. Le dîner m'avait paru long.

Renolds revint me voir le mercredi après-midi. Apparemment, il n'avait pas très bien dormi.

— Avez-vous pris une décision ? dit-il d'une voix tendue.

Je tripotai un moment mon presse-papiers avant de parler.

— Votre fils est mort écrasé par Brager, n'est-ce pas ?

Il me foudroya du regard.

— Comment l'avez-vous su ?

— Peu importe, dis-je. Brager n'a pas été condamné. Il s'agissait d'un accident. Le gosse a débouché sur la chaussée en courant ; il est apparu brusquement entre deux voitures en stationnement. Comme vous le voyez, vous n'êtes pas le seul à savoir aller au fond des choses.

Renolds secoua la tête avec véhémence.

— Brager était ivre et il conduisait trop vite. Beaucoup trop vite.

— Vous étiez sur les lieux ?

— Non, marmonna-t-il. Mais je le sais.

Je pris une cigarette en réfléchissant à son plan. Ça ne tenait pas debout ; pourtant, j'avais envie d'en savoir davantage. Peut-être son idée pourrait-elle me servir. Dans le cas contraire, je pourrais toujours revenir en arrière.

— J'ai décidé de vous aider, répondis-je enfin. Il incombe aux citoyens honnêtes d'en finir avec Brager. Par n'importe quel moyen.

Il se pencha en avant, tout excité.

— En fait, votre rôle consiste simplement à disparaître pendant trois jours. Personne ne doit savoir où vous êtes, ni même que vous envisagiez de vous absenter. A votre retour, vous n'aurez qu'à expliquer que vous étiez parti sur un coup de tête. Vous éprouviez le besoin d'échapper quelque temps aux contraintes de la campagne électorale.

54

— Très bien, dis-je. Et vous, que ferez-vous pendant ce temps ?

Il eut un sourire féroce.

— Ce soir, vers onze heures, je me présenterai au bureau du shérif. Je serai échevelé et mes vêtements seront tachés de sang. Et je déclarerai vous avoir assassiné.

Il me laissa réfléchir à cela avant de poursuivre :

— Quand les hommes du shérif commenceront l'enquête, ils trouveront des tas d'indices corroborant mon histoire. Il y aura des taches de sang partout dans cette pièce et ils trouveront « l'arme du crime » ici même, avec mes empreintes dessus.

— Et le cadavre ?

Renolds écarta cette objection d'un haussement d'épaules.

— Je leur dirai que je l'ai jeté dans la rivière. Ils procéderont à des recherches, bien entendu, et ils ne le trouveront pas. Mais ils penseront que le corps a été emporté par le courant et qu'il réapparaîtra plus loin. Tout ce qu'il nous faut, c'est un délai de quelques jours pour leur laisser le temps de se couvrir de ridicule.

C'était un plan bien mince ; tant de choses risquaient d'aller de travers...

— Et quel motif auriez-vous de m'assassiner ?

— Ce détail est réglé, répondit-il. J'ai demandé une augmentation à Harrison, qui me l'a refusée. Je m'y attendais, puisque j'en ai eu une récemment. Mais je dirai aux hommes du shérif que, sur un coup de colère, j'ai décidé de m'adresser directement à vous. Nous nous sommes disputés et vous m'avez renvoyé. Alors j'ai perdu la tête et je vous ai tué.

Cela ne marcherait manifestement pas. J'acquiesçai néanmoins, car j'entrevoyais autre chose.

— Tout me paraît au point.

— Oui, dit-il. Les détails ne sont pas très importants.

« Oh ! que si », pensai-je. « Ils sont à la base de tout. »

— Je reviendrai ce soir à dix heures et demie, dit Renolds. Nous effectuerons les derniers préparatifs.

J'avais trois discours à prononcer ce soir-là, mais je parvins à regagner mon bureau cinq minutes avant l'arrivée de Renolds.

Il posa sa sacoche sur un fauteuil, l'ouvrit et en sortit une bouteille opaque, d'une contenance d'environ un quart de litre.

— Voilà le sang.

Je regardai le flacon.

— Du sang humain ?

— Bien sûr que non ! protesta-t-il, choqué. Où voulez-vous que j'en trouve ?

— Il existe des différences facilement décelables entre le sang animal et le sang humain, dis-je en souriant.

— A partir du moment où j'aurai avoué, dit-il d'un ton un peu boudeur, les adjoints du shérif n'auront aucune raison de douter qu'il s'agit de sang humain. D'ailleurs, cela m'étonnerait qu'ils disposent du matériel nécessaire pour le faire analyser.

« Une supposition de plus », pensai-je.

— Très bien, soupirai-je. Je vous crois sur parole.

Il parcourut la pièce du regard.

— A présent, il nous faut une arme.

Je lui indiquai les deux tisonniers identiques qui se trouvaient près de la cheminée.

— Voilà qui semble faire l'affaire.

Il en prit un et le soupesa.

— Oui. Ils sont très lourds.

— Croyez-vous qu'il soit vraiment nécessaire que vous soyez échevelé et couvert de sang ? dis-je. A mon avis, il vaudrait beaucoup mieux que vous alliez trouver le shérif tel que vous êtes et fassiez calmement votre confession.

— Vous pensez que ça suffira ?

— Absolument.

Il entreprit d'examiner les meubles.

— Il va falloir mettre du désordre, pour donner l'impression qu'il y a eu lutte. Et nous devrons répandre du sang un peu partout, naturellement.

— Je vais être obligé de rester ici encore au moins une heure, dis-je. Je dois absolument régler certains détails avant mon départ.

Je levai la main pour prévenir ses protestations.

— Si nous préparons notre mise en scène maintenant, continuai-je, quelqu'un risque d'entrer par hasard — une femme de ménage, par exemple — et de flanquer notre plan par terre.

Je lui pris la bouteille.

— Par contre, dis-je, il est inutile que vous attendiez ici. Je m'occuperai de tout juste avant de partir.

Je consultai ma montre.

— Dans une heure exactement, vous vous livrez au shérif.

Il hésitait encore.

— Je suis parfaitement capable de me débrouiller tout seul, dis-je d'un ton ferme. Je vous suggère de prendre votre voiture et de vous promener tranquillement pendant une heure.

Je n'aurais su dire s'il était soulagé ou ennuyé de s'en aller.

Cinq minutes après son départ, je téléphonai à Brager. Vingt minutes après, le shérif était dans mon bureau.

— Pourquoi ce mystérieux rendez-vous ? bougonna-t-il. Si c'est encore une combine pour me soutirer de l'argent, vous perdez votre temps.

J'attendis qu'il fût assis.

— Avez-vous parlé à quelqu'un de mon coup de téléphone ?

— Bien sûr que non ! glapit-il.

Je m'appuyai contre mon bureau.

— Ce qui vous intéresse, c'est le pouvoir ; moi, c'est l'argent. Nous sommes bien d'accord ? Je suis disposé à vous aider dans votre quête du pouvoir, mais j'estime mon salaire insuffisant et je n'aime pas être obligé de réclamer de l'argent à petites doses.

Il sourit.

— Vous allez me faire pleurer.

— J'exige au minimum deux cent mille dollars par an, dis-je. En versements réguliers.

Brager eut un petit rire.

— Un homme public ne peut se permettre de trop dépenser. Les électeurs n'aiment pas ça. D'ailleurs, vous n'avez pas lieu de vous plaindre : au total, les petites sommes que je vous donne atteignent les cinquante mille dollars par an.

Je croisai les bras.

— Autrement dit, vous n'avez pas l'intention de changer quoi que ce soit à notre association ?

— Les conditions actuelles me conviennent parfaitement.

— Dans ce cas, soupirai-je, j'en viens à ma seconde requête. Je vous ai déjà parlé d'une éventuelle alliance entre nos deux familles...

L'espace d'un instant, une lueur coléreuse brilla dans ses yeux.

— Vous connaissez ma réponse sur ce point.

Je pris une liasse de papiers sur mon bureau.

— Alors je passe au sujet numéro trois. Jetez un coup d'œil là-dessus, ça vous intéressera.

Il fronça les sourcils.

— De quoi s'agit-il ?

Je me déplaçai vers la cheminée.

— Lisez, vous verrez.

Brager me tournait le dos.

— Ce n'est qu'un rapport sur la comptabilité du journal, dit-il. Et qui date d'un an, en plus !

Je pris l'un des tisonniers — celui sur lequel Renolds n'avait pas laissé ses empreintes.

— Regardez à la page douze, lui dis-je.

Il était encore penché sur le rapport lorsque je frappai. Il émit un grognement et s'effondra en avant, face contre terre.

Je m'assurai qu'il était mort, puis j'allai nettoyer le tisonnier dans le lavabo. Je le remis à sa place et, à l'aide d'un mouchoir, je saisis l'autre tisonnier en prenant bien garde de ne pas brouiller les empreintes de Renolds. Je le trempai dans le sang de Brager et le posai par terre, près de la tête du cadavre.

Je baissai les lumières, puis je mis mon chapeau et mon pardessus. J'empochai la bouteille de Renolds et descendis en ascenseur à l'étage au-dessous, où je me débarrassai du flacon dans l'incinérateur.

Une fois sorti de l'immeuble, je récupérai ma voiture, garée à deux blocs de là, et je me mis en route pour mon chalet de montagne.

Je voyais déjà comment se déroulerait la suite des événements.

Ce serait probablement Earl Wittig, le premier adjoint de Brager, qui serait chargé de l'affaire.

— C'est bizarre, dirait-il. Renolds a d'abord déclaré qu'il vous avait tué ; mais quand nous sommes arrivés sur les lieux, c'est le cadavre de Brager que nous avons trouvé.

— Renolds a-t-il avoué le meurtre ?

Wittig froncerait les sourcils d'un air perplexe.

— Il a changé sa première version des faits pour nous raconter une invraisemblable histoire comme quoi vous comptiez tous les deux tendre un piège au shérif.

— C'est ridicule ! protesterais-je. Pourquoi voudriez-vous que je fasse une chose pareille ?

Wittig me dévisagerait d'un air méfiant.

— Vous n'étiez pas précisément copains-copains, Brager et vous.

S'il y avait des témoins dans la pièce, j'entraînerais Wittig à l'écart.

— Croyez-vous donc tout ce que vous lisez dans les journaux ?

Le visage de Wittig trahirait une certaine perplexité. J'ajouterais, en baissant la voix :

— La fille de Brager et moi, nous avons l'intention de nous marier.

Il faudrait sans doute plusieurs secondes à Wittig pour digérer cette information. Il me regarderait, bouche bée.

— Il ne faut pas toujours se fier aux apparences, Wittig, lui dirais-je avec un clin d'œil. Je suis sûr que vous me comprenez. En réalité, Brager et moi étions les meilleurs amis du monde ; mais nous jugions plus... euh... plus commode de ne pas le montrer. Jusqu'à l'élection, du moins. Vous me suivez ?

Wittig aurait un petit rire complice.

— Je pige, monsieur Troy.

— J'imagine que Brager est venu me voir à mon bureau pour prendre un verre. Il faisait souvent cela, tard le soir, quand il était sûr qu'on ne risquait pas de nous voir ensemble. Nous parlions affaires. (Un soupir, puis :) Malheureusement pour Brager, il n'est pas tombé sur moi mais sur Renolds.

Je ferais semblant de réfléchir quelques instants avant de poursuivre.

— Si le bureau n'était pas très éclairé, Renolds a peut-être vraiment cru me tuer, moi. A moins que... avait-il un motif de tuer Brager ?

— Un excellent motif, répondrait Wittig. En outre, on a relevé ses empreintes sur l'arme du crime. Avec tout ça, il n'échappera pas à la chaise électrique.

Je proposerais à Wittig un cigare.

— C'est vous qui allez prendre la succession de Brager, je suppose ?

Ses yeux brilleraient de plaisir à cette perspective.

— Oui. Il faut bien que quelqu'un le remplace.

— J'espère m'entendre avec vous aussi bien qu'avec Brager, dirais-je en souriant.

— Pourquoi pas ? répondrait-il, la figure épanouie.

Lorsque j'arrivai au chalet, à deux heures et demie du matin, je préparai un feu pour chasser l'humidité.

Tout en regardant flamber les bûches, je pensai : Ellen est seule à présent... Je n'aurais sans doute pas grand mal à la persuader de m'épouser rapidement. Dans un délai d'un an, tout au plus.

Malgré la mort de Brager, j'allais probablement être obligé de maintenir ma candidature au poste de gouverneur. Ne fût-ce que pour faire plaisir à Ellen... Je soupirai à la pensée des trois semaines de campagne électorale qui me restaient à subir.

Je ne désirais pas tellement remporter l'élection. Le poste de gouverneur devait être assommant.

Aussitôt après mon mariage avec Ellen, je prendrais un congé exceptionnel. Nous pourrions aller en Afrique... Oui, ce serait parfait. Suivrait un accident de chasse, qui amènerait le gouverneur à démissionner de ses fonctions pour aller en Europe oublier son chagrin.

Et vivre dans le luxe grâce aux millions de sa défunte épouse.

Wittig mit deux jours à découvrir ma retraite. Je nettoyais mon fusil, assis sur les marches du perron.

— Monsieur Roger Troy ? s'enquit-il.

J'acquiesçai.

— Vous êtes en état d'arrestation, dit-il en me prenant le fusil des mains.

J'eus un sourire narquois.

— Puis-je savoir de quoi on m'accuse ?

— Du meurtre du shérif Mike Brager. On l'a trouvé mort dans votre bureau. Les empreintes relevées sur l'arme du crime correspondent aux vôtres ; nous avons demandé à Washington de les comparer avec celles qui figurent dans votre dossier militaire.

61

Je me brûlai légèrement les doigts en écrasant ma cigarette.

— De quelle arme s'est-on servi pour le tuer ?

— Vous devriez le savoir. Un galet faisant office de presse-papiers.

La question suivante m'échappa malgré moi :

— Et Renolds ?

Wittig ne connaissait manifestement pas ce nom.

— Qui est-ce ?

Je pris une profonde inspiration.

— Personne. Peu importe.

— Désirez-vous faire une déposition ? demanda-t-il.

— Non. Pas avant d'avoir vu mon avocat.

En réalité, c'était Renolds que je voulais voir.

Je demandai à lui parler, sans savoir s'il accepterait de se déplacer. Il faut croire qu'il était curieux de voir le résultat de sa petite combine, car il vint dès le lendemain.

— Voulez-vous entrer dans la cellule, monsieur Renolds ? lui demanda le gardien.

Renolds secoua la tête.

— Non. Je préfère rester de ce côté de la grille.

Lorsque le gardien se fut éloigné dans le couloir, j'attaquai :

— Au dernier moment, vous avez pris peur et vous avez tout laissé tomber, c'est ça ? Vous êtes retourné à mon bureau et vous m'avez piégé. Vous saviez qu'on relèverait mes empreintes sur le presse-papiers.

— Vous aussi, monsieur Troy, vous avez voulu me piéger. Pas vrai ?

— Je peux vous impliquer dans cette affaire, grondai-je.

Il eut un petit rictus.

— En racontant une histoire invraisemblable ? Songeriez-vous à plaider la folie ?

Il croisa mon regard.

— C'est bien vous qui l'avez tué, n'est-ce pas ?

Je le foudroyai du regard sans répondre.

Il eut de nouveau un rictus pouvant passer pour un sourire.

— Je voulais juste en avoir le cœur net. Un léger doute subsistait encore dans mon esprit.

— Je n'avais aucun mobile !

— Peut-être finiront-ils par en trouver un.

A présent, il souriait indiscutablement.

— Il paraît qu'on fouille votre passé de fond en comble à la suite de plusieurs dénonciations anonymes.

— Ils établiront que l'arme du crime était un tisonnier, non le presse-papiers.

Une lueur amusée brilla dans ses yeux.

— Si le meurtrier s'était contenté de frapper une ou deux fois, ç'aurait été possible. Mais il se trouve que Brager avait le crâne en bouillie. On a dû lui assener une douzaine de coups.

Brager n'était pas dans cet état-là lorsque je l'avais quitté.

Ma voix eut un accent désespéré qui me fit tressaillir :

— Si je l'avais tué, je n'aurais pas laissé son cadavre dans mon bureau. Je m'en serais débarrassé.

Renolds sourit.

— Vous avez été pris de panique et vous vous êtes enfui.

Il scruta mon visage.

— Je voulais la mort de Brager, et mon vœu s'est réalisé. J'aurais tout combiné moi-même que je n'aurais pu obtenir un meilleur résultat.

J'écarquillai les yeux.

— Adieu, monsieur Troy, dit-il en portant l'index à son chapeau. Maintenant, au moins, vous n'aurez plus à craindre la pauvreté.

Je le regardai, bouche bée.

— Comment savez-vous cela ?

Renolds sourit.

— Comment savez-vous cela? répétai-je, agrippé des deux mains aux barreaux.

Mais il s'éloignait déjà.

Man on a leash.
Traduction de Gérard de Chergé.

LA CHASSE AU MONSTRE

par Robert Edmund Alter

L'été torride tirait à sa fin. Par milliers, les souris en quête d'eau avaient déserté les collines calcinées et envahi les quartiers résidentiels. Il avait, lui aussi, quitté les hauteurs. Mais pas pour trouver de l'eau. Pour trouver des souris.

Le jour déclinait. Le soleil féroce basculait lentement derrière les collines et le diamantin était bredouille. Fatigué, il s'était réfugié dans la terre grasse d'un massif de rosiers. Devant lui, des herbes folles tapissaient l'arrière d'une maison. Bonne cachette pour une souris. Il décida de tenter sa chance encore une fois.

S'il n'avait pas remarqué le jeune garçon perché sur le mur, c'était parce qu'il était sourd et que, au-delà d'une dizaine de mètres, ses yeux ne lui rendaient pas grand service. Comme hypnotisé, le gamin resta un moment à le regarder ramper sur le gravier. Puis, plongeant la main dans sa poche, il saisit un lance-pierres, le chargea, visa et tira.

Le projectile aurait de toute façon manqué sa cible de dix bons centimètres, mais avant même que le caillou eût heurté le sol, le diamantin perçut le danger et battit en retraite dans un grouillement d'anneaux.

— Maman! glapit le gamin. Maman! Viens vite! J'ai touché un serpent à sonnettes!

65

Son travail terminé, Peter Douglas abandonna la tondeuse dans un coin du jardin. Sans se presser, il franchit les quelques dizaines de mètres qui le séparaient de la villa de George Hudson. George, lui, finissait de désherber ses massifs. Plantés au milieu de l'allée, les deux hommes bavardaient en grillant une cigarette. Vaguement, ils envisageaient d'acheter une tondeuse électrique en commun.

C'est alors que Mme Ferris, dont la maison jouxtait celle de Peter, dévala l'allée au galop en piaillant :

— Pete ! Pete ! Jimmy a aperçu un serpent à sonnettes dans la cour, derrière chez vous.

Les paupières plissées, Peter pivota vers la silhouette gesticulante.

— Qu'est-ce qu'elle raconte ? marmonna-t-il.

George grimaça un sourire.

— Une histoire de serpent à sonnettes qui serait caché dans ta cour. Avec son nez de fouine et son gamin qui fouille partout, pas étonnant qu'elle n'ignore rien de ce qui se passe chez les autres, à défaut de savoir ce qui se passe chez elle.

— Pete ! Pete ! Dépêchez-vous !

Le visage de Peter se fendit en un vaste sourire. D'une chiquenaude, il se débarrassa de son mégot.

— On ferait mieux d'aller voir, murmura-t-il.

Les deux hommes s'engagèrent d'un pas égal sur la pelouse des Thompson. Ils arboraient ce sourire un peu indulgent qu'inspirent aux hommes les craintes toujours excessives de la gent féminine, fort émotive comme chacun sait. Malgré tout, Peter devait s'avouer que son sourire avait quelque chose de forcé. « Un serpent, s'étonnait-il. Elle avait bien dit un serpent à sonnettes ? »

Mme Pedroni bondit sur la véranda en voyant les deux hommes fouler son gazon.

— Que se passe-t-il, Pete ?

Ce fut George qui répondit, l'air dégagé :

— Jimmy dit qu'il a vu un serpent derrière chez Pete.

L'agitation de Mme Ferris n'était pas sans rappeler celle d'une écolière étourdie qui lève le doigt pour répondre alors que personne ne l'interroge. Roulant de gros yeux affolés, elle se tordait frénétiquement les mains.

— Dépêchez-vous, clama-t-elle. Jimmy était assis sur notre mur quand il l'a vu émerger des rosiers. Il l'a touché avec son lance-pierres.

« Inutile de chercher plus loin, se dit aussitôt Peter en songeant au carreau cassé qu'il avait découvert deux semaines plus tôt. Je tiens l'explication du mystère. » Ce drôle de demi-sourire était toujours vissé sur ses lèvres, faute de mieux. Mme Ferris qui remontait déjà son allée au trot mugit quasiment :

— Jimmy ! Où es-tu passé ? Je t'avais pourtant ordonné de rester dans l'allée.

Mme Pedroni avait résolument emboîté le pas aux deux hommes. Jimmy, dix ans, se matérialisa au bout de l'allée, son lance-pierres à la main, chargé qui plus est.

— Mais enfin, Maman. Il peut rien me faire. Puisqu'il est parti !

Cette phrase emplit Peter d'un indéniable soulagement. Non sans stupeur, il se rendit compte que les gesticulations de Mme Ferris avaient fait naître en lui une sourde appréhension. C'était idiot d'imaginer que chacun pût réagir pareillement à l'énoncé du mot « serpent », et pourtant...

— Il s'est glissé dans votre cave par le carreau cassé, monsieur Douglas. J'étais penché sur le mur et je l'ai aperçu qui sortait des rosiers. Un sacré morceau ! J'ai pris mon lance-pierres et puis...

— C'est bon, Jimmy ! coupa Peter.

L'appréhension s'emparait à nouveau de lui. Pas de façon alarmante, mais tout de même. Il éprouvait un creux bizarre à l'estomac.

— Tu es sûr qu'il est passé par la fenêtre ?

— Certain !

Le gamin s'élança comme une flèche, traversa la pelouse en direction de ladite fenêtre.

— Il s'est enfoncé dans ce bouquet d'herbes et s'est faufilé à l'intérieur.

— Jimmy ! beugla Mme Ferris. Eloigne-toi de ces broussailles !

S'exhortant au calme, Peter inspira bien à fond. Mme Ferris ferait bien de mettre une sourdine. Sa voix perçante lui tapait sur les nerfs.

L'air peiné, Jimmy se tourna vers sa mère.

— Puisque je te dis qu'il n'y est plus ! Il est dans la cave de M. Douglas.

George décocha à Peter un sourire amusé.

— Voilà un sympathique pensionnaire. Tu lui factureras le gîte et le couvert, j'espère !

— Ouais, opina Peter avec un sourire machinal. Jimmy, enchaîna-t-il en fixant le gamin. Tu es sûr qu'il s'agit d'un serpent à sonnettes ? Pas d'une couleuvre ?

— Ah non alors ! Je l'ai bien vu. Même qu'il était drôlement gros !

« Charmant », songea Peter. « Exactement le genre de truc que l'on rêve d'avoir dans sa cave. »

— Parfait ! lança-t-il d'un ton faussement enjoué. C'est le moment ou jamais de convoquer le shérif.

La porte de derrière s'ouvrit à la volée et Madge Douglas, enveloppée dans son tablier à fleurs, jeta au quintette un coup d'œil empreint d'une amicale curiosité.

— En voilà un rassemblement !

Toujours souriant, Peter s'avança vers elle.

— Ce n'est rien, chérie. Jimmy prétend qu'il a vu un serpent...

(Avant même qu'il eût terminé sa phrase, il vit poindre dans les yeux bleus une lueur d'appréhension. En un éclair, il comprit que son intuition ne l'avait pas trompé : il n'allait pas s'en tirer comme cela. La peur chez les femmes était quelque chose d'atavique, inscrit dans leurs cellules depuis la nuit des temps. Héritée en droite ligne de ces

68

femelles hirsutes tapies au fond de leurs cavernes moites, elle resurgissait à la première occasion. Enfants, maladies, guerres, infarctus, la peur toujours les tenaillait.)

— ... s'introduire dans notre cave.

Dans le silence qui suivit cette déclaration, elle le fixa comme s'ils étaient soudain seuls au monde. Inspirant à fond, elle lâcha d'un trait :

— Peggy est en bas.

Tournant les talons, elle se dirigea vers la porte de la cave. Avec un haut-le-corps, Peter lui emboîta le pas, grimpa lourdement les marches qui menaient au porche de derrière. L'agrippant par les épaules, il l'obligea à pivoter vers lui.

— Du calme, énonça-t-il.

Contrairement à ceux de Mme Ferris qui s'agitaient dans leurs orbites comme des hirondelles prises au piège, les yeux de Madge étaient fixes lorsqu'ils se posèrent sur son mari.

— Elle est avec la petite Gladys, elles jouent à la chasse au monstre.

Peter eut un hochement de tête convulsif.

— Appelle le shérif. Ne t'inquiète pas, chérie. J'y vais.

Machinalement, il tendit la main en direction du commutateur et une phrase tinta, nette et claire, à ses oreilles. Il y avait une semaine de cela, Madge avait remarqué un soir : « Pete, il faudra changer l'ampoule de la cave. Celle-ci est grillée. » Et lui, plongé dans son journal, avait répondu d'un ton absent : « Ouais. Je m'en occuperai. Demain... »

Demain, demain... Peggy dans cette cave sans lumière. Sept ans. Des yeux bleus pétillant de bonheur dans une frimousse tendre nimbée d'un halo de cheveux blonds et qui, blottie près de lui pendant qu'il regardait la télévision, murmurait : « Bonsoir, Papa... »

— Pete, tu n'as pas changé..., commença Madge.

— Ne t'inquiète pas, répéta-t-il la main sur la poignée

de la porte. Il y a une lampe électrique dans le tiroir, là. Donne-la-moi.

Et à l'expression qui se peignit sur le visage de sa femme il comprit qu'il n'était pas au bout de ses peines.

— Pete, exhala-t-elle dans un souffle. Les piles. J'ai oublié d'en racheter !

— Bon, bon. Alors passe-moi une bougie.

Le petit groupe s'était massé devant la porte, Mme Pedroni, Mme Ferris, Jimmy et George. George arborait une mine embarrassée.

— J'ai un fusil, risqua-t-il. Un trente-deux, si tu veux...

Peter le foudroya du regard.

— Tu ne t'imagines pas que je vais utiliser une carabine. Pas avec les deux petites !

— Bon, bredouilla George piteusement.

Peter comprit alors que George ne l'accompagnerait pas et qu'il était inutile de le lui demander. « Je ne peux pas lui en vouloir. Au fond, est-ce que j'irais, moi, s'il ne s'agissait pas de Peggy ? » Et en cet instant, il eût été bien en peine de répondre honnêtement à cette question.

— Préviens le shérif, George, dit-il simplement.

Il prit la bougie allumée que Madge lui tendait et eut un mouvement de menton dans sa direction. Au cinéma, au moment critique, le héros disposait de tout le temps souhaitable pour rassurer sa partenaire. De longues minutes lui étaient accordées par le scénariste prévoyant et il les mettait à profit pour susurrer à sa belle des mots d'amour réconfortants. Dans la réalité, il en allait tout autrement. Il n'avait pas une seconde à perdre. Pas le temps de proférer le plus petit mot de réconfort. Un mouvement de menton bref, c'était tout.

Il poussa le battant et s'engagea dans l'escalier raide, s'enfonçant dans un puits de ténèbres, tout en fouillant dans sa poche à la recherche d'une allumette.

La cave était vaste, sombre et encombrée. Depuis près de dix ans les Douglas s'en servaient comme débarras. Peter ne distinguait rien, hormis les petites fenêtres qui, telles des meurtrières opaques, ne lui étaient pas d'un grand secours. Le crépuscule tombait, traînant dans son sillage les menaces de la nuit.

Peter se figea, scrutant les ténèbres, l'oreille aux aguets. Aucun bruit ne lui parvenait.

— Peggy ?

Il n'avait pas voulu chuchoter, aussi sursauta-t-il en entendant ce filet de voix tremblotant s'échapper de sa gorge.

— Peggy ? énonça-t-il cette fois avec netteté.

La chasse au monstre était leur jeu préféré. Peggy et sa petite amie Gladys se fussent volontiers privées de manger plutôt que d'y renoncer. Le but étant de se faire peur, la chasse se déroulait dans le noir. Elle nécessitait deux participants : le monstre et sa victime. Embusqué dans un coin sombre, le monstre restait immobile. c'était la victime qui se déplaçait. Lorsqu'elle s'approchait par trop du monstre, celui-ci poussait un hurlement atroce. Saisie d'épouvante, la pauvre victime glapissait à son tour avec de délicieux frissons d'effroi. Le monstre, terrorisé par son propre cri et à demi mort de frayeur, poursuivait alors sa victime dans le noir. C'était un petit jeu anodin et charmant.

— Peggy !

La voix de Peter se faisait insistante. C'est alors qu'il perçut un bruit. *Hhhhhihihi*. Etouffé et chuintant. Un soupir lui échappa. La petite flaque de lumière qu'il tenait à bout de bras trouait chichement les ténèbres du sous-sol. Les ombres charbonneuses reculèrent en courbant l'échine, se transformant en autant d'objets brun orangé.

— Peggy, Gladys. Je sais que vous êtes là. Surtout ne bougez pas. Dites-moi seulement où vous êtes. Je viens chasser le monstre avec vous.

Il y eut un silence, puis de nouveau le grêle gargouillis du rire maigrelet fusa à l'autre bout de la cave. *Hhhhhhi-hihi*.

— Peggy, tu es près de la chaudière, mon lapin? Ne bouge pas. Réponds-moi simplement.

Et brutalement, le choc! Jaillie de nulle part, la voix fluette et indignée de sa fillette de sept ans l'atteignit comme un coup au creux de l'estomac.

— Papa, tu triches! La lumière, c'est interdit!

Cela venait du chauffe-eau, non? C'est du moins ce qu'il lui sembla.

— D'accord, ma puce. J'éteins. Désormais, le monstre c'est moi. Je vais me lancer à votre poursuite.

— Non! Si tu fais le monstre, tu dois te cacher et nous sauter dessus quand nous...

— Je sais. Mais on va changer la règle du jeu. Ce sera plus amusant. Vous ne bougez pas d'un pouce, d'accord? Gladys, où es-tu, ma chérie?

— Par ici.

Derrière la chaudière. Parfait. Elles étaient dans le même coin. Tenant la bougie à bout de bras, il entama une précautionneuse progression, scrutant attentivement la pénombre.

Des piles de vieux journaux... le faciès de pleine lune de Khrouchtchev lui sourit sur la couverture poussiéreuse d'un *Life* jauni... des bouts de tuyaux rouillés, des outils, un râteau abandonné... des cartons gonflés de ces objets hétéroclites, dénués d'intérêt apparent, dont les maîtresses de maison ne parviennent jamais à se séparer... une cantine qui avait appartenu à son père... une carcasse de bibliothèque aux étagères surchargées d'un fatras de pots de peinture, brosses, bocaux vides...

Si ça se trouvait, cette foutue bestiole n'existait que dans l'imagination de Jimmy. Mais en admettant qu'il ait bien aperçu un serpent? S'agissait-il pour autant d'un serpent à sonnettes? Pouvait-on attendre d'un gamin de dix ans qu'il soit capable de distinguer un crotale d'une banale couleuvre? En tout cas, ce râteau constituerait une arme efficace si jamais...

TR-TR-TR-TRRRRRRR!

72

Juste derrière lui, cela crépita comme la sonnerie d'un téléphone. Le vacarme assourdissant envahit le sous-sol. Peter eut un sursaut, se figea et sentit ses cheveux se hérisser sur sa nuque.

Rien de commun avec le son reproduit au cinéma ou à la télévision. Rien à voir non plus avec le bruit d'un hochet de bébé. C'était beaucoup trop puissant et cela durait, durait... Peter songea à un train de marchandises lancé au grand galop, brinquebalant, cahotant, tressautant sur ses rails dans un roulement interminable.

Il pivota brusquement et ce fut alors qu'il l'aperçut sur le ciment poussiéreux, lové en une spirale impeccable, à côté d'un tas de vieilles encyclopédies. Pétrifié, il détailla la tête plate et triangulaire, la langue bifide qui s'agitait hors de la bouche close comme pour palper l'air frais. Les prunelles verticales et luisantes comme du mercure étaient braquées sur lui avec fixité et le bruiteur caudal vibrait, émettant son avertissement grelottant.

Pris de panique, Peter se demanda combien de temps il faudrait au crotale pour se décider à frapper. Mais si lui demeurait immobile, peut-être l'animal attendrait-il indéfiniment ? « C'est un être à sang froid, lent, mais suffisamment éveillé pour savoir que je représente un danger potentiel. »

— Ooooh, Papa ! Qu'est-ce que c'est que ce drôle de bruit ?

Ce fut plus fort que lui. Il était aussi tendu qu'un piège à ours que l'on vient d'armer. Précipitamment, il recula, écrasant sous son pied droit les dents de fer du râteau. Le manche se redressa avec un chuintement bref et vint frapper violemment son épaule droite, lui arrachant la bougie des mains.

Au moment où la flamme allait s'éteindre, il vit le crotale dérouler ses anneaux, d'une terrible détente la tête plate s'élança vers la bougie et, pareils à une seringue hypodermique, les crochets s'y enfoncèrent.

Puis, pendant trois angoissantes secondes, ce fut le

néant. Un néant sombre et silencieux. Peter était tombé sur son genou gauche, les deux mains plaquées au sol. Il eût été incapable de dire comment il s'était retrouvé dans cette position. La douleur lancinante qui lui labourait le dos irradiait jusque dans son bras droit. Il n'osait remuer.

Ce qu'il savait des crotales se résumait à peu de chose. De vagues souvenirs lui revinrent à la mémoire. La vision chez cet animal était loin d'être excellente, et dans le noir elle était nulle. De plus, il était sourd. Mais cela n'avait aucune espèce d'importance car le crâne du serpent renfermait un dispositif qui le rendait aussi mortellement dangereux qu'une arme de fort calibre manipulée par un tireur d'élite.

Au dire de certains il fallait chercher dans la fossette, située entre la narine et l'œil du serpent, l'origine de ce pouvoir mystérieux. D'autres considéraient qu'il résidait plutôt dans la langue, voire dans un organe interne appelé organe de Jacobson. Cet organe permettait aux crotales de détecter la présence d'un animal à sang chaud ou d'un homme, et de frapper leur proie à coup sûr.

— Papa ! Papa ! clama impérieusement Peggy. C'est de la triche ! Tu sais déjà où on est. Attends qu'on change de cachette. D'accord ?

— NON !

Se reprenant, il enchaîna, une octave plus bas :

— Non, mon lapin, attends. Ne bouge pas. Toi non plus, Gladys. Papa a quelque chose à faire d'abord. Un instant, ma chérie.

Assis sur ses talons, il tâtonna dans la poche droite de son pantalon. Vide.

Peter s'humecta péniblement les lèvres, prit appui sur son genou droit et s'apprêta à explorer son autre poche. Sa main gauche rencontra quelque chose de rond, froid et légèrement flasque.

Un cri d'horreur s'étrangla dans sa gorge. D'un bond il se rejeta en arrière et heurta le panneau métallique de la chaudière qui rendit un son caverneux. Booooouuummm.

« Du calme ! s'ordonna-t-il. Ce n'est pas lui. Ce n'est qu'un morceau de tuyau d'arrosage en plastique. » Et l'espace d'un instant il crut qu'il allait pouffer de soulagement. Ravalant ce rire fou, il se rappela qu'il cherchait des allumettes et plongea la main dans sa poche gauche.

Ce fut comme s'il plongeait au cœur du désespoir. Bon sang, c'était inimaginable ! Dans sa précipitation, il n'avait même pas pris la précaution de vérifier s'il avait des allumettes. Fébrilement, il fouilla les poches de poitrine de sa chemise. Le paquet de cigarettes y était toujours, mais pas la pochette à demi vide qu'il avait entamée le matin même.

« Garde-les », s'entendit-il dire à George alors qu'ils bavardaient dans l'allée. « J'en ai une boîte pleine à la cuisine. »

Il entreprit de contourner la chaudière en tâtonnant avec sa main gauche.

— Gladys... Gladys, tu es là, chérie ?

Il entendit ses semelles de cuir grincer sur le ciment grumeleux. Elle pouffait doucement dans le noir, à quelques pas de lui.

— Ne bouge pas, Gladys. Je vais t'expliquer la nouvelle règle du jeu avant qu'on ne commence.

Ses doigts tremblants effleurèrent alors le tissu d'un survêtement et il faillit empoigner la fillette avec violence. Il se maîtrisa cependant, prit l'enfant sous les aisselles et la souleva.

— On va jouer autrement, chuchota-t-il. Assieds-toi là et attends-moi. Je vais aller chercher Peggy.

Gauchement, il s'empara du petit corps potelé et hissa la fillette sur la chaudière.

— Cramponne-toi à l'une de ces canalisations. Oui, c'est cela, à ce tuyau. Compris ?

— Il est tout sale et tout rouillé, dit-elle.

— Aucune importance. Cramponne-toi. D'accord ? J'en ai pour un instant.

L'ayant relâchée, il s'éloigna dans l'obscurité, saisi de

75

panique à l'idée de couvrir à l'aveuglette la distance qui séparait la chaudière du chauffe-eau. Et cet imbécile de shérif qui n'arrivait pas...

— Pete ?

Cette voix jaillissant inopinément dans le noir faillit lui faire perdre tous ses moyens. Son cœur se mit à cogner à grands coups dans sa poitrine. Madge postée en haut de l'escalier l'appelait.

— Pete, ça va ?

— Oui, oui, Madge. Ça va. Tout le monde va bien. Pour l'amour du ciel, reste où tu es !

— Est-ce que Peggy...

— Je te dis que tout le monde va bien.

— Pete, est-ce que le... est là ?

Bien sûr, elle pensait aux enfants ; le sens du mot Serpent ne leur était pas inconnu et il était probable qu'il les terroriserait si on le prononçait devant elles. Or Peter voulait à tout prix éviter cela, aussi préféra-t-il mentir.

— Je ne pense pas. En tout cas, je ne l'ai pas vu.

— Mme Ferris nous apporte sa lampe électrique.

— Très bien, Madge. Nous remontons dans une minute.

« Qu'est-ce qui a bien pu me pousser à dire ça ? se demanda-t-il aussitôt. C'est faux. Nous sommes condamnés à serrer les fesses en attendant l'arrivée des hommes du shérif. »

— Papa ! Quand est-ce qu'on commence à jouer ? glapit une petite voix impatiente. Tu as dit qu'on allait jouer à la chasse au monstre !

« Mais on y joue, ma chérie. Oh, oui, c'est exactement ce que nous sommes en train de faire ! »

— Une minute, Peg. Une dernière petite chose à mettre au point.

Au ras du sol, juste devant lui, brasillait une lueur sourde. La veilleuse du chauffe-eau. Il étendit le bras, battant l'air à la recherche de sa fille.

— Voilà. Papa est là maintenant.

Tr.TR.TR.TR.trrrrrr!

Sur le moment, il ne voulut pas y croire. Pourtant il lui fallut se rendre à l'évidence : l'animal était là, tout proche, faisant tinter ses grelots. A l'instant précis où Peter bondissait pour s'écarter de la chaudière, il perçut le *ssss* aigu qu'émit le serpent en se détendant vers l'avant. Alors il bondit à nouveau pour détourner l'attention de la bête, l'éloigner de la chaudière et de sa fille.

— Oh, Papa! Tu recommences avec ce drôle de bruit!

— Ne bouge pas, Peggy. Ne bouge surtout pas, tu m'entends?

— Pete! Qu'est-ce que c'est que ce...? C'est le...

— Tais-toi, Madge! Reste là-haut.

A demi accroupi dans l'obscurité opaque, il haletait, prêtant l'oreille. Il lui sembla entendre le glissement feutré du gros corps cylindrique qui progressait en ondulant sur le sol grumeleux.

« Est-ce qu'il se dirige de ce côté? Seigneur, de ce côté, vraiment? »

Il lui paraissait inconcevable que ces quelques dizaines de centimètres de muscles, d'os et de venin pussent mettre fin à son existence. C'était absurde, ridicule. Lui, Peter, n'était-il pas l'aboutissement d'un processus d'évolution infiniment complexe? Et ce misérable et répugnant vipéridé allait se permettre de le tuer... Grotesque!

La mort ça n'arrivait qu'aux autres, ailleurs, très loin. Pas à ses amis ni à ses proches. Jamais vraiment à soi.

« Faites qu'il ne morde pas Peggy! gémit-il en une muette prière. Ni Gladys. Cette petite est sous ma responsabilité, tout autant que ma fille. »

— Pete! J'ai la lampe électrique de Mme Ferris. Veux-tu que je...

— Reste où tu es, Madge! jeta-t-il à demi tourné vers la cage de l'escalier.

TR.TR.TR.TR.RRRRRR!

De nouveau le crépitement de castagnettes se déchaîna, ample, horrible. Peter bondit sur sa gauche et heurta de

77

plein fouet les rayonnages chargés de pots de peinture et de bocaux. Délogés de leurs étagères, les objets dégringolèrent, l'entraînant dans leur chute en un grand fracas de verre brisé.

Affalé sur le ciment, Peter se débattait au milieu des débris à la recherche d'un point d'appui pour se relever et s'extraire de là. Sa main droite rencontra quelque chose et se referma dessus. Il comprit, trop tard, de quoi il s'agissait.

C'était agité de soubresauts convulsifs, cela se débattait avec rage dans sa main. Une secousse lui parcourut tout le bras, comme s'il avait agrippé un fil à haute tension. A ceci près que ce qu'il serrait dans son poing était froid, visqueux et s'enroulait de tous ses muscles grouillants autour de son poignet et de son avant-bras. Le bruiteur caudal crépita près de son oreille.

« Jette-le ! Bon Dieu, jette-le ! » Impossible. Fou de terreur et de dégoût, il avait effectué un tour complet sur lui-même. Ne risquait-il pas de le jeter au visage de sa fille ?

Le corps sinueux s'enroulait, se resserrait autour de son bras et le crépitement résonnait, résonnait...

Incapable de réfléchir, Peter avança au hasard dans le noir en titubant, le bras tendu. Le gémissement lugubre de la sirène lui parvint, ouaté par la distance. Mais ce son n'avait aucun sens pour lui, il appartenait au monde extérieur, banal, quotidien. Lui évoluait dans un monde de ténèbres opaques avec autour du bras ce maudit machin dont il ne savait comment se débarrasser.

« Il ne m'a pas mordu », marmonna-t-il avec stupeur. « Je dois le tenir juste derrière la tête, ce qui l'empêche de prendre son élan. Bon Dieu, qu'est-ce que je vais faire de cette saloperie ? »

Du pied il heurta quelque chose, trébucha et faillit s'étaler de tout son long. Des outils... Il tomba à genoux, explora fébrilement de la main gauche cet amoncellement hétéroclite et en retira un marteau.

78

TR.TR.TR.Trrrrr !

— Ta gueule ! siffla-t-il. Ta gueule !

Sa main droite se posa sur le ciment, crispée sur la créature crécelante, tressautante, et il abattit le marteau.

Le premier coup atteignit la jointure de son index. Une douleur aiguë le transperça, lui arrachant un hoquet étranglé. Puis il cogna encore et encore...

Il n'était plus le même lorsqu'il grimpa l'escalier, et il le savait. Mais à quoi bon ? Que pouvait-il y faire ? Il avançait d'un pas de somnambule.

Le shérif et son adjoint, tous deux munis de torches, le bousculèrent au passage. A genoux sous le porche de derrière, Madge étreignait Peggy et Gladys. Et Peggy expliquait d'un ton plaintif que papa n'avait pas respecté les règles du jeu, essayant de les terroriser avec « une espèce de bruit bizarre ».

— Oui, ma chérie, oui ma chérie, psalmodiait Madge en luttant de son mieux pour refouler ses larmes.

Les policiers avaient réquisitionné une ambulance. Le médecin aida Peter à descendre les marches du perron, tiraillant sur la manche de sa chemise pour essayer d'apercevoir la main mutilée.

Tous les voisins ou presque s'étaient massés dans la cour. George était au premier rang avec son calibre 32, l'air penaud.

— J'ai quand même apporté le fusil, à tout hasard, marmonna-t-il d'un ton d'excuse.

Peter lui adressa un signe de tête.

— Merci, George.

— Venez, fit le médecin. Il faut examiner cette main.

Peter se laissa remorquer docilement le long de l'allée. Les gens s'écartaient sur son passage, le dévisageant avec des yeux ronds. Il cligna des paupières et balaya les rangs des curieux d'un air hébété lorsqu'il reconnut la voix de Jimmy qui l'apostrophait.

— Zut alors, monsieur Douglas ! geignit le gamin. Pourquoi l'avez-vous tué ? Vous ne pouviez pas vous

79

contenter de le tenir en attendant que les flics rappliquent? J'aurais été bigrement content de le garder, ce serpent à sonnettes...

Il y eut des gloussements dans l'assistance et certains jetèrent à Peter un regard en coulisse.

— Désolé, Jimmy, murmura Peter.

— Venez, ordonna le médecin.

Ayant refermé sur eux les portes de l'ambulance, il fit asseoir Peter sur la couchette. Il le gratifia d'un long regard pénétrant, puis lui administra une piqûre. Après quoi, il lui offrit une cigarette.

— Ça va mieux? s'enquit-il.

— Ouais, opina Peter en hochant la tête.

Puis, avec un sourire crispé, il ajouta :

— Je l'ai eu, hein? Et pourtant, dans le noir, on n'y voyait rien. Il a dû se déployer vers moi quand j'ai heurté les bidons de peinture. Et là, avant qu'il ait eu le temps de se ramasser de nouveau sur lui-même, je l'ai empoigné par hasard. J'ai cogné, cogné à tour de bras jusqu'à ce qu'il soit réduit en bouillie et ma main avec. Impossible de savoir sur quoi je tapais. Tout d'un coup je me suis retrouvé debout, ma main gauche étreignant ma main droite, le serpent avait disparu. Vous comprenez, je ne pouvais pas m'arrêter de cogner. Je...

Brutalement, les mots lui manquèrent. Il fit un effort, mais sans succès. Une expression de répulsion horrifiée passa dans ses yeux.

Le médecin le regardait en hochant la tête.

Et soudain, Peter fondit en larmes, tremblant de tout son corps. Sa cigarette lui échappa des doigts, il s'affaissa, tandis que le médecin, lui passant un bras autour des épaules, l'étreignait comme un enfant apeuré.

A killer in the dark.
Traduction de Dominique Wattwiller.

ACCIDENT MORTEL

par *Talmage Powell*

La chambre d'hôtel était sinistre, et le rapport compliqué. Assis au bureau encombré de papiers, je fis une pause pour allumer une cigarette. Comme je me renversais dans mon fauteuil, j'aperçus mon visage dans le miroir du bureau. Monsieur Tout-le-Monde. 1,80 mètre. 71 kilos. Une mèche de cheveux noirs tombant sur un front ridé. Un strabisme dans les yeux, le visage mal rasé un peu gris de fatigue.

Je signai le rapport : *Steve Griffin.*

Je me levai, m'étirai, m'aperçus que dehors il faisait nuit et que j'avais faim. Je glissai les papiers dans la serviette qui était contre le bureau, et décidai de prendre une douche pour me rafraîchir.

Je n'eus pas le loisir de me doucher.

Le téléphone sonna.

— Monsieur Griffin ?

— Oui.

— Un appel longue distance. Quelques instants et je vous passe votre correspondant... Bon... parlez s'il vous plaît.

La ligne semblait mauvaise. La voix était lointaine, faible.

— Maureen ! dis-je. Quelle surprise ! Attends une seconde. Je vais dire à l'opératrice que la ligne est...

A des kilomètres de là, Maureen s'éclaircit la gorge.

81

— La ligne est excellente, dit-elle d'une voix plus forte.

J'agrippai le téléphone.

— Quelque chose ne va pas ? Penny. Est-ce que Penny va bien ?

— Elle regarde une émission pour les gosses à la télé. Oh, elle va bien. Mais — mais elle ne sait pas encore.

— Sait quoi ? Que veux-tu dire ?

— Steve, il faut que tu rentres à la maison. Tout de suite.

Sa voix monta d'un ton. Il y eut un moment de silence ; puis elle dit calmement, simplement :

— Un homme essaie de me tuer, Steve. Il a essayé pour la deuxième fois aujourd'hui. La première fois, ça aurait pu être un accident. Mais pas deux fois. Non, pas deux fois !

Je m'assis pesamment. J'entendais la voix lointaine me suppliant de rentrer au plus vite.

— La première fois, c'était il y a deux jours, dit-elle. La même voiture.

Elle était allée en banlieue, chez un pépiniériste, acheter des arbustes pour que Dudley les plante. La voiture avait fait un tête-à-queue au carrefour, et les pneus avaient crissé. Elle s'était écartée brusquement, évitant de justesse d'être renversée. Aujourd'hui, c'était arrivé quand elle sortait du supermarché, un sac d'épicerie dans les bras.

La même voiture. Grosse. Verte. Comme la nôtre.

— Mon Dieu, Maureen ! Pourquoi ?

— Pourquoi ? dit-elle.

Et elle se mit à pleurer. Cela ne lui ressemblait pas. Maureen ne pleurait jamais. Elle ne pouvait pas être en train de pleurer parce que quelqu'un avait essayé de la tuer.

— Je te raconterai quand tu seras là, Steve.

Je fronçai les sourcils.

— Ne bouge surtout pas. J'arrive tout de suite. Appelle la police.

— Oui, Steve. Quand tu seras là.

Cent cinquante kilomètres dans la nuit, et la pluie qui commençait à tomber. Je conduisais un coupé qui appartenait au service commercial. C'était une petite voiture qui ne tenait pas trop bien la route. Je n'avais plus faim. Je ne cessais de me répéter mentalement le coup de téléphone. Quelqu'un essayait de tuer Maureen, mais elle voulait me voir en chair et en os pour me dire pourquoi et en parler à la police.

C'était irréel, aussi irréel que notre toute première rencontre. Elle avait eu lieu en Allemagne, pendant les derniers jours de la guerre. Maureen était avec les troupes de l'U.S.O., et quand l'avion allemand nous avait survolés — un de ces vautours sinistres et avides de détruire que la Luftwaffe avait laissés — Maureen et moi avions atterri dans le même fossé. C'était un fossé bourbeux. Mais je l'avais attirée vers le fond et m'étais jeté sur elle. Des canons éructaient et une sirène hurlait. Elle était loin d'être détendue, mais elle ne tremblait pas non plus. Ce fut fini en quelques secondes. L'avion s'éloigna et l'activité reprit sur le terrain.

— Du sang, dit Maureen, regardant mon dos, et son visage vira au gris.

Puis elle sortit prestement du fossé, et revint avec deux types qui portaient une civière. Ils me hissèrent hors du fossé et, tandis que nous cahotions vers l'ambulance, Maureen courait à nos côtés. Elle paraissait petite et essoufflée, la brise faisait voleter ses cheveux blonds, courts et bouclés.

Elle se tenait penchée, d'un air contrit, tandis qu'ils me glissaient dans l'ambulance.

— Je viendrai vous voir à l'hôpital, soldat.

— Chic, dis-je, parlant entre mes dents car l'engourdissement s'estompait.

Je n'étais pas gravement blessé, mais un muscle du dos s'était déchiré, et c'était long à cicatriser. Maureen vint me voir trois fois pendant qu'elle était dans la région. Je tins ma promesse d'aller la voir quand je fus de retour aux États-Unis. Nous fîmes un bout de chemin ensemble. Nous n'avions ni l'un ni l'autre de proches parents. Nous étions seuls. Ce que nous avions vu en Europe nous avait changés. Nous avions besoin de quelque chose. Nous décidâmes que nous avions besoin l'un de l'autre. Un soir, nous étions chez des amis, et, à la fin de la soirée, nous n'avions ni l'un ni l'autre envie de rentrer. Nous roulâmes le reste de la nuit, dans un état que l'on pouvait qualifier de juste un peu joyeux, et nous nous mariâmes tôt ce matin-là.

Ce n'était pas le mariage idéal, mais nous avions fait en sorte qu'il marche. Nous n'étions pas ce que l'on appelle amoureux. Mais nous avions beaucoup de choses en commun ; nous avions la camaraderie, la compréhension ; nous désirions accepter nos petits défauts sans nous faire de la peine ou nous énerver, simplement parce que aucun de nous ne jugeait l'autre en fonction des critères de l'idéal romantique.

Penny, notre petite fille âgée de cinq ans, blonde bouclée, avec des petites dents blanches et un visage rond, consolida notre mariage.

Si cela paraît fade, c'est que je me suis mal exprimé. Nous fréquentions pas mal d'amis. Maureen était intelligente, et riait facilement. Son plus petit défaut était sa haine des détails, qui se reflétait dans sa façon de tenir la maison. Son plus gros défaut, si l'on voulait la juger, c'était son besoin d'être constamment appréciée. Elle n'était ni méchante ni coquette, mais quand elle entrait dans une pièce, il fallait qu'elle sache que les autres l'avaient remarquée. Son côté comédienne ? Peut-être. Mais j'étais porté à penser que ce trait de son caractère résultait d'un profond sentiment d'insécurité.

Les premières lumières de la ville scintillèrent. La circulation devint plus dense. Je me faufilai à travers la ville, coupant les files avec la dextérité d'un chauffeur de taxi. Arrivé au quartier résidentiel où nous vivions —

Meade Park — je bifurquai, et mes doigts agrippèrent si fort le volant qu'ils me firent mal.

Il était minuit et il pleuvait encore plus fort qu'avant. Des maisons çà et là, neuves, blanches, confortables derrière leurs pelouses, étaient éclairées.

Je tournai au coin de Tarrant Boulevard. Notre maison était située au milieu de la rue. Il y avait de la lumière dans le living-room et notre voiture était au garage. Je m'arrêtai derrière la conduite intérieure verte et me renversai dans mon siège, content de regarder quelques instants la voiture et les lumières de la maison.

Je sortis du coupé, relevai le col de mon trench-coat et courus sur la pelouse vers la porte d'entrée. Je l'ouvris et la refermai, m'attendant à voir Maureen se lever d'un fauteuil, mais le living-room était vide.

— Maureen ?

Le silence se mit à prendre vie. Le vide de la maison se fit douloureux, tandis que j'inspectais rapidement le rez-de-chaussée. Je montai l'escalier quatre à quatre, le cœur battant à tout rompre. J'arrivai à la porte de notre chambre, et un coup d'œil me montra qu'elle était déserte. Puis je me précipitai à la porte de la chambre de Penny. Je me sentis trop faible pour l'ouvrir. Il me fallut attendre quelques instants, avant de pouvoir tourner la poignée et allumer la lumière.

Penny dormait dans son lit. Son bras entourant sa grande poupée Panda. Elle remua, puis soupira dans un profond sommeil.

Je redescendis, m'essuyant les mains et le visage. Le temps que j'arrive dans le living, le mouchoir était trempé.

L'essentiel était de ne pas céder à la panique, et de réfléchir à ce qu'il fallait faire. J'allumai une cigarette et me forçai à rester calme. Alors que je jetais l'allumette dans le cendrier, je vis le mégot. Je le ramassai. Il était encore humide et lisse. Je ne fus pas longtemps abusé. Ce n'était pas celui de Maureen ; il n'était pas taché de rouge à lèvres. Cela devait être celui d'un homme.

85

Je me retins avec peine de hurler le nom de Maureen et je me retrouvai à la porte d'entrée, le visage baigné par la pluie et l'obscurité, cherchant quelque trace de sa présence. Elle avait pu sortir, mais elle n'était pas allée bien loin par une nuit pareille, sans voiture, et avec Penny seule en haut. Les maisons voisines étaient éteintes.

Je refermai la porte d'entrée. Comme tout un chacun, il me répugnait d'appeler la police. Puis je me remémorai le bruit faible et lointain de sa voix au téléphone.

Dans la petite alcôve après le vestibule, je décrochai le téléphone, composai le numéro. Ce fut une voix calme et ennuyée qui interrompit la sonnerie à l'autre bout.

— Commissariat de police, cinquième circonscription urbaine.

— Je voudrais déclarer la disparition d'une personne.

— Je vous passe le service.

Une pause. J'essuyai mes lèvres sur le dos de ma main. Un autre déclic.

— Personnes disparues. DeCoster à l'appareil.

— Je suis Stephen Griffin, 642 Tarrant Boulevard. Ma femme a disparu.

DeCoster soupira, comme si c'était une routine maintes fois répétée.

— Son nom ?

— Maureen. Elle...

— Qu'est-ce qui vous fait penser qu'elle a disparu ? Vous êtes sûr qu'elle n'est pas sortie, qu'elle n'a pas été appelée par une amie, ou qu'elle ne va pas rentrer tard du cinéma ?

— Ecoutez, répondis-je. Il y a deux heures, j'étais à des kilomètres d'ici. Elle m'a téléphoné. Elle a dit que quelqu'un essayait de la tuer, et m'a supplié de rentrer à la maison. Quand je suis arrivé, la maison était éclairée, la voiture était là, mais il n'y avait nulle trace de sa présence. Si vous avez des questions.

— Je vous les poserai sur place, dit DeCoster.

Huit minutes plus tard, une voiture de police stoppa

brusquement devant la maison. Je la guettais sur le seuil. DeCoster et un jeune flic en uniforme arrivèrent sous la pluie, se présentèrent, et nous nous retrouvâmes dans le living-room.

DeCoster était un homme grand et mince au teint olivâtre. Il avait un visage allongé et des poches flasques sous les yeux, mais son regard gris brillait de vivacité.

— Allez-y, dit-il, repoussant son chapeau sur son front.

Il m'écouta parler, puis demanda :

— Vous avez une photo d'elle ?

Je raflai une photo de Maureen qui était sur un coin de la table. DeCoster la prit, et je lus dans ses yeux qu'il la trouvait très séduisante en son genre.

— Photogénique, dit-il, malicieuse. Des yeux en amande. De jolies dents. On n'aura pas de mal à la reconnaître.

Il tendit la photo au flic en uniforme et lui demanda de la retirer du cadre, après que je lui eus donné mon accord.

— Asseyez-vous, me dit DeCoster, et nous allons bavarder.

— Bavarder ! Pourquoi ne faites-vous rien ?

La première fois que je lui avais exposé les faits, je lui avais parlé de mégot. Je lui en reparlai à nouveau.

— Quiconque fumait cette cigarette n'a pu l'emmener bien longtemps avant que j'arrive. Chaque minute que vous perdez...

Il me mit la main sur l'épaule.

— Je comprends vos sentiments. Mais vous tirez des conclusions trop hâtives. Même si vous avez raison, il n'est pas en pleine nature avec elle, attendant qu'on vienne le cueillir.

Il fit signe au jeune flic en uniforme.

— Diffuse la photo.

Le flic sortit avec la photo de Maureen. DeCoster m'accorda toute son attention, comme si j'étais le seul client qu'il ait eu durant ces cinq dernières années.

— Parlez-moi d'elle.

— Que voulez-vous savoir ?

— Tout ce qui vous vient à l'idée. Ses habitudes, ses amis, ses goûts, ses aversions, ses activités. Ses ennemis.

— Elle n'en avait pas. Pas de ce genre.

Il sourit et attendit ; je fus parcouru de frissons. Je lisais dans ses yeux : « Oh si, elle en avait ; elle en avait au moins un de ce genre. »

Je fus soulagé de parler d'elle. Tant qu'on pouvait en parler au présent, il y avait quelque chose à quoi se raccrocher. DeCoster savait écouter, son attention ne fléchissant jamais.

J'essayai de lui décrire comment Maureen était, son curieux mélange de maturité et d'adolescence. Juste au moment où vous étiez convaincu que sa façon de voir les choses resterait toujours pure et juvénile, elle dévoilait une vision de la vie quelque peu amère, davantage appropriée à un philosophe plutôt pessimiste. A l'instant précis où il semblait que l'aboiement d'un jeune chien allait l'effrayer, elle faisait preuve d'un accès de courage et de détermination qui aurait fait fuir un mastiff.

D'un signe de tête, un mot, une expression du visage, DeCoster m'incitait à continuer. Je lui appris qu'elle avait été une actrice n'ayant obtenu que peu de succès. Si l'on en venait à parler théâtre, son regard devenait encore nostalgique, mais, depuis la naissance de Penny, elle évoquait peu le temps où elle était comédienne.

DeCoster apprit que j'étais associé minoritaire dans une entreprise de plastiques dirigée par Willis Burke, qui était devenu mon ami pendant la guerre. La société marchait bien. Will avait utilisé l'héritage d'une vieille famille orgueilleuse pour investir presque tout l'argent quand nous avions commencé. Il était l'administrateur, l'organisateur, le directeur. Moi, j'agissais sur le terrain.

— Alors, vous êtes souvent loin de chez vous ?

— La plupart du temps...

Je m'interrompis. Nous nous regardâmes.

Avec précaution, je posai les mains sur les accotoirs du fauteuil.

— Tous les flics ont-ils l'esprit aussi mal tourné ?

— Ecoutez, rappelez-vous bien ceci. (Le visage de DeCoster semblait plus mince et plus allongé.) Il n'y a que trois explications possibles au fait que quelqu'un la poursuive, un : c'est peut-être un dingue. Deux : il peut l'avoir prise pour quelqu'un d'autre.

— Et trois ?

— Trois : en votre absence, elle a fait quelque chose qui expliquerait que quelqu'un veuille la tuer.

Il avait dit cela doucement. Mais je me pris à le détester.

Le carillon de l'entrée se fit entendre. Je bondis de mon fauteuil, arrivant à la porte avant DeCoster. Willis Burke était dehors. C'était un homme grand, mais qui paraissait trapu. Il avait cette assurance innée des gens n'ayant jamais eu de soucis d'argent. A trente-cinq ans, son visage était toujours celui du grand collégien président des anciens élèves. Un visage carré au menton fendu par une fossette. Les sourcils étaient épais, mais réguliers. Ses cheveux bruns formaient une pointe sur son front haut et dégagé. Il était sans chapeau, des gouttes de pluie perlaient dans ses cheveux et sur son costume sombre. Il avait bu, juste ce qu'il fallait pour être gai.

Il me menaça du doigt.

— J'ai vu la voiture de la société dans l'allée. Je suppose que tu veux une prime pour finir...

— Entre, Will. Quelque chose est arrivé.

Il entra et je refermai la porte. Son regard alla de DeCoster à moi, pressentant que mes paroles étaient lourdes de sens.

— Tu as des ennuis, Steve ? Tu as besoin d'aide ?

— Will, Maureen a disparu.

Il n'était plus ivre maintenant, et me regardait fixement.

— Quand ?

— Ce soir.

Je continuai, parlant aussi vite que possible, ne voulant

pas entendre les mots que je prononçais. DeCoster écoutait et se taisait.

Will s'humecta les lèvres.

— Laisse-moi comprendre. Elle a téléphoné. On a essayé deux fois de la tuer. Elle était partie quand tu es arrivé. Ecoute, c'est réel, hein ? Je ne suis pas tombé dans les pommes et je ne rêve pas ?

— Vous n'êtes pas suffisamment saoul, dit DeCoster.

— C'est bien ce que je crains.

Will s'assit, puis il se leva à nouveau.

— Pas étonnant alors qu'elle ait eu l'air de quelqu'un fâché avec le sommeil.

— Quand l'avez-vous vue pour la dernière fois, monsieur Burke ?

— Hier. Dans la soirée. Carla, ma femme, et moi l'avions invitée à dîner. Nous avions remarqué à quel point Maureen avait les traits tirés et décidé qu'elle avait besoin de se changer les idées. Mais ça n'a pas marché.

— Non ?

— Carla et moi, nous nous sommes disputés. Cela nous arrive souvent. J'ai oublié comment l'histoire d'hier soir a commencé... Ah si, Carla avait oublié de réserver au Penguin Club. Elle disait que j'aurais dû lui téléphoner dans l'après-midi et le lui rappeler, que je savais comme elle était occupée dans la journée, et tout ce à quoi elle devait penser.

— Habituellement, Maureen est amusée par nos petites querelles. Mais la nuit dernière, ça l'a énervée, et elle nous a quittés en colère. Elle m'a appelé aujourd'hui pour s'excuser. Elle n'était pas dans son état normal, m'a-t-elle dit. Une migraine terrible.

— Vous ne l'avez pas vue aujourd'hui ?

— Non. Je lui ai demandé au téléphone si je pouvais l'aider. Elle m'a répondu qu'elle avait simplement besoin d'une journée de repos. Elle allait s'allonger, et ne sortirait que pour aller au supermarché faire quelques courses en fin d'après-midi. Alors, je l'ai laissée raccrocher. Franchement, j'étais un peu en rogne à cause de la veille au soir. Après le départ de Maureen, Carla avait mis un 33 tours. Elle m'a dit que j'avais été idiot de blesser Maureen, et qu'en plus j'étais un fieffé goujat de laver notre linge sale en public. J'ai passé la nuit au club. J'ai travaillé un peu ce matin ; puis je suis sorti soigner ma gueule de bois, ce que je n'ai toujours pas fini de faire.

— Mme Burke a-t-elle vu Mme Griffin aujourd'hui ?

— Je ne sais pas. Vous pouvez lui demander.

— C'est ce que je vais faire, dit DeCoster. Je suppose que vos deux ménages ont des liens plus étroits que de simples relations professionnelles ?

— Nous sommes amis, dit Will. Je viens ici quelquefois, quand j'ai envie de dîner tranquillement. C'est confortable, délassant. Pas comme chez moi.

— Tous les combien venez-vous ici quand M. Griffin n'est pas là ? demanda DeCoster avec douceur.

La fossette du menton de Will se creusa.

— Monsieur le policier, voudriez-vous mon poing dans le nez ?

— Vous n'êtes pas aussi dégrisé que nous le pensions, dit DeCoster. Ou vous êtes complètement idiot. Maintenant, répondez à ma question !

Will jaugea le flic, puis décida de parler au lieu de cogner.

— D'abord, je ne veux pas provoquer de scandale, dit-il en me lançant un coup d'œil. Deuxièmement, il se trouve que Steve est mon ami.

J'étais content qu'il ait dit cela, et qu'il l'ait dit de cette façon-là. L'insinuation venimeuse de DeCoster à propos de Maureen me rongeait l'esprit, malgré mes efforts pour ne pas en tenir compte. Le téléphone sonna. J'allai répondre dans le hall. C'était pour DeCoster.

Il écouta presque tout le temps, ne parlant que par monosyllabes, et me lançant des regards en coin. De la salle à manger parvint le tintement du goulot d'une bouteille sur un verre ; Will soignait sa gueule de bois.

DeCoster reposa le récepteur sur le combiné. Son visage était gris. Puis, comme s'il se parlait à lui-même, il dit :

— La brève entaille d'un scalpel est plus clémente que la lame émoussée d'un couteau.

J'empoignai son bras.

— Que voulez-vous dire ?

— Une femme répondant à la description de votre épouse vient d'être amenée à la morgue.

Une chose étrange se produisit dans la maison. Ses murs semblèrent s'élargir à une vitesse terrifiante, et je fus seul dans un endroit sombre où soufflait un vent glacial.

Puis le visage de DeCoster se rapprocha et se mit à tourner. Il m'agrippait le bras.

— C'est peut-être une erreur. Il se peut que ce ne soit pas elle. Il va falloir que vous y alliez pour vous en assurer.

Je me dis que c'était Maureen. Ils avaient sa photo. Elle était facilement reconnaissable. DeCoster lui-même l'avait dit.

Je me tenais au pied de l'escalier, une main contre le mur, et l'autre sur le pilastre de la rampe. Je levai les yeux vers le corridor éclairé par une faible lampe. Là où le silence régnait et où une enfant dormait. Je sentis la main de DeCoster sur mon épaule.

— Une auxiliaire de la police va arriver. Le Sergent Elda Darrity. Elle est jeune, gentille, et elle aime vraiment les gosses. Si votre petite fille se réveille, le Sergent Darrity saura quoi faire.

Will était dans le hall. Il en avait suffisamment entendu pour comprendre.

— Steve, je t'accompagne. Je vais faire venir Carla pour qu'elle reste avec Penny.

— J'aimerais que tu viennes avec moi, dis-je. Mais ne dérange pas Carla.

Je préférais que la femme agent soit à la maison, si Penny se réveillait.

Carla était bavarde. Elle pouvait essayer de parler de cette chose terrible à une petite fille.

L'auxiliaire féminine était une brune sympathique, et elle avait l'air compétent. Elle était costaude, mais il y avait de la bonté sur son visage.

Flanqué de Will et de DeCoster, je sortis dans la nuit. Nous montâmes tous trois à l'arrière de la voiture de police. Un jeune flic en uniforme conduisait. Les essuie-glaces devaient travailler dur pour maintenir la visibilité du pare-brise.

Je me remémorai avec quelle tendresse et quelle humilité Maureen les avait regardés me mettre dans l'ambulance.

— Je viendrai vous voir à l'hôpital, soldat...

La morgue était un immeuble de pierres brunes, dont les marches menant aux doubles portes de verre étaient usées, creusées.

La lumière à l'intérieur me parut vive et crue après le trajet dans l'obscurité. DeCoster parlait à un homme à voix basse.

— Par ici, monsieur Griffin, s'il vous plaît.

Le long d'un couloir, nous allâmes jusque dans une pièce où une température basse était maintenue. Un jeune homme en blouse blanche se déplaçait sur le carrelage avec des chaussures à semelles de caoutchouc. Il tira un drap recouvrant une forme couchée sur une table, et je l'identifiai pour la millième fois. J'avais enduré cette épreuve neuf cent quatre-vingt-dix-neuf fois durant le trajet.

L'homme en blouse blanche replaça le drap blanc sur le visage de la morte. Je me détournai. J'étais glacé, mais la transpiration coulait le long de mes joues. J'essayai de me rappeler son rire, mais les sombres méandres de ma pensée ne retenaient que l'ultime vision que j'avais d'elle, brisée, souillée de sang, et dépouillée de toute dignité. Ses vêtements trempés et déchirés. Les cheveux mouillés encadrant son petit visage triangulaire.

Demain, Penny allait se réveiller et demander sa mère.

Je marchai, et deux ou trois personnes marchaient avec

moi. Je glissai maladroitement une cigarette entre mes lèvres, et quelqu'un me tendit un briquet pour l'allumer.

De nouveau la pluie sur mon visage. Puis le tourbillon des lumières voilées à l'extérieur de la fourgonnette qui roulait. Will et DeCoster étaient toujours avec moi.

Nous stoppâmes devant la maison. Nous sortîmes tous trois et entrâmes à l'intérieur. La femme agent dit que Penny dormait toujours ; tout allait bien.

Tout allait mal. Tout était détraqué. Tout était perverti, pourri et injuste. On avait besoin de Maureen ici. Penny avait besoin d'elle ; moi aussi ; la maison aussi.

Quelque part dans la ville, un homme se détendait, satisfait de lui. Peut-être se souriait-il à lui-même, ou bien buvait-il un verre, tandis qu'il repassait toute l'histoire dans sa tête, cherchant la faille, la plus petite erreur.

DeCoster me demanda si cela irait. J'acquiesçai, et Will dit à DeCoster qu'il attendrait.

DeCoster se tourna vers moi.

— Les mots n'ont aucun sens en de pareilles circonstances ; aussi, je n'essaierai pas de dire quoi que ce soit. Détendez-vous si vous le pouvez, Griffin, et reposez-vous. Nous aurons besoin de toute l'aide que nous pourrons obtenir. Il vous faudra parler à beaucoup de gens au cours de la matinée.

J'acquiesçai. DeCoster et l'agent de police sortirent. Je m'assis sur le divan du living-room et me pris le visage entre les mains. J'entendis Will dans la salle à manger, cherchant le whisky. Il revint la bouteille à la main.

— Un petit coup pour te remonter, Steve ?

Je fis non de la tête. Je le regardai se servir un verre. Il avait l'air fatigué, presque malade. Il ne but pas d'un trait, mais s'assit les coudes sur ses genoux, ses deux mains autour du verre. Il regarda fixement le tapis. Puis il leva la tête.

— Steve, je n'ai pas été tout à fait franc avec DeCoster.

— Que veux-tu dire ?

— Je venais ici quand tu n'étais pas là. Maintenant que cette chose terrible est arrivée, il faut que je te parle. Je dois te faire comprendre. Steve, elle était comme une sœur pour moi...

Sa voix baissa d'un ton. Je restai parfaitement immobile.

— Continue, Will.

Il fit un geste vague de la main.

— Je sais que je suis en train de risquer une chose à laquelle je tiens depuis longtemps, Steve — notre amitié. Mais je ne veux pas courir cet autre risque : que tu l'apprennes par quelqu'un d'autre. C'était parfaitement innocent, mais cela peut sembler différent si tu en entends parler de façon détournée.

Il s'interrompit de nouveau. Il semblait avoir besoin qu'on l'aidât à trouver ses mots. Je le laissai transpirer et me tus.

— Elle n'était pas le dixième de la jeune mère de famille équilibrée que tu voulais qu'elle soit, Steve. Dieu sait qu'elle a essayé ! Pour toi et pour Penny. Elle avait des qualités, et sentait qu'il lui fallait en tirer le meilleur parti. Elle n'avait pas vraiment de défauts. Une générosité innée. Un besoin unique d'être appréciée et approuvée. Un manque de maturité dans sa nature qui nécessitait un encouragement constant à se montrer adulte. Elle admirait ton caractère, Steve, ta force, et ta façon réaliste de voir les choses. Elle était quelqu'un de différent quand tu étais à ses côtés.

— Tu étais sur le point de me parler, dis-je, de toi et d'elle. Au lieu de cela, tu m'accuses d'être un idiot qui ne connaissait pas sa propre femme.

Je m'aperçus que j'avais presque hurlé quand je m'arrêtai de parler, et que le silence fit contraste.

Will acheva son verre d'un trait.

— Je t'ai dit, reprit-il, je t'ai dit pourquoi. Nous n'étions pas souvent seuls. Ni l'un ni l'autre n'envisagions d'avoir une liaison. Nous bavardions et nous dînions, allant parfois faire un tour, et seuls des enfants auraient ri de nos plaisanteries.

— Comme si vous étiez encore au collège, lançai-je.

Il baissa les yeux ; il avait de la salive au coin des lèvres.

— Peut-être as-tu raison, Steve. Je suppose que nous avons effectivement essayé de revenir en arrière et de nier la réalité.

— Ensuite, tu retournais auprès de Carla.

Il fixa le tapis et ne dit mot.

— Carla est-elle au courant ?

— Je ne lui ai rien dit. Je ne crois pas qu'elle aurait compris. Steve, tu veux que je m'en aille ?

— Non, répondis-je. Je crois que tu m'as dit la vérité. Je pense que tu as menti à DeCoster, parce que dans ta façon de voir les choses, tu avais l'impression de protéger mon honneur.

Je me levai.

— Donc, je ne te demande pas de partir, Will. Mais ne crois-tu pas que tu ferais mieux de retourner auprès de Carla ?

— Elle peut se passer de moi. Je reste ici. Il y a peut-être quelque chose que je peux faire. Et merci, Steve.

Je gravis l'escalier et gagnai la chambre à coucher.

J'enlevai mes chaussures et m'allongeai en travers du lit, conscient du lit jumeau vide à côté de moi. Je n'avais pas allumé une seule lampe. La nuit était proche, et j'entendais le battement insistant de la pluie contre les vitres. J'aurais pu passer plus de temps avec Maureen. J'aurais pu arriver à mieux la connaître. Je savais maintenant que je l'avais à peine connue. J'étais trop occupé à gagner de l'argent, parce que je croyais que c'était ce que je pouvais faire de plus important pour elle.

La fille arriva à la maison tôt le lendemain matin. Will dormait dans la chambre d'ami et Penny ne s'était pas encore réveillée. Je faisais du café à la cuisine et réfléchissais à l'un des problèmes les plus épineux que j'aie eus à affronter — comment le dire à Penny — quand on sonna à la porte. Je vis une grande fille séduisante. Les traits de son visage étaient bien dessinés, avec des pommettes hautes, une bouche chaleureuse aux lèvres charnues. Elle avait de grands yeux sombres, des cheveux bruns et brillants qui lui arrivaient presque aux épaules. Ces détails ajoutés au reste donnaient une impression amicale.

— Vous devez être Steven, dit-elle, la voix ajoutant une note de chaleur. Je suis Vicky Clayton.

Elle vit mon air décontenancé.

— Maureen ne vous a jamais parlé de moi ?

Sous son apparence calme, elle était nerveuse. Cela se voyait à la façon dont elle serrait le journal dans sa main gauche.

— Peut-être que si, Miss Clayton. Je n'ai pas les idées très claires ce matin.

— Bien sûr.

Le contact de sa main sur mon poignet fut un geste inconscient, impulsif.

— Je suis désolée, Steven, fit-elle simplement. Maureen et moi étions des amies autrefois.

Nous nous tenions toujours sur le pas de la porte. Je m'effaçai et elle entra.

— Voulez-vous du café ? demandai-je.

Sans chercher d'abord à m'expliquer sa venue à une heure aussi incongrue, elle dit : « Volontiers, merci. »

Elle s'assit à la table et j'apportai le café. Elle avait posé son journal et je vis l'article. Je pris le journal. Une femme avait été écrasée par une voiture. Elle était mariée et mère de famille ; elle avait été autrefois comédienne. La police recherchait la voiture meurtrière. Laissant tomber le journal, je me forçai à boire du café.

— Vous vivez ici depuis longtemps, Miss Clayton ?

— Non. Cela fait quelques jours seulement que je suis venue rendre visite à des parents. J'ai téléphoné à Maureen. Nous avions prévu de déjeuner ensemble et de parler du bon vieux temps.

— Vous l'avez connue dans le show-business ?

— C'était une actrice épouvantable, dit Vicky en souriant.

Quelqu'un dévalait l'escalier ; une enfant en pyjama froissé entra dans la salle à manger. Penny s'arrêta net, en voyant l'étrangère. Puis s'élança de nouveau et sauta sur mes genoux. Elle jeta un bras autour de mon cou et pressa son visage contre ma poitrine.

— Papa, Papa ! Tu es à la maison !

Elle descendit de mes genoux et, avant que j'aie pu l'arrêter, courut à la cuisine.

— Maman, Papa est là !

Vicky Clayton pâlit et lança un coup d'œil vers la cuisine.

— Maman...

Constatant que la cuisine était vide, Penny revint vers moi. Je la pris et la soulevai du sol.

— Est-ce que Maman dort encore ? demanda-t-elle.

— Penny... commençai-je.

Mais je ne pus dire quoi que ce fût d'autre. Vicky se leva.

— Hello Penny. Je m'appelle Vicky. Ta maman a dû partir en voyage. Et j'ai oublié de lui demander ce que tu aimes pour le petit déjeuner. Mais tu vas me le dire. Et nous allons prendre un bon petit déjeuner.

Vicky était une bénédiction ; la façon dont elle prenait Penny en charge était remarquable. Le téléphone se mit à sonner et les gens commencèrent à rendre visite en passant. Il y eut dans la maison un bruit feutré de voix étouffées. Will descendit, dessoûlé. Il avait retrouvé ses esprits et se mit à prendre les choses en main d'une façon affable, mais décidée.

Carla arriva, telle une pie bien portante et grassouillette mais qui, ce jour-là, ne jacassait plus.

Elle prit mes mains dans les siennes et pleura doucement.

Will vint à mon secours en la chargeant de répondre au

téléphone. Je profitai de l'occasion pour aller à la cuisine. Vicky et Penny avaient fini de manger. Je jetai un coup d'œil par la fenêtre. Je les vis dans la cour de derrière, occupées à construire un village dans le bac à sable de Penny. La police arriva. Deux autres flics, tous deux en civil. Celui qui parlait montra ses papiers ; il s'appelait Liam Reynolds. Lieutenant à la Brigade Criminelle. Nous avions besoin d'être seuls. Je l'emmenai au premier.

C'était un type jeune et beau. Il n'avait pas l'air d'un flic, mais plutôt d'un danseur.

Dans la chambre à coucher, je l'invitai d'un geste à s'asseoir. Il prit place sur le pouf en s'excusant de me déranger à un pareil moment.

— Mais, ajouta-t-il, je sais que vous souhaitez le voir sous les verrous. Moi aussi, Griffin, et je l'aurai. J'espère qu'il essaiera de jouer sa dernière carte et nous dispensera ainsi d'un procès, car il pourrait s'en tirer avec dix ans.

Reynolds s'arrêta de parler ; puis se détendit.

— Désolé. Moi aussi, j'ai une femme. Même taille, même allure.

Se levant, il marcha jusqu'à la fenêtre.

— Je parle trop. Mais je n'aime pas les choses qui sortent en rampant de dessous les rochers et s'attaquent aux femmes.

Il se détourna de la fenêtre.

— Commençons avec son coup de fil de la nuit dernière. Avant ça, aviez-vous eu l'impression qu'elle pouvait se trouver dans les ennuis ?

Je secouai la tête. Reynolds était un homme étonnant. En le regardant, je commençai à me sentir mieux. Peut-être était-ce dû à sa franchise, la façon dont il affrontait la réalité. Tout à coup, l'état de stupeur où je me trouvais se dissipa. Je vis le jour nouveau au-dehors. Je vis le lit sur lequel Maureen avait dormi. Je pouvais à présent me dire qu'elle était morte.

— Le mobile, dit Reynolds, c'est cela qui vous fait peur, n'est-ce pas, Griffin ?

— Oui, répondis-je.

— Nous découvrirons le mobile. (Son visage exprima de la compassion.) Mais peut-être n'y était-elle pour rien. Peut-être tout cela est-il sorti de l'esprit tordu de l'homme qui l'a tuée.

Il revint à l'histoire du coup de fil. Je lui répétai la conversation mot pour mot.

— Elle savait donc pourquoi, dit-il.

— Mais elle ne m'en a rien dit, et il s'est avéré que c'était plus urgent qu'elle ne le pensait.

— L'argent ?

— Je ne vois pas comment. Nous avons de quoi vivre à l'aise. Ni trop ni pas assez pour que cela constitue un risque.

— De mauvaises habitudes ?

— Pas vraiment. Rien qui puisse inciter quelqu'un à... Rien de suffisamment important pour en être la cause.

— Une liaison ?

Le mot était clinique, impersonnel.

— Elle était d'une droiture innée, et d'une grande bonté. Je réalise pour la première fois à quel point elle a dû être seule parfois, à quel point j'ai rendu notre mariage vulnérable. Mais si elle s'était éprise passionnément d'un autre, elle me l'aurait dit et m'aurait demandé de divorcer. J'en suis convaincu. Je crois que vous allez devoir chercher la raison en dehors de son existence quotidienne, Lieutenant.

— Je me souviendrai de ce que vous me dites. Maintenant, avec votre permission, j'aimerais jeter un coup d'œil à ses affaires. Nous n'en avons pas pour longtemps. Quelques vérifications de routine. Cause de la mort, lésion du cerveau. Cela a pu se passer quand la voiture l'a renversée. On l'a trouvée dans Timmons Street, une rue sombre et déserte en bordure des entrepôts des docks. Elle n'était certainement pas allée jusque-là seule, à pied. Il est venu ici, l'a forcée à le suivre, et quand ils sont arrivés à Timmons Street, elle a peut-être réussi à sortir de la voiture et tenté de s'enfuir. Il s'est alors servi de la voiture comme d'une arme.

Je me sentis la bouche sèche.

— Il voulait utiliser la voiture. Il avait déjà tenté de le faire à deux reprises. Comme si c'était une idée fixe.

— Ouais ! fit Reynolds en traversant la pièce. Avait-elle un endroit où elle gardait des lettres, des souvenirs, des factures à payer ?

— Elle n'avait guère d'ordre. Voyez peut-être dans le tiroir de la coiffeuse. Celui en haut, à gauche.

C'était un tiroir fourre-tout. Je me tins à côté de Reynolds tandis qu'il examinait quelques vieilles lettres d'amies, le petit album qu'elle avait commencé autrefois, avec quelques publicités de théâtre et une ou deux petites coupures de journaux. Il feuilleta les factures, les reçus, les notes écrites sur des petits morceaux de papier qui servaient d'aide-mémoire à Maureen.

Puis il me tendit son chéquier.

En ordre ? Je parcourus les talons de chèques. Puis je les examinai à nouveau en détail. Un froncement de sourcils plissa mon front. « Non, dis-je, il ne me paraît pas normal. Il y a eu récemment trop de petites sommes à son ordre. Le total est hors de proportion avec ce qu'elle dépensait habituellement.

— Nous verrons si elle les a endossés.

Reynolds fourra le chéquier dans sa poche pour se souvenir de téléphoner à la banque. Son attention revint au tiroir qui était presque vidé quand il en retira une liasse de papiers dactylographiés attachés ensemble.

— On dirait le manuscrit d'une pièce, dit-il.

— Je ne savais pas qu'elle écrivait une pièce.

— Elle n'en écrivait pas une. Voici le nom et l'adresse de l'auteur dans le coin supérieur gauche de la première page. Randy Price. Vous le connaissez ?

— Je ne me souviens pas de ce nom.

— Allons voir de quoi il a l'air.

Nous descendîmes. Will Burke terminait une conversation téléphonique. Il vint vers nous. Il était plein de sang-froid, efficace, compétent, un vrai P.-D.G. Il resterait ainsi jusqu'à ce que le collégien qui sommeillait en lui se réveille et envoie promener ses responsabilités. Alors Will laisserait tomber son sérieux, sa dignité et ses soucis pour se payer du bon temps pendant deux ou trois jours. Je le présentai à Reynolds et les laissai bavarder tous les deux. J'évitai le living-room, où quelques personnes pleines de bonnes intentions s'étaient attardées. Je sortis par la porte de derrière.

Le soleil tapait et le ciel était d'un bleu éclatant. Cela sentait la fraîcheur et l'herbe mouillée. Je dus faire un effort pour m'empêcher de penser à quel point Maureen aimait les journées comme celle-là. A l'angle arrière de la maison, je m'arrêtai un moment pour regarder Vicky Clayton et Penny. Miss Clayton était assise au bord du bac à sable, sa robe imprimée tirée sur ses genoux et serrée derrière ses jambes. Penchée, elle construisait quelque chose dans le sable et Penny, accroupie à côté d'elle, l'observait avec une extrême attention.

Je marchai dans leur direction, mon ombre s'étendit sur elles. Vicky se leva, et la brise matinale joua dans ses cheveux. Je la pris à part, disant à Penny que je revenais tout de suite.

— Je vous suis reconnaissant, dis-je. Vous avez considérablement égayé sa matinée.

— Et la mienne, aussi. Elle est merveilleuse, Steven. J'espère vraiment avoir bien fait. J'ai bavardé avec elle à propos de sa mère. Je crois qu'elle s'est résignée à son absence pour plusieurs jours. Quand sa mère aura cessé de lui manquer autant, nous pourrons lui dire la vérité petit à petit, sans la traumatiser.

— Je vous suis même encore plus redevable que je ne le pensais, Miss Clayton.

— Oh, j'adore les enfants. Je suis enseignante, vous savez.

— Non, je l'ignorais.

— Oui, bien sûr, Maureen n'a jamais parlé de moi.

— Je voulais simplement vous dire que je sors avec le détective. Je vais vous enlever Penny et je la laisserai chez la jeune femme qui nous sert de baby-sitter.

— Vous croyez ? Je n'ai absolument rien à faire. Mais j'oubliais : je suis une étrangère. Vous ne *voulez* peut-être pas que je reste avec Penny ?

Je n'hésitai plus. Je regardai derrière Vicky.

— Penny, tu seras bien sage avec Miss Clayton.

— Oui Papa, répondit-elle.

Randy Price habitait Shady Oak Lane. Ce n'était pas loin de Meade Park, mais on avait l'impression d'être à la campagne. L'histoire de Shady Oak avait commencé pendant le boum de l'entre-deux-guerres, quand une société d'exploitation était venue s'installer là. On traça des rues, on vendit un certain nombre de lotissements, et on construisit quelques villas bon marché. Puis ce fut la débâcle. Après, la ville s'était étendue dans d'autres directions. Et il y avait à Shady Oak des kilomètres de trottoirs défoncés. Les réverbères, lugubres, ternis, au verre brisé, montaient la garde tels des squelettes qui ne garderaient rien.

Reynolds et moi dépassâmes deux ou trois des petites maisons de bois qui paraissaient ne jamais avoir été réparées ou repeintes. Des voitures à l'état de ferraille occupaient les cours intérieures et une vache broutait derrière une maison.

Le domicile de Price était différent à deux égards. Aucune vache ne nous regarda approcher, et la voiture garée à côté de la villa était un tout nouveau modèle.

Le soleil était chaud et le bourdonnement des insectes ajoutait de la nonchalance à cette journée, tandis que Reynolds et moi franchissions le porche : le policier frappa à la porte d'entrée.

Il n'y eut pas de réponse immédiate. Reynolds frappa de

nouveau. Puis une voix, qu'on aurait prise pour un bâillement, dit « O.K., O.K. J'arrive ».

Finalement, Price vint à la porte et nous regarda à travers le judas. Il était beau, jeune et brun. Si ce n'était la barbiche et la moustache finement taillées, on aurait dit un adolescent.

— Salut, dit-il avec un sourire qui découvrit l'éclat de ses dents blanches et régulières. Désolé, mais je n'achète rien aujourd'hui.

Reynolds me lança un coup d'œil.

— Je m'appelle Steven Griffin, dis-je. Vous êtes Randy Price ?

Son visage s'éclaira de plaisir.

— Oh ! le mari de Maureen ! Bon Dieu, pourquoi ne m'avez-vous pas prévenu de votre arrivée ? J'aurais nettoyé la piaule !

Il referma le judas pour nous ouvrir la porte. Le petit living-room était meublé de deux chaises, un bureau, un canapé, une carpette de paille. Des piles de vieux livres et de magazines étaient partout en position précaire, sauf sur la chaise de bureau et le canapé. Randy Price débarrassa les chaises en se contentant de prendre les livres et les magazines pour les empiler dans un coin. Tandis qu'il s'affairait ainsi, j'eus la possibilité de l'examiner. Il était mince mais bien musclé, avec des épaules et des coudes anguleux.

Après avoir terminé son rangement, il s'essuya les mains sur son pantalon, et me tendit la droite.

— Ça me fait drôlement plaisir, Steve ! Maureen disait qu'elle nous présenterait dès votre retour en ville. Je regrette qu'elle n'ait pu venir. Occupée, hein ?

J'observai son visage et j'écoutai son monologue puéril, essayant de tirer quelque conclusion à son sujet.

— Allez, les gars, asseyez-vous ! Faites comme chez vous. Je dois pouvoir arriver à dégotter une bière.

Il s'élança hors de la pièce. Nous l'entendîmes farfouiller bruyamment dans la cuisine.

Je lançai un coup d'œil à Reynolds.

— Allez-y doucement, dit-il. Il ne sait pas pour Mme Griffin.

Randy revint avec trois canettes de bière perlées de buée, et un décapsuleur. Il posa la bière sur le bureau, à côté d'une machine à écrire portable. Il ouvrit les bières et nous les tendit. Reynolds et moi nous assîmes et bûmes une gorgée. Randy était juché sur un coin du bureau et nous souriait.

— Partagez-vous l'intérêt de Maureen pour le théâtre, Steve ?

— J'ai bien peur d'être plutôt ignorant en la matière, répondis-je.

— Vous avez raté la chose la plus passionnante de votre vie. Bien sûr, je suis loin du théâtre, maintenant. Mais j'apprends à connaître la vie et les gens, qui sont les sources du grand théâtre. Je lis, j'étudie, et je travaille.

Une lueur naquit et se mit à briller dans ses yeux. Il fit quelques pas de long en large, tout en parlant de la signification du théâtre.

Je comprenais aisément comment ce garçon avait pu instantanément sceller une amitié avec Maureen. Il était fort, ardent, et vivait dans un rêve qui avait dû la toucher d'emblée.

Avec son visage fin et pur, il représentait la Jeunesse. N'importe quelle femme ayant la générosité et la gentillesse de Maureen aurait souhaité lui venir en aide dès qu'elle aurait entr'aperçu son rêve.

Il reprit sa position contre le bureau et sirota sa bière.

— Jamais je ne pourrai rembourser votre femme, Steve. Elle possède un sens mystérieux et inné du théâtre, de ce qui sera joué ou ne le sera pas. J'écris des pièces, des pièces, des pièces. Des malles entières de pièces. Quand il y en a plusieurs qui me plaisent, je vais à New York. Je sais que je serai célèbre. (Il dit cela avec une telle franchise et tant de simplicité que je le crus presque.) Je l'ai, cette once supplémentaire de perception de la vie et des gens.

Un jour, le monde reconnaîtra ce dont Maureen et quelques autres ont conscience aujourd'hui.

Il se tut en esquissant un sourire timide qui eut pour effet de beaucoup atténuer le côté vaniteux de ses paroles.

Je n'avais jamais vu jusqu'alors une telle assurance, simple et superbe.

— Dites donc, les gars, reprit Randy, brisant le petit silence qui s'était instauré, vous voulez encore de la bière ?

Reynolds et moi déclinâmes tous deux l'offre.

— Il y a deux semaines, quand j'ai rencontré Maureen, dit Randy, je n'avais pas idée de la chance que c'était. Elle est encore en contact avec quelques personnes utiles et va mettre quelques-unes de mes meilleures pièces entre les mains d'un bon agent.

— Nous avons l'une de vos pièces dans la voiture, dit Reynolds. Peut-être Mme Griffin avait-elle l'intention de la montrer à cet agent ?

— Elle en a trois.

Randy fronça les sourcils. Son regard alla de Reynolds à moi. Il commençait à sentir que quelque chose n'allait pas.

— Dites, ce n'est pas une visite de pure politesse ?

Reynolds se leva, retira de sa poche le petit étui de cuir et l'ouvrit. Randy regarda fixement la plaque du policier.

— Qu'est-ce qui se passe ? hurla-t-il. Il lui est arrivé quelque chose ?

Au lieu de répondre, Reynolds posa lui-même une question.

— Quand avez-vous vu Mme Griffin pour la dernière fois ?

— Ecoutez, s'il est arrivé quelque chose... Hier après-midi chez elle... Pourquoi ne me le dites-vous pas...

— A quelle heure ?

— Oh, à deux heures, peut-être trois. J'étais allé en ville pour acheter du papier machine. Comme j'étais tout près, j'ai fait un crochet. Maureen m'a dit avoir la migraine et devoir encore aller faire ses courses au supermarché. Je lui ai proposé d'y aller à sa place, mais elle a refusé. Je l'ai quittée tout de suite après.

— Elle était inquiète, elle avait peur ?

— Peur ? Eh, mais qu'est-ce que c'est que cette histoire ? Vous allez me dire...

— Comment avez-vous rencontré Mme Griffin ?

— Vous voulez dire fait sa connaissance ?

— C'est bien ce que je veux dire, dit Reynolds.

— La première fois que je l'ai vue, c'était ici même. Elle utilisait Shady Oak comme raccourci entre son domicile et l'autoroute de Fairhill.

— Qu'est-ce qu'il y a à Fairhill ? demanda Reynolds.

— Dudley Loudermilk, répondis-je. C'est un type qui s'occupe de notre jardin de temps en temps.

— C'est exact, opina Randy. Elle a dit quelque chose au sujet d'un jardinier. En tout cas, elle avait des ennuis. La courroie de transmission de sa voiture avait lâché. On ne pense jamais à la courroie de transmission jusqu'à ce qu'elle casse, et cela se produit habituellement dans un endroit perdu. Bon Dieu, vous allez me dire...

— Sa voiture était dans Shady Oak ? coupa Reynolds.

— Oui, à environ six cents mètres de la maison. Ça fumait comme une locomotive. Elle avait peur d'aller plus loin et se rappelait être passée devant une maison, ma maison. Elle voulait utiliser le téléphone pour demander une dépanneuse. Je n'ai pas le téléphone, mais j'ai une voiture, et, bien sûr, je lui ai proposé de l'aider. Elle était fatiguée de cavaler, surtout qu'elle avait des talons aiguilles. Je lui ai proposé quelque chose à boire. Elle a accepté un verre d'eau et nous avons bavardé quelques minutes. Elle a remarqué la machine à écrire et un manuscrit sur mon bureau, et la conversation s'est engagée sur le théâtre. En cinq minutes ou presque, nous étions de vieux amis. Maintenant, allez-vous me dire ce qui se passe ?

— Mme Griffin est morte, dit Reynolds.

— Morte ? murmura faiblement Randy. Quand ? Comment ?

— La nuit dernière. Elle s'est fait écraser par une voiture dans Timmons Street.

Le jeune homme ne bougea pas ; il se fit tout à coup un silence tel que l'on pouvait entendre les insectes au-dehors. Puis le visage de Randy grimaça, pareil à celui d'un adolescent à la torture, au point que la moustache et la barbiche parurent incongrues, presque ridicules.

Les larmes lui vinrent aux yeux. Puis il se couvrit le visage de ses longues mains fines et sortit de la pièce en courant. Il y avait une chambre en face de la pièce principale. Il y entra et se jeta en travers du lit. Ses épaules, son corps tout entier, étaient secoués par des sanglots convulsifs. Il essaya de se contrôler et y parvint au bout d'un moment. Se redressant alors sur le lit, il s'assit. Des larmes coulaient le long de ses joues jusque sur sa moustache. Il se frotta les yeux avec ses poings. Puis laissa tomber ses mains sur ses genoux et nous regarda fixement, des sanglots intermittents entrecoupant sa respiration.

— Comment cela a-t-il pu arriver ? demanda-t-il. Comment ?

Ses yeux mendiaient une réponse, que ni Reynolds ni moi n'étions en mesure de lui donner.

Puis une autre idée parut le frapper :

— Timmons Street... Qu'est-ce qu'elle faisait là-bas ?

— Nous pensons qu'on l'y a emmenée, dit Reynolds.

— Délibérément ? De force ?

Reynolds acquiesça.

— Qui a fait cela ? Qui *aurait* fait cela ?

— Nous ne le savons pas encore.

Reynolds était debout, les mains dans les poches.

— Qui que ce puisse être, il avait déjà essayé par deux fois de la tuer. Vous en avait-elle parlé ?

— Non, mais j'avais l'impression que quelque chose la tourmentait. Je lui ai posé la question, et elle m'a simplement répondu ne pas se sentir bien depuis quelque temps. Alors, j'ai laissé tomber.

— Où étiez-vous la nuit dernière, Price ?

108

Randy se leva.

— Vous croyez que je...

— Je vous pose juste la question.

— J'étais ici.

— Seul ?

— Seul. Si je suis censé fournir un alibi, je n'ai vraiment pas de veine. Je ne savais pas que j'en aurais besoin.

Il se tourna vers moi.

— Quand l'enterrement aura-t-il lieu ?

— Après-demain, je crois.

— J'y serai. Si vous avez besoin de moi pour quoi que ce soit, faites-le-moi savoir.

— Merci.

Il nous accompagna jusqu'à la porte. Quand Reynolds et moi nous éloignâmes en voiture, il était assis sur les marches usées du perron et regardait au loin.

Nous roulions en silence quand Reynolds dit :

— Il ne me plaît pas.

— Et pourquoi ? questionnai-je.

— Je n'en sais rien. De temps à autre, il m'arrive de rencontrer une personne dont je me dis « je n'aimerais pas l'entendre survenir derrière mon dos ». Cela tient peut-être à ce qu'il y a trop longtemps que je suis flic, je suppose. J'ai trop observé les contradictions chez les gens. (Reynolds hocha sombrement la tête.) Même pendant que ce garçon pleurait, je continuais de me le représenter mentalement avec un rictus de mépris pour tout ce qui est indigne de son génie supposé. Le bruit de ses sanglots emplissait mes oreilles, Griffin, mais leur écho était comme un ricanement lointain, et je savais qu'il devait avoir une certaine façon de se déplacer dans l'obscurité, rapidement, sans la moindre hésitation.

Le reste de la matinée passa très vite, notamment au commissariat de police où je dus signer des papiers afin de donner mon accord pour une autopsie, laquelle devait avoir lieu dans l'après-midi. Reynolds m'informa que le corps de Maureen me serait rendu le lendemain ou le surlendemain.

Reynolds discuta avec les deux hommes qui avaient passé la matinée à Timmons Street. Ils n'avaient rien appris de nouveau. Il n'y avait pas eu de témoins du crime.

Reynolds m'informa qu'il me ferait reconduire chez moi par une voiture de la police.

— Pouvez-vous nous aider à glaner davantage de renseignements ?

— Si c'est nécessaire...

— Oui, ça l'est. Je veux que vous soyez aussi proche de l'enquête que possible. Un mot ou un acte anodin peut nous être rapporté, qui nous semblera normal, mais qui, parce que vous la connaissiez, vous paraîtra incongru.

— Je vais aller déjeuner. Vous pouvez passer me prendre à la maison.

Un jeune flic au visage enfantin reçut l'ordre de me ramener chez moi. Compatissant et silencieux, il sembla comprendre, quand je lui dis vouloir faire un détour par Timmons Street. J'avoue que c'était une impulsion morbide. Mais il y avait aussi le désir d'avoir été là au tout dernier moment, d'avoir été en mesure de faire quelque chose pour empêcher la mort de Maureen.

Les abords de Timmons Street avaient un air d'abandon et de délabrement. Les grands entrepôts étaient sales et silencieux, l'arrière donnant sur la rue, la façade tournée vers le fleuve gonflé.

Il y avait des flaques d'eau, de maigres adolescents paressant sous les porches, et un ou deux restaurants miteux.

Le seul signe d'activité véritable était l'amarrage d'une péniche au bout d'un vieux quai, construit pour desservir un entrepôt, qui, selon l'enseigne patinée, appartenait à Kukolovitch & Fils. Les marins amarrèrent la péniche, et le remorqueur qui l'avait amenée se dirigea vers l'aval avec un coup de sirène.

— C'est là, monsieur Griffin, dit le jeune flic.

Il avait arrêté la voiture. Je descendis et fis quelques pas. La police avait dessiné des repères sur l'asphalte craquelé. A part cela, rien n'indiquait la terrible chose qui s'était passée là. En ce qui concernait cette rue, Maureen aurait pu n'avoir jamais existé. Il n'y avait aucune trace de freinage, puisqu'il n'avait pas essayé de s'arrêter, ne cherchant qu'à la renverser.

Je me détournai, remontai en voiture, et allai déjeuner chez moi.

Vicky Clayton et Penny étaient seules à la maison. Vicky expliqua que Will était parti une demi-heure plus tôt, après avoir téléphoné à son bureau.

Vicky avait mis des sandwiches sur la table, préparé une salade, du café et des gâteaux. Penny finissait de déjeuner, parlant entre deux bouchées de la charmante matinée qu'elle avait passée. Puis Vicky l'emmena faire la sieste au premier étage.

Vicky revint comme je finissais mon café. Nous débarrassâmes la table ensemble, et tandis qu'elle empilait les assiettes dans l'évier, elle me regarda droit dans les yeux.

— Je cherche du travail, Steven.

— Je croyais que vous étiez enseignante ?

— Oui. Mais il n'y a pas d'école en ce moment, c'est l'été. J'ai beaucoup de temps libre, et je me demandais que faire de mes journées. Ces trois derniers étés, j'ai suivi les sessions d'été à l'université. J'en ai assez.

Elle fit couler de l'eau chaude dans l'évier, ajouta du détergent.

— Vous n'avez pas encore eu le temps d'y penser, mais trouver la bonne personne pour s'occuper de Penny et tenir la maison va être un sérieux problème. S'il vous plaît, laissez-moi vous aider. Pour quelques jours. Jusqu'à ce que vous ayez la possibilité de reprendre une vie normale.

J'acquiesçai, accédant à sa requête.

— Sur de nombreux points, vous lui ressemblez.

— A Maureen ?

— Oui, répondis-je. Le même genre de bonté, la même générosité impulsive.

Reynolds arriva dans une voiture de police. Quand nous y fûmes assis, je lui demandai où nous allions.

— Chez le pépiniériste, puis au supermarché.

La visite au pépiniériste nous prit du temps sans pour autant apporter quoi que ce soit. Personne n'avait vu une femme se faire presque renverser par une voiture deux jours auparavant.

Reynolds et moi remontâmes en voiture, et allâmes du pépiniériste situé en banlieue jusqu'au supermarché au sud de Meade Park. Là, le directeur essuya ses lunettes.

— Oui, je me rappelle que quelques-uns des employés parlaient d'une femme qui s'était presque fait écraser.

— Qui l'a vue ? demanda Reynolds.

— Ça, je ne sais pas...

— Quelqu'un l'a vue, ou alors ils n'en auraient pas parlé. Allons nous informer.

Le troisième employé à qui nous nous adressâmes était une jeune fille brune un peu grassouillette. Chargée du contrôle, elle était adossée à la caisse enregistreuse. Dans les queues voisines, des clients aux caddies remplis regardaient avec curiosité.

— Je pense bien, elle a presque été tuée !

— Vous l'avez vue ? demanda Reynolds.

— Non, mais j'étais la première à qui il en a parlé.

— Qui ?

— Tommy. Tommy Haines. Il l'a vue, lui.

Reynolds jeta un regard au directeur.

— Tommy est employé au stock, dit celui-ci. Quand il y a beaucoup de monde, il met les achats dans des sacs et les porte jusqu'aux voitures des clients. Pour le moment, il est à la réserve pour aider à décharger un arrivage de tomates.

La réserve, froide et obscure, était encombrée de caisses et de corbeilles. Cela sentait la terre et les pommes.

Tommy était grand et mince, avec une tignasse blond-roux. Il se dirigea vers un coin de la réserve, essuyant son visage avec un pan de son grand tablier blanc.

Il regarda d'abord la plaque de Reynolds, puis son visage.

— Ouais, j'ai vu la dame se faire presque renverser. Elle essaie de découvrir qui conduisait ?

— Quelque chose comme ça. Est-ce que c'est elle ?

De sa poche intérieure, Reynolds sortit une photo. C'était celle de Maureen, un plus petit tirage de la photo que DeCoster avait emportée avec lui la nuit dernière. Je me demandai combien de ces petites photos étaient disséminées à travers la ville dans les poches des hommes qui menaient l'enquête.

— C'est elle, dit Tommy. Je la reconnaîtrais n'importe où, même si hier elle a eu tellement peur qu'elle avait l'air un peu différent.

— Dites-nous exactement ce que vous avez vu, dit Reynolds.

— Eh bien, c'était juste à l'heure de la fermeture, et il y avait le coup de feu de dernière minute. Je me dirigeais les bras chargés de paquets vers la voiture d'un client. Je traversais le parking quand j'ai vu cette dame sortir. Je n'y ai pas trop prêté attention, sauf que j'ai remarqué qu'elle valait le coup d'œil. Elle était descendue du trottoir pour traverser la rue, parfois les clients se garent un peu plus loin parce que si vous voulez tourner à gauche, c'est plus facile pour sortir du parking lorsqu'il y a de la circulation. Elle avait dû dépasser le milieu de la rue, quand elle a poussé un cri. Pas très fort, mais suffisamment. Je ne regardais pas de son côté, parce que j'étais reparti vers le magasin. Mais j'ai fait demi-tour quand je l'ai entendue hurler comme ça. Elle avait profité d'une accalmie du trafic pour traverser. Mais cette voiture avait dû surgir du carrefour et, en l'entendant crier, la personne qui était au volant, et conduisait trop vite, a dû perdre la tête.

— Que voulez-vous dire, Tommy ?

— Eh bien, la dame a laissé tomber ses provisions, et

couru. Mais le type a accéléré et foncé sur elle. Puis, juste à la dernière seconde, il a donné un coup de volant pour l'éviter. Encore une chance qu'elle ait été jeune et agile ! Une dame âgée y aurait laissé sa peau. Elle n'aurait jamais pu s'écarter à temps. Je me suis mis à courir et je l'ai aidée à se relever. Elle a dit n'avoir rien et ne pas vouloir de médecin. Elle allait rentrer à la maison et, quand elle serait avec son mari, a-t-elle ajouté, tout irait bien.

— Alors, elle est montée en voiture, et elle est partie ?

— Ouais. Et le plus drôle, c'est qu'elle conduisait une voiture identique à celle qui avait failli l'écrabouiller.

— Et le numéro d'immatriculation, Tommy ?

— Ça, je n'y ai même pas pensé jusqu'à ce que le type qui conduisait ait disparu au coin de la rue.

— Vous êtes sûr que c'était un homme qui conduisait ?

— Ç'avait l'air d'un homme.

— Est-ce que cela aurait pu être une femme, avec, disons, les cheveux très courts ?

— L'idée ne m'en était pas venue. C'est possible, mais j'ai toujours pensé que c'était un homme.

— Vous a-t-elle dit quelque chose à propos de la voiture ou du conducteur ?

— Non. Elle pleurait un peu. Ça ne m'a pas étonné. Elle marmonnait quelque chose qui n'avait pas de sens. Rien que des mots.

— Vous vous en souvenez ?

— Eh bien, elle pleurait en disant qu'elle voulait son mari. Elle disait qu'elle devait joindre quelqu'un pour lui dire qu'il se trompait, que ça n'était pas ça... Rien que des mots. Une sorte d'hystérie, si vous voyez ce que je veux dire.

— Merci, Tommy.

— De rien ! fit-il avec un large sourire. Content de m'échapper des tomates pendant quelques minutes. Je suppose que la dame s'est sentie mieux une fois rentrée chez elle auprès de son mari.

Reynolds et moi sortîmes du magasin, montâmes dans la

voiture de police, et nous éloignâmes. Je pensai à la façon dont il l'avait torturée, avant de finalement réussir son coup dans Timmons Street. Je me pris à l'imaginer mort. Je ne voulais pas que Reynolds ou la police fédérale le prennent. Je voulais prononcer moi-même la sentence, et faire en sorte que cette sentence soit exécutée.

Reynolds était un conducteur adroit et rapide. Nous nous faufilions à travers la circulation.

— Cette voiture qu'il conduisait..., dit Reynolds, comme se parlant à lui-même. C'est bizarre que ce soit la même que la vôtre, Griffin. Elle l'avait remarqué. Tommy Haines aussi.

— Coïncidence ? demandai-je.

— Peut-être. Mais c'est énorme. Ce vert pâle n'est pas tellement courant dans cette marque de voitures.

— Non, et c'est pour cette raison, entre autres, que nous l'avions achetée. Maureen voulait quelque chose sortant de l'ordinaire. Pas tapageur, juste un peu original.

— Je crois que nous avons affaire à un dingue, dit Reynolds. Tout le donne à penser. Il a pris un gros risque quand il a tenté son coup en face d'un supermarché plein de monde où quelqu'un pouvait le voir suffisamment bien pour l'identifier par la suite ou relever son numéro minéralogique. Quelqu'un raisonnant normalement n'agit pas ainsi.

« Supposez une minute que c'est un dingue qui, dans son esprit détraqué, a l'obsession que le travail doit être fait avec un certain type de voiture, une voiture comme la vôtre. Pourquoi ? Qu'est-ce qui l'a amené à penser ainsi ? »

Je regardai fixement Reynolds. Son visage était fermé.

— Je vous soupçonne de ne pas suivre mon raisonnement. Dans son esprit, la voiture devait être liée au mobile qui le poussait à faire ce qu'il a fait. Mais pourquoi la voiture... A moins que votre voiture ne lui ait fait quelque chose ?

— Si Maureen avait eu un accident, elle me l'aurait dit.

— Peut-être ou peut-être pas. Si elle avait blessé quelqu'un, elle a pu être prise de panique. De toute façon, je n'ai pas dit que c'était elle qui conduisait. Vous arrive-t-il de prêter la voiture ?

— Non, jamais. Mais nous ne le refuserions pas à un ami s'il nous le demandait.

— La voiture a-t-elle été réparée récemment ? Un pare-chocs tordu, un phare embouti, quelque chose comme ça ?

— Pas que je sache.

— Nous allons effectuer des recherches. Je prendrai mon temps. Il s'est bien couvert, Griffin. Personne ne le connaît. Personne ne l'a vu. Personne ne connaît ses raisons. La voiture est la seule bourde qu'il ait commise.

La maison était à nouveau pleine de gens figés, aux voix étouffées. Will était là. J'endurai les condoléances murmurées. Quand les gens finirent par s'en aller, Will dit :

— Tu as l'air fatigué. Il te faut un café. Vicky Clayton en a préparé du frais, en prévision. Chouette fille, cette Vicky !

— Où est-elle ?

— Elle a emmené Penny en ville. Il y a trop de gens qui entrent et qui sortent, a-t-elle dit. Ils auraient communiqué leur émotion à Penny.

Nous prîmes le café, et je pensai à une ou deux choses à propos du boulot. Mais Will ne me laissa pas en parler.

— Oublie le boulot pendant un mois. Ou aussi long-temps que ce sera nécessaire. Les affaires n'en souffriront pas. De toute façon elles ne seraient pas ce qu'elles sont si tu n'avais pas été là.

— Je passe trop de temps en déplacement, Will.

— Je sais.

— Je m'absente un mois ou deux, avec juste un week-end à la maison. C'est pas bon.

Il posa sa main sur mon épaule.

— Tu ne peux pas revenir sur le passé. Qu'est-ce que Reynolds a découvert ?

Je lui parlai de la théorie du policier au sujet de la voiture.

— Reynolds n'est pas un génie, dit Will, mais c'est un flic tenace, qui a du flair et de l'expérience. Il est habitué à rechercher les mobiles. Peut-être en a-t-il trouvé un. Comme je le disais hier soir, quelque chose tourmentait Maureen. Et cela ne datait pas seulement d'il y a deux jours, quand la première tentative a eu lieu.

— Tu l'avais remarqué avant ?

— Je l'ai remarqué pour la première fois un après-midi, voici trois semaines environ. Je me suis trouvé nez à nez avec elle en ville. Elle sortait de chez un fleuriste, et on aurait dit qu'elle venait de perdre son dernier ami.

Il se servit un deuxième café.

— J'ai cru qu'elle était malade. Elle m'a assuré qu'elle se sentait bien et s'est déridée un peu. Alors je me suis dit qu'elle devait simplement être fatiguée, ou se sentir peut-être un peu seule. Je l'ai invitée à venir prendre quelque chose, mais elle m'a dit devoir rentrer chez elle. Alors j'ai lancé une grosse plaisanterie, pensant que ça pourrait peut-être lui remonter le moral et la faire sourire. J'ai dit : « L'oncle à héritage a passé l'arme à gauche, et tu achètes quelques fleurs pour l'enterrement ? » Je savais évidemment que personne autour de nous n'était mort. Mais cela ne l'a pas fait rire. Elle a presque éclaté en sanglots.

Je repoussai ma tasse de café.

— Tu te souviens du fleuriste ?

— Bien sûr. La petite boutique au coin de Second et de Park.

Will ne s'offusqua pas de mon départ précipité. Me remémorant une leçon que j'avais apprise de Reynolds, je montai au premier et pris une petite photo de Maureen avant de me mettre en route.

La fleuriste était une femme d'âge moyen, mince et souriante. Elle avait une voix douce, des cheveux coupés court.

— Vous voulez des fleurs pour une dame, monsieur ?

Des roses? Vous me semblez être le genre de personne à acheter des roses.

— Je veux une couronne mortuaire.

Son sourire disparut.

— Oh! excusez-moi, je vous en prie!

Elle sortit des corbeilles et des bouquets de derrière une longue vitrine de verre.

— C'était extrêmement indélicat de ma part, mais vous êtes jeune et... (Elle écarta les mains.) Votre mère peut-être?

— Ma femme.

— Oh, je suis désolée!

J'acceptai la plupart de ses suggestions pour la couronne, je la payai, et lui indiquai où la livrer, en précisant que l'enterrement aurait vraisemblablement lieu le surlendemain.

— Je veillerai à tout, monsieur Griffin. Soyez assuré que je m'occuperai de tout ce qui concerne les fleurs.

— Elle était dans votre magasin voici environ trois semaines, dis-je. Peut-être vous souvenez-vous d'elle.

— Il vient tant de gens...

Elle s'interrompit pour prendre la photo de Maureen que je lui tendais.

— Si jeune et si jolie! (Elle inclina la tête pour regarder la photo.) Oui, ça me rappelle quelque chose. Quelqu'un qui lui ressemble beaucoup est venu. Je me rappelle un visage comme le sien. Un visage intéressant, de ceux que l'on remarque. Toutefois ce n'est pas à cause de cela que je m'en souviens, mais à cause de sa nervosité. Elle avait renversé une corbeille près de la porte, et tenu absolument à la payer. Mais votre nom... Ça ne me dit rien.

— Elle a pu vous donner un autre nom.

La fleuriste me rendit la photo, haussant les épaules.

— Puis-je utiliser le téléphone?

Elle m'indiqua un appareil qui était sur un bureau, tout au fond du magasin.

J'appelai le commissariat.

— Ici Steve Griffin. Le lieutenant Liam Reynolds est-il là ?

— Il est sorti. Probablement en train d'enquêter dans les magasins de pièces détachées pour automobiles.

— J'ai besoin de le voir tout de suite, dis-je. Je crois que j'ai quelque chose d'important.

— Nous pouvons l'appeler par radio.

— C'est ça, oui... Dites-lui de venir chez le fleuriste au coin de Second et de Park.

Je raccrochai. La fleuriste se tenait à côté de moi quand je me retournai. Son visage était pâle et sévère.

— Vraiment, monsieur Griffin, je me demande ce que tout cela veut dire. Venir chez moi et appeler la police...

— Ne vous méprenez pas, dis-je. Ma femme a été tuée. Le nom qu'elle a utilisé ici, les fleurs qu'elle a achetées, peuvent aider la police à trouver son assassin.

— Oh !

Elle laissa échapper un long soupir. Quand elle leva la tête, ses yeux étaient à nouveau empreints de sympathie.

— Bien sûr, je ferai tout mon possible pour vous aider.

Elle ouvrit un fichier en métal à côté du bureau, pinça les lèvres, toucha son menton du bout des doigts. Elle passa plusieurs minutes à réfléchir, puis se mit à parcourir le fichier.

Elle y était encore quand Reynolds arriva, environ cinq minutes plus tard. Elle m'entendit dire « Bonjour, Lieutenant » sans lever le nez de son fichier.

— Voilà, c'est ça, je crois !

Elle sortit une feuille de vente du fichier.

— Jane Brown. Je me rappelle avoir pensé que c'était curieux, un nom aussi banal et aussi terne pour une femme comme elle.

Reynolds s'enquit :

— Inscrivez-vous toujours le nom du client ?

— Oh non. Mais quand nous vendons des fleurs pour des occasions particulières, mariages, réceptions, enterrements, nous demandons bien sûr le nom de l'expéditeur et du destinataire.

— Où vous a-t-elle demandé de les envoyer ?

— Nulle part. Elle a acheté une grande corbeille mortuaire. Je lui ai demandé son nom et elle me l'a donné. Quand je lui ai demandé où les fleurs devaient être envoyées, elle a hésité et répondu qu'elle les emportait.

J'avais l'impression que mes poumons s'étaient subitement vidés de tout oxygène. Maureen avait acheté des fleurs pour les obsèques d'une personne inconnue, mais elle avait eu peur qu'on puisse retrouver sa piste grâce à la fleuriste qui l'avait vue et pouvait la reconnaître. Maureen nous avait mis en échec. Mais pas lui, pas le dingue en conduite intérieure verte.

Reynolds posa encore quelques questions à la fleuriste. Ses réponses n'apportèrent rien de plus. Maureen avait quitté le magasin pour aller chercher sa voiture. Elle s'était arrêtée pour bavarder avec un homme sur le trottoir, il devait s'agir de Will. Puis elle avait descendu la rue. Quelques minutes plus tard, elle était apparue au volant de la voiture, avait klaxonné, et s'était garée en double file le temps que la fleuriste arrive en se dépêchant avec la corbeille, et la pose sur le siège arrière de la voiture.

Reynolds posa une dernière question, et nous apprîmes que Maureen avait été seule durant tout ce temps, si l'on exceptait les quelques instants de sa conversation avec Will.

La fleuriste nous suivit jusqu'au pas de la porte. Nous la remerciâmes, et je remarquai pour la première fois l'inscription en lettres dorées sur la vitrine. *Aux mille fleurs,* Elda Dorrance, propriétaire.

La voiture de police grise était garée dans une zone de livraisons en face d'un grand magasin, à quelques pas de la boutique. Ma propre voiture était au parking après le coin. Reynolds et moi nous arrêtâmes à côté de la voiture.

120

— Ne vous laissez pas abattre, Griffin. Cela se passe souvent comme ça.

— J'avais pensé que c'était une bonne piste.

— C'est une bonne piste. Elle nous a appris une chose. Votre femme a acheté des fleurs pour les obsèques de quelqu'un, et elle ne voulait pas que ça se sache. Nous connaissons la date de l'achat, il y a vingt-trois jours. Les fleurs auront été utilisées dans les deux ou trois jours au plus. Donc, nous allons vérifier les enterrements. Tout enterrement ayant eu lieu durant ces deux ou trois jours-là.

— Saurez-vous duquel il s'agit ?

— De celui dont une voiture aura été la cause.

— Ma voiture, dis-je. Conduite par Maureen.

— Gardez votre calme, Griffin.

Mes épaules s'affaissèrent :

— O.K. Je crois que je vais rentrer chez moi.

Je ne lui mentais pas. Je m'étais éloigné de trois pas quand il m'appela. Je m'arrêtai et me retournai.

Il m'adressa un large sourire.

— Vous avez fait ce qu'il fallait. C'était une bonne piste. Continuez comme ça, Griffin. Vous avez du flair et vous êtes capable de découvrir quelque chose. Mais n'essayez pas d'agir seul. Vous pourriez le trouver... et vous seriez coffré aussi sec pour avoir tué un dingue.

— Je ne sais pas de quoi vous voulez parler.

— Tant mieux. Je vous tiendrai au courant !

Il n'y avait personne à la maison quand j'arrivai. J'allai dans le salon et m'assis sur le canapé. Puis j'y étendis mes jambes et m'allongeai. La fatigue m'envahit comme un narcotique, rendant mes membres lourds et mon esprit brumeux.

Je me redressai brusquement. Le bruit qui m'avait réveillé était celui de la porte d'entrée. C'était Penny et Vicky.

Penny était impatiente de me raconter sa promenade et

de me montrer les babioles qu'elle avait achetées. Mon état n'échappa guère au regard calme de Vicky. Elle rappela à Penny de monter se changer pour l'aider à préparer le dîner.

Quand Penny courut hors de la pièce, Vicky s'assit au bord d'une chaise en face de moi.

— Cela vous aiderait-il d'en parler, Steven ?

— La seule pensée me fait horreur. Reynolds est sur une fichue piste. Il croit que Maureen a tué quelqu'un, et puis que quelqu'un d'autre, proche de la victime, a décidé de tuer Maureen pour se venger.

— Vous la connaissiez, Steven. Est-ce qu'elle aurait pu tuer ?

— Accidentellement, oui. Elle a pu le faire, et ensuite s'enfuir complètement paniquée. Mais même s'il avait de bonnes raisons de le faire, préméditer sa mort et délibérément...

— Peut-être son cerveau est-il détraqué par le chagrin. Je me levai.

— Alors il faudrait que je lui pardonne, et lui souhaite d'être en bonne santé ?

Ses doigts agrippèrent les bords du fauteuil. Elle dit d'une voix étranglée :

— En ce moment, vous êtes dans sa peau, vous éprouvez les mêmes sentiments que ceux qu'il a dû ressentir.

— Et il n'a pas pardonné à Maureen !

— Mais s'il n'y a jamais de pardon, où y aura-t-il de l'espoir ?

Elle se mit à pleurer. Elle n'en fit pas étalage. Les larmes roulèrent simplement le long de ses joues.

Le lendemain, je décidai d'éloigner Penny pour quelques jours. La tristesse qui planait sur la maison déteignait sur elle. Will Burke proposa de prêter son chalet près du lac. Nous y étions allés passer des week-ends. Penny adorait le lac, les grands pins, les oiseaux et les lapins qui traversaient en sautillant les champs de sauge. Vicky insista pour l'accompagner comme gouvernante. Cela signifiait rester jour et nuit au chalet, mais elle expliqua qu'actuellement, elle séjournait à l'hôtel parce que ses parents habitaient un trop petit appartement.

Je louai une voiture, la chargeai de provisions, et partis devant eux, guidant Vicky qui conduisait la voiture de location.

Construit en rondins, le chalet surplombait une digue et un quai pour les bateaux. A l'intérieur, il y avait un living ensoleillé avec une cheminée en pierre, une cuisine, un coin-repas, deux chambres et une salle de bains.

— Et moi qui croyais devoir jouer les pionniers! s'exclama Vicky quand elle vit l'intérieur, réfrigérateur, cuisinière électrique, téléphone et ces fauteuils, ce divan dans le living. Il y a même un dessus-de-lit en peau d'ours!

— Il y a aussi un petit hors-bord dans la remise. Voulez-vous que je vous le sorte?

— Merci, mais je n'ai guère le pied marin. Et puis, Penny pourrait tomber par-dessus bord.

Vicky insista pour que je reste prendre le café. Je regagnai ensuite la ville. Reynolds m'attendait dans la voiture grise, en face de la maison. J'arrêtai la voiture dans le petit chemin. Reynolds et moi nous rejoignîmes dans la cour pour entrer dans la maison.

— Pas d'enterrements suspects, dit-il. Je les ai contrôlés sur cinq jours, à dater d'il y a vingt-trois jours. Elle a pu emporter les fleurs hors de la ville.

— Et en ce qui concerne les réparations sur la voiture?

— Elle a aussi pu les faire effectuer dans une ville voisine.

Reynolds lança son chapeau sur une chaise, s'assit sur le divan et soupira.

— Matinée chargée. Et nous avons encore plusieurs garages à voir. Les petits qui sont en banlieue.

Il étendit ses jambes devant lui et regarda ses chaussures. Une lueur glaciale passa dans ses yeux.

— Il faut que ça marche. Il doit y avoir un garage.

— Ou alors?

— Il y a un os. Il nous faudra faire machine arrière et trouver une nouvelle piste.

— Ou échouer.

— Nous n'échouerons pas. Son crime n'est pas parfait. Aucun crime ne l'est.

— Et ceux qui ne sont pas résolus ? dis-je.

— Pas un qui ne soit pas truffé d'erreurs, insista-t-il. Un crime en lui-même est un acte illogique et irréfléchi, contraire au bien de la société dont le criminel fait partie. Un crime qui n'est pas résolu signifie simplement qu'un flic pas très malin et peu concerné a fait une bourde.

— Suffisamment parfait pour que l'assassin s'en tire, dis-je. Rien pour l'empêcher de vieillir, de mourir dans son lit, et d'avoir des petits-enfants pour fleurir sa tombe.

Reynolds se leva d'un bond.

— Griffin, vous êtes remarquable !

— Qu'est-ce que j'ai dit ?

— Les fleurs. Pourquoi présumer qu'elles étaient pour un enterrement ? Pourquoi pas un bouquet pour fleurir une tombe — une tombe datant de plusieurs jours ? J'ai regardé dans la mauvaise direction. Au lieu de commencer il y a vingt-trois jours et de suivre le calendrier, j'aurais dû le prendre à rebours.

Il s'éloigna dans le hall à grandes enjambées. Je l'entendis téléphoner. Alors que Reynolds était encore à l'appareil, un camion des messageries s'arrêta devant la maison. Le livreur en sortit, un paquet plat et rectangulaire à la main. C'était pour Maureen, en port dû.

Je payai, pris le paquet et fermai la porte dès que le livreur fut parti. J'ouvris le paquet. Il contenait deux manuscrits de Randy Price et une lettre de Hull and Jordan, Agents Littéraires.

Chère madame Griffin,

Suite à votre courrier d'il y a un mois, M. Hull et M. Jordan ont tous deux lu les manuscrits ci-joints. Bien

124

que les pièces montrent que l'auteur est plein d'avenir, elles révèlent aussi malheureusement un manque de maturité et d'expérience. Néanmoins, le retour de ses travaux ne signifie pas que nous sommes opposés à étudier d'autres œuvres de lui. Bien au contraire, nous tenons à assurer M. Price de son réel talent, de sa sensibilité pour les gens, une façon brutale mais prometteuse d'exprimer ses idées personnelles sur la vie. Soyez certaine que toute autre de ses œuvres bénéficiera ici d'une lecture très attentive et que tout sera mis en œuvre pour l'aider dès qu'il nous présentera quelque chose d'un peu plus professionnel que ces manuscrits.

Veuillez agréer, Chère Madame, l'expression de nos sentiments distingués.

Roger W. Hull

P.-S. Je me souviens très bien de vous, Maureen, du temps où j'étais imprésario. Alors maintenant vous êtes mariée, et vous avez une petite fille ? Sincères félicitations. J'ai été militaire et, bref, j'ai commencé à m'occuper des auteurs au lieu des acteurs quand j'ai réendossé mes vêtements civils.

R.W.H.

Le post-scriptum avait été écrit à l'encre, rajouté après que la secrétaire de Hull lui eut remis la lettre sur son bureau pour qu'il la signe.

Je glissai les manuscrits et la lettre dans le tiroir d'une table. Puis Reynolds me rejoignit et je cessai de penser à l'encouragement plein d'espoir que la lecture de cette lettre procurerait à Randy Price. En effet, Reynolds avait du nouveau. Cela se voyait sur son visage.

— On y va ? dit-il. Je vous en parlerai dans la voiture.

Nous sortîmes de la maison, montâmes dans la voiture

de police, et Reynolds s'éloigna du trottoir avec un crissement de pneus.

— Il y a vingt-huit jours, dit-il, à vingt heures cinquante-cinq, une jeune femme portant un petit garçon dans ses bras descendit du trottoir de West End Avenue. Une voiture prit un virage très large au carrefour. Elle roulait vite et dérapa. Le conducteur en ayant perdu le contrôle, la voiture fonça sur la mère et l'enfant. La mère essaya de jeter son fils sur le côté, mais elle n'en eut pas le temps et la voiture ne put s'arrêter. Tous deux furent enterrés deux jours plus tard.

Un frisson me parcourut le dos. La voix de Reynolds se fit lointaine. Maureen au volant d'une voiture, une mère et son enfant se dessinant dans l'obscurité devant elle... Maureen prise de terreur, incapable de stopper la masse meurtrière... Non, non, ce n'était pas possible.

— C'est un chauffard, dit Reynolds, et ils recherchent toujours la voiture. Elle a ralenti, mais ne s'est pas arrêtée. Complètement paniqué, il s'est enfui. En ce qui concerne les détails, on a les descriptions habituelles et contradictoires de la voiture. Les gens sont seulement certains que c'était une grosse conduite intérieure, gris foncé, ou l'une de ces nouvelles teintes de bleu pastel, ou de vert. Personne n'a relevé le numéro d'immatriculation.

— Qui étaient ces gens ? demandai-je, et il me fut très difficile de prononcer ces mots.

— Il s'appelle Martin. Il possède une petite épicerie un peu plus loin dans le West End. Nous allons en savoir plus à son sujet. Bill Ravenel vient nous rejoindre. Il est sur l'affaire.

Au début du siècle, le West End avait été un quartier très chic. Une douce tranquillité régnait sur les grandes maisons imposantes. De belles voitures dormaient dans les remises prévues à cet effet, ou bien roulaient dans les rues, attelées de chevaux magnifiques. On se saluait avec bienséance sur les trottoirs bordés d'arbres.

Aujourd'hui, la tranquillité n'était plus qu'un souvenir. A cette heure de l'après-midi, qui marquait la fin de la journée de travail, West End grouillait de monde et de gens bruyants. Les maisons à pignons, tels des monstres en pain d'épice à l'aspect lugubre, étaient morcelées en appartements surpeuplés et tristes. Seuls quelques arbres étaient restés, abîmés par les assauts des enfants qui y grimpaient. Des blanchisseries, des magasins de réparation, des prêteurs sur gages et des garages s'étaient insérés entre les maisons, profanant ce qu'il restait d'espace libre.

Reynolds se gara près d'une bouche d'incendie, et quelques instants plus tard une voiture semblable à la sienne freina juste devant nous. Un homme en sortit et vint à notre rencontre.

— Bill Ravenel, dit Reynolds.

Je me penchai devant Reynolds pour lui serrer la main par-dessus la vitre baissée de la voiture. Ravenel était un type jeune et grand, avec un visage juvénile et les cheveux en brosse. Ses yeux bleus étaient froids. Il me serra brièvement la main.

— La vie d'une petite famille a été anéantie, Griffin, dit-il. J'espère que ce n'était pas votre femme qui conduisait la voiture...

— Ravenel... coupa Reynolds d'un ton sec.

Ravenel le regarda, puis tourna les yeux vers moi.

— Désolé, dit-il avec raideur. Mais je suis de près cette affaire et je sais ce qu'étaient les Martin. De braves gens. Des gens pauvres, mais qui s'aimaient jusqu'à ce que survienne à toute vitesse un couple inconscient et ivre.

Un frisson me parcourut le bas du dos.

— Un couple ?

— Un homme et une femme.

— Et ils étaient ivres ?

— Sans doute, vu la façon dont ils roulaient.

Nous sortîmes de la voiture pour rejoindre Ravenel. Pendant un moment, je me demandai si mes jambes allaient pouvoir me porter. Ravenel désigna du doigt un endroit vers le milieu de la rue.

— C'est là que c'est arrivé. Mme Martin a été tuée sur le coup. L'enfant a survécu quelques heures.

Nous traversâmes la rue. Tandis que Ravenel et Reynolds interrogeaient des gens ayant connu les Martin, et leur montraient la photo de Maureen, la haine instinctive que j'avais éprouvée pour Ravenel s'adoucit. J'entrevis l'affaire telle qu'il la voyait.

Alec Martin avait combattu trois ans dans le Pacifique, durant la Deuxième Guerre mondiale, avant de tomber d'épuisement. Il parlait volontiers à ses amis du temps qu'il avait passé à l'hôpital comme si c'était quelque chose qu'il voulait extraire de sa mémoire.

Ayant grandi dans le West End, il avait épousé une amie d'enfance, Sally. Ils avaient vécu dans un petit appartement au deuxième étage, partageant avec un autre couple une salle de bains au fond d'un couloir obscur. Alec avait acheté une petite épicerie à quelques mètres de là, un an avant la naissance de leur fils.

— Ils avaient l'habitude d'aller chercher Alec au magasin les soirs où il restait ouvert tard, nous expliqua le père de Sally.

C'était un homme décharné et grisonnant au teint cireux, assis dans un vieux salon qui sentait le renfermé à côté de son épouse, une femme anguleuse dont les yeux enfoncés dans les orbites exprimaient le chagrin.

— La mère et le petit, dit le vieil homme. Ils allaient généralement jusqu'au magasin, et Sally aidait Alec à fermer. Il restait ouvert tard presque tous les soirs. Il voulait acheter un petit coin, loin du West End. Aux alentours de la ville, là où il y avait de l'air et du soleil. Il a vu quand c'est arrivé. Il les attendait, les guettait. Sally l'avait aperçu et lui avait fait signe de la main. C'est peut-être pour ça qu'elle n'a pas vu la voiture à temps.

La femme près de lui ferma les yeux, et son visage perdit toute vie.

— Cela a presque tué Alec, dit le vieil homme. Presque rendu fou. Il ne dormait plus, ne mangeait plus. Il restait simplement assis dans cet appartement, à regarder fixement les murs, ne se préoccupant même pas d'allumer la lumière quand la nuit tombait. J'ai essayé de lui parler d'autre chose, mais rien de ce que vous pouviez lui dire n'y faisait. Il fallait qu'il se remette de lui-même à vivre. Voici une semaine qu'il a vendu l'épicerie. Il disait ne plus supporter de vivre dans le West End. Il a promis de nous écrire pour nous faire savoir où il se trouvait, ce qu'il faisait mais nous n'avons aucunes nouvelles de lui.

Ravenel se leva, son regard s'attardant sur le vieil homme.

— Nous tâcherons de ne pas vous importuner à nouveau, dit-il. Si vous recevez des nouvelles, faites-le-nous savoir.

Le vieil homme nous accompagna à la porte.

— Avez-vous trouvé qui conduisait la voiture ?

— Nous y travaillons.

Le vieil homme nous regarda tous les trois, l'un après l'autre. Je voulais partir. Je me demandais ce que son regard exprimerait s'il savait ce que Ravenel et Reynolds soupçonnaient. Il hocha la tête.

— Dans quel enfer ils doivent vivre, cet homme et cette femme... La femme surtout. C'est elle qui conduisait. Vous le saviez, n'est-ce pas ?

— Oui, dit doucement Ravenel ; des enfants qui jouaient par là nous l'ont dit.

— Mais personne n'a relevé le numéro minéralogique, reprit le vieil homme. Personne n'a réagi assez vite. Et après la voiture était partie.

Nous regagnâmes le bruit et la saleté du West End.

— Sally Martin et le gosse, dit Ravenel, ont été enterrés à Memorial Park. Allons voir.

Nous allâmes au cimetière dans l'une des voitures grises. Les tombes étaient sur un flanc de coteau, les unes à côté des autres. Le gazon qui les recouvrait n'avait pas encore complètement poussé.

Une corbeille de fleurs flétries était posée, en haut de la tombe de Sally. Avec précaution, Reynolds contourna la tombe, et se baissa pour examiner la corbeille.

Il leva les yeux vers moi et le silence du cimetière m'envahit, de façon presque tangible. J'allai jusqu'au haut de la tombe, et vis ce que Ravenel avait vu, une étiquette minuscule sur le bas de la corbeille. Elle était quasiment oblitérée par la pluie et les intempéries, mais Ravenel avait fait tomber la boue qui la recouvrait, et l'inscription déteinte était encore lisible : *Aux mille fleurs*.

— C'est ici qu'elle avait apporté la corbeille, dit Ravenel. Maintenant on peut reconstituer presque tout ce qui s'est passé. Martin a bel et bien vu la plaque d'immatriculation de la voiture qui a tué sa famille. Il se tenait juste à l'entrée de son épicerie. Il a nié l'avoir vue parce qu'il ne voulait pas que nous remontions jusqu'à Mme Griffin. Il voulait la trouver lui-même.

— Vous n'avez aucune preuve qu'elle l'ait apportée ! dis-je en montrant la corbeille. Des gens innocents ont déjà été pendus pour une coïncidence de ce genre.

— En effet, mais rarement, rétorqua Ravenel. Le schéma ici cadre trop bien. Il est si complet que j'y ajouterai quelques détails. Martin a vu la plaque d'immatriculation. Il est allé au bureau d'enregistrement, et il a su à qui la voiture appartenait. C'était un homme foncièrement intègre mais son cerveau avait été détraqué. Alors il a vendu son épicerie. Mais je parierais qu'il n'a pas quitté la ville, et qu'il s'est acheté une grosse voiture verte — une arme.

Ravenel se détourna des tombes. Puis il s'arrêta et me regarda.

— Au fait, Griffin, où étiez-vous le soir où Sally Martin et le petit garçon ont été tués ?

Je fus abasourdi. J'eus l'impression que beaucoup de temps s'écoulait avant que je réponde :

— Je n'étais pas en ville.

— Pouvez-vous le prouver ?

— Ça devrait m'être possible.

— Vous pourriez avoir à le faire. Après tout, il y avait un homme dans la voiture avec Mme Griffin.

Cette nuit-là je restai avec Will et Carla Burke, me sentant incapable d'affronter le silence de ma propre maison. Nous bavardâmes tous les trois très tard, Carla se conduisant de son mieux, et ne critiquant pas Will une seule fois.

Finalement je n'eus pas la mauvaise grâce de les tenir éveillés plus longtemps. J'allai me coucher dans la chambre d'ami. Mais le sommeil ne venait pas. Maureen avait été bonne, douce et gentille. Peut-être avait-elle été prise de panique après l'accident, n'importe qui aurait pu réagir de la sorte. Mais elle ne serait pas allée bien loin. Elle serait revenue, aurait proposé du secours... à moins que l'homme ne l'ait forcée à s'enfuir.

Je me glissai dans la salle de bains où je trouvai le somnifère de Will. Il m'en fallut deux comprimés pour m'assommer.

Le lendemain, la présence de Will et Carla m'aida à supporter l'enterrement. Je rentrai chez moi après un lugubre déjeuner. Il fallait que je finisse par retourner à la maison.

Je téléphonai au chalet. Vicky m'informa que tout allait bien. Penny était sur la jetée à pêcher le vairon avec une ficelle et une épingle recourbée.

Puis j'appelai Reynolds. Ses nouvelles étaient intéressantes. Un employé du service des immatriculations se souvenait qu'un homme répondant à la description de Martin avait demandé un numéro de plaque. Et un marchand de voitures d'occasion se rappelait avoir vendu il y a une semaine une grosse voiture verte. L'acheteur, à nouveau, répondait au signalement de Martin car le comportement et l'insistance de son client à vouloir acquérir un certain type de voiture avaient frappé le vendeur. Martin avait acheté la voiture sous son propre nom.

— Nous savons le comment et le pourquoi, dit Reynolds. Maintenant il nous faut trouver Martin.

Je quittai le vestibule où était le téléphone et revins dans le living. La porte d'entrée était ouverte et Randy Price regardait à l'intérieur.

— Salut Steve, dit-il d'un air maussade.

— Oh, hello Randy. Entrez.

Il s'assit dans un fauteuil, joignit les mains et fit craquer ses articulations.

— Il fallait que je voie quelqu'un, que je parle à quelqu'un, dit-il. J'étais à l'enterrement.

— Oui, je vous ai vu. Un petit café ?

— Avec plaisir.

Nous allâmes dans la cuisine.

— Ce Reynolds ne m'aime pas, dit-il. J'ai un type sur le dos depuis que vous êtes venus tous les deux chez moi. Il croit que j'ai emmené Maureen faire un tour ou quelque chose comme ça. Vous ne pensez pas ça de moi, Steve, n'est-ce pas ?

Il était devant moi, tirant nerveusement sur sa barbiche. Je constatai ce même aspect félin que Reynolds avait remarqué et une lueur tapie au fond de ses yeux me fit me demander si son bavardage n'était pas une sorte de paravent.

— Je ne sais que penser de vous, Randy.

— Bon, O.K., si c'est comme ça que vous le ressentez.

— Ne faites pas l'enfant gâté !

La colère jaillit de ses yeux, puis s'éteignit.

— Bien sûr, c'est un sale moment pour vous, Steve, et je ne vous le demanderai pas.

— Me demander quoi ?

— Un petit prêt. Vous voyez, Maureen m'avait avancé un peu d'argent, et j'ai pensé que si vous... Après tout, ce

132

n'est pas comme si cet argent était jeté par les fenêtres. Croyez-moi Steve, vous aiderez le génie.

Je pensai alors à tous ces chèques que Maureen avait libellés à son ordre. Maintenant je savais où cet argent était passé. Cela n'avait pas d'importance. C'était plutôt un soulagement. Je comprenais ce que Maureen avait éprouvé pour ce garçon. C'était son travail, et non le type en lui-même, qui avait été important pour elle.

— Soit, mais n'en prenez pas l'habitude.

— Merci, Steve.

Il me fit un large sourire et accepta un café, ainsi que vingt dollars.

Ce n'est que quand Randy fut parti que je me souvins de ses manuscrits. Je sortis pour le rappeler mais il avait déjà tourné le coin de la rue.

Le facteur arrivait. Il entra, me présenta ses condoléances et me tendit une lettre.

Je rentrai dans la maison. L'enveloppe était toute simple, blanche avec le tampon de la localité. Il n'y avait pas mention d'expéditeur et l'adresse était écrite en caractères d'imprimerie. Je déchirai le bord de l'enveloppe, d'où j'extirpai une feuille de papier blanc. Egalement en caractères d'imprimerie, une simple phrase en travers de la page blanche :

Tu me dois aussi le gosse, Griffin.

Les mots se brouillèrent. Je froissai la feuille dans ma main. L'atmosphère de la maison fut soudain chargée de la terreur, de la tension d'un cri. Je me forçai à marcher, pour ne pas courir vers le téléphone.

Mes mains tremblaient tellement que je fis un faux numéro et dus recommencer.

— Reynolds à l'appareil.

— Steve Griffin. Pour l'amour du ciel, venez ici tout de suite !

— Qu'est-il arrivé ?

— Il s'en prend à Penny.

— Comment le savez-vous ?

— Une lettre. Il a envoyé une lettre anonyme, Reynolds... Vous connaissez le lac Apopka ?

— Oui.

— Will Burke possède un chalet au nord du lac. Envoyez un homme là-bas, je vous en prie. Penny est là-bas avec Vicky Clayton.

— C'est comme si c'était fait. Reprenez-vous, Griffin, j'arrive.

Je raccrochai et restai totalement immobile. Je connaissais déjà la peur. En Europe j'avais eu peur. Quand le coup de fil de Maureen m'avait fait faire plus de cent kilomètres de nuit et sous la pluie, j'avais éprouvé plus que de la peur. Mais cette peur-là était différente.

Je montai au premier et ouvris le tiroir supérieur de la commode de la chambre à coucher. Tout en haut hors de portée de Penny, il y avait le revolver que j'avais dû apporter à la maison quand j'avais décidé de m'absenter souvent.

Cela avait fait rire Maureen.

« Je ne sais de quoi j'ai le plus peur, du revolver ou du rôdeur. »

Je vérifiai le revolver. Il était chargé. Je le glissai dans la poche intérieure de mon manteau.

Quand Reynolds arriva, j'avais réussi à maîtriser mes tremblements.

Il examina le petit mot. Papier et enveloppe de Prisunic. Il n'y avait rien là qui puisse nous aider. Aucune piste menant à Alec Martin. Après qu'il eut acheté la grosse voiture verte, la ville l'avait englouti, l'avait emporté comme une cellule malade, comme un microbe, dans la circulation bouillonnante de son sang.

Pendant le trajet jusqu'au lac, Reynolds m'informa que Ravenel était parti aussitôt après mon coup de fil. Les deux détectives travaillaient tous deux sur l'affaire Griffin et l'affaire Martin réunies.

Penny nous vit arriver et courut vers nous. Elle sauta

dans mes bras et je la serrai si fort qu'elle eut une grimace de douleur.

Elle se tortilla pour descendre en me racontant comme elle s'amusait bien ; elle m'emmena voir le minuscule poisson qu'elle avait pêché. Après avoir garni son hameçon, je la laissai au bord de l'eau et suivis Reynolds dans la clairière en direction du chalet.

Ravenel était assis sur la souche d'arbre qui servait de rampe au porche, et fumait une cigarette en regardant Vicky Clayton. Elle était assise dans un fauteuil d'osier, recroquevillée et tendue comme pour se protéger du froid. Ravenel jeta au loin sa cigarette et se leva quand Reynolds et moi atteignîmes le porche. Je jetai un coup d'œil à Vicky. Ses lèvres tremblaient, et elle regardait au loin. Son comportement était vraiment surprenant. Il m'apparut soudain que c'était celui d'une coupable.

— Rien d'anormal ici, dit Ravenel, sauf elle.

Il lança un coup d'œil à Vicky et elle tressaillit.

— Un soir où j'étais venu parler à Martin, je l'ai vue sortir de son appartement, dit Ravenel. Je lui ai demandé qui elle était. C'est sa sœur.

Vicky se leva d'un bond. Elle traversa le porche, s'arrêtant à un mètre de moi.

— Ne me jugez pas trop vite, Steven, dit-elle d'une voix étranglée. Ce qu'il dit est vrai. Alec est mon frère. Nos parents ont divorcé il y a plusieurs années et j'ai vécu avec ma mère tandis qu'Alec était resté auprès de mon père, lequel s'est remarié par la suite. Je ne connaissais pas très bien Alec, mais nous nous écrivions de temps à autre. J'ai reçu sa dernière lettre, un récit plutôt incohérent de la tragédie qui avait frappé sa famille, il y a une douzaine de jours, plusieurs jours après l'enterrement. Quand je suis arrivée chez lui, il était dans un état de profond désespoir. Il restait assis dans l'appartement, à regarder fixement les murs pendant des heures. Puis il sortait sans dire où il allait ni quand il rentrerait.

Sa voix se brisa. Un moment s'écoula avant qu'elle puisse reprendre.

— J'aurais pu m'en douter, dis-je. Vous n'avez jamais rien dit de précis au sujet de Maureen ou de l'amitié qui vous liait. Et puis il y a eu la fois où vous avez pris la défense de Martin, en me suppliant de lui pardonner.

Elle secoua la tête lentement comme si le mouvement lui réclamait un gros effort.

— Pris sa défense, non, Steven. Plaidé pour lui, oui.

Vicky me regardait droit dans les yeux, exprimant une supplication aussi éloquente que pleine d'humilité.

— Alec, continua-t-elle, vendit le magasin et dit qu'il partait pour quelque temps, afin de tout oublier. J'espérais qu'il allait se ressaisir. Je l'ai aidé à emballer des affaires qu'il devait mettre au garde-meuble. J'ai vu aussi des choses qu'il avait notées... le nom et l'adresse de Maureen... quelques brefs renseignements la concernant... un numéro de plaque minéralogique.

— Afin de la prendre en filature, à l'époque où il était là, dit Ravenel. Pour la traquer.

Un frisson passa sur les épaules de Vicky.

— Il s'est vivement emparé de ces notes, en disant qu'elles étaient sans importance, et les a déchirées. Puis il est parti, et j'ai décidé de rester quelques jours avec mon père, lequel m'était presque étranger, mais il avait beaucoup souffert, et avait besoin de moi. J'avais l'intention de regagner mon domicile, quand, l'autre matin, j'ai vu cet article dans le journal. Le nom m'a sauté aux yeux. J'ai essayé de me persuader qu'il ne pouvait s'agir de la femme dont j'avais lu le nom dans les notes d'Alec, que son accident n'avait aucun rapport avec celui qui avait tant affligé mon frère, mais je n'ai pu y parvenir. Je suis allée près de son domicile, Meade Park. Il m'a été facile de glaner des renseignements sur elle. Je me suis arrêtée au drugstore du coin, et tout le monde en parlait. J'ai appris qu'elle avait un enfant. Mon frère aussi avait eu un enfant. Je ne pouvais supporter de penser ce que cela impliquait.

Elle ferma les yeux et se mordit la lèvre inférieure, luttant pour continuer à parler.

— A ce moment, vous auriez dû aller à la police, dit Ravenel.

Elle se tut un moment encore, avant de répondre.

— C'était mon frère... J'ai peut-être mal agi...

Reynolds lança un coup d'œil à Ravenel et dit :

« Miss Martin, si j'avais eu un frère dans une situation pareille, j'aurais pu, moi aussi, agir comme vous. »

— Je n'avais pas vraiment la preuve qu'il avait tué Maureen, dit-elle. Je n'arrive toujours pas à le croire, à moins qu'il ne soit devenu complètement fou. Si vous l'aviez connu, vous comprendriez. Il était calme, doux et bon. Il se peut qu'il ait prémédité un tel acte, qu'il ait souhaité la tuer, mais il ne l'aurait pas fait. S'il était innocent, et qu'on l'arrête par ma faute, j'avais peur que cela achève ce qu'avait commencé le drame vécu par lui. Mais je me suis rendu compte que je pouvais aussi me tromper. S'il était coupable, il pouvait essayer de s'en prendre à l'enfant de Maureen. Et alors moi aussi j'aurais été coupable, coupable de n'avoir rien fait.

Reynolds décocha un regard à Ravenel, qui était sur le point de parler.

— Ainsi, Miss Martin, dit Reynolds, vous avez décidé de faire quelque chose vous-même. A savoir, assumer la responsabilité de la protection de l'enfant.

— Vous avez tout compris !

— Je n'ai pas dit ça. Je vous demande simplement si c'est ce que vous comptiez faire quand vous avez sonné à la porte des Griffin en vous présentant comme une amie de Mme Griffin ?

— C'est exactement ce que vous avez dit, répondit-elle.

Son regard était toujours sur mon visage, sombre et profond.

— Si vous aviez voulu faire du mal à Penny, dis-je, vous en aviez amplement l'occasion.

— Je suis d'accord, dit Reynolds.

Vicky étouffa un sanglot et se détourna brusquement.

— Mais nous n'avons rien résolu pour autant, dit Ravenel avec irritation. Martin est toujours dans la nature, et sa menace continue de peser sur la petite fille.

Reynolds regarda en direction du lac où Penny pêchait, puis vers la clairière près de la cabane.

— C'est le meilleur endroit où la cacher. Un crime de chauffard ne peut se passer ici, et un étranger ne peut s'approcher à moins de trois cents mètres sans être vu. Quel que soit l'endroit dans la ville où nous pourrions essayer de la cacher, il y aurait des risques. N'importe quel visage dans la foule peut être le sien. N'importe quel bruit de pas dans un escalier de secours ou un couloir.

— Trois équipes d'hommes bien armés resteront ici, jusqu'à ce qu'on ait débusqué Martin. De cette façon je crois pouvoir garantir la sécurité de votre fille, Griffin.

— Et elle ? demanda Ravenel, en montrant Vicky.

Reynolds attendit que je parle.

— Elle reste, dis-je, si elle veut.

— Merci Steven, merci ! s'écria Vicky.

Nous restâmes au chalet jusqu'à l'arrivée de deux grands policiers en civil, à l'air efficace. Nous décidâmes de dire à Penny que c'étaient des amis de Will, venus là pour pêcher.

Je projetai de retourner en ville avec Reynolds, d'emballer quelques affaires dans un sac de voyage, et de revenir au chalet après dîner.

De retour chez moi, je finissais de garnir le sac et de verrouiller les portes. Il faisait presque nuit, et je me demandais combien de jours il me faudrait passer avant que Penny ne soit hors de danger.

J'étais sur le point de sortir quand Reynolds me téléphona.

— C'est fini, m'annonça-t-il.

Je restai un moment pétrifié, le récepteur à la main.

— Quoi donc ?

— Nous avons trouvé Martin.

Mes genoux fléchirent. Je m'assis sur une chaise à côté du téléphone.

— Où ça ?

— Dans le fleuve, mort. Il était assis dans sa grande arme verte, au fond de l'eau.

— Reynolds, attendez une minute... Il faut que vous répétiez ça un mot à la fois.

Il eut un petit rire de soulagement.

— D'accord, un mot à la fois. Voilà. Dans Timmons Street, près de l'endroit où Maureen a été tuée, il y a un quai qui appartient à Kukolovitch et Fils. C'est bas et décrépit, avec une rampe d'accès qui mène à la rue, de façon que les camions puissent charger et décharger. Martin a roulé jusqu'au bout du quai, Griffin. Cet endroit devait le hanter. Comment savoir ce qui se passe dans un esprit dérangé ? Il a dû revenir là pour voir l'endroit où il avait tué votre femme. Puis, cédant à une impulsion, il a tourné dans le passage et précipité la voiture dans l'eau. Cela a dû se passer la nuit. En tout cas, personne ne l'a vu. Des jeunes pêchaient au harpon sur le quai cet après-midi. L'un d'eux a plongé, et là, dans les profondeurs, il a vu les contours d'une voiture. L'arme verte de Martin, et lui à l'intérieur.

— Et la péniche qui était amarrée là ?

Il y eut un craquement sur la ligne. Puis Reynolds dit :

— Quelle péniche ?

— J'étais là-bas le matin qui a suivi la mort de Maureen, expliquai-je. Des marins faisaient entrer une péniche dans le bassin. Je me souviens du nom du quai parce qu'il était bizarre, et à cause du bruit de la sirène comme la remorque s'éloignait vers l'aval. Reynolds, la péniche n'était pas chargée. Les marins l'ont laissée là, sans doute pour qu'elle soit chargée par les gens des entrepôts. Alors si les gosses ont l'habitude de pêcher ou de se baigner là — et que la voiture n'a été découverte que cet après-midi...

— Vous n'avez pas besoin de me faire un dessin, dit-il. Restez tranquille, je vous rappellerai.

Je restai tranquille. Aussi tranquille qu'Alec Martin avait dû l'être après la mort de sa femme et de son enfant. Je regardai fixement le mur, et je vis les mêmes choses que celles qu'Alec Martin avait dû voir.

Le téléphone me sortit de ma torpeur.

C'était Reynolds.

— Vous avez raison ! La péniche était là depuis le matin qui a suivi sa mort jusqu'à cet après-midi. La voiture de Martin était restée en dessous durant tout ce temps.

— Alors il s'est flanqué à l'eau la nuit même où Maureen a été tuée.

— Probablement.

— Il n'a donc pu écrire le petit mot qui menaçait Penny, continuai-je, et quelqu'un s'est vraiment cru très malin d'écrire ce mot.

— Un cinglé...

— Cinglé, tu parles ! protestai-je. L'homme qui a écrit cela avait une bonne raison de le faire. Comme la voiture n'avait pas été retrouvée, l'homme qui l'avait précipitée dans le fleuve s'est mis à croire que, l'eau étant suffisamment profonde, la voiture ne serait jamais retrouvée. C'est cette lettre qui a fait se cristalliser les soupçons sur Martin. Avec la police qui tournait en rond, à la recherche d'un homme se trouvant au fond de l'eau, celui qui a écrit ce mot se sentait en parfaite sécurité. Seulement, il n'était pas au courant pour la péniche, et il n'a pas bien mesuré l'effet que cela peut faire à un homme de voir détruire la vie de sa femme.

— Ecoutez, Griffin, si vous savez quoi que ce soit...

— A tout à l'heure.

— Griffin !

Je raccrochai. Quelques instants plus tard, je m'éloignais au volant de ma voiture.

Il était assis, parfaitement immobile dans une pièce silencieuse, et les derniers rayons du soleil couchant qui perçaient à travers une fenêtre, derrière moi, éclairaient en plein son visage. Il regarda sans ciller le revolver que je tenais et m'écouta parler.

— Ce Martin, dis-je, honnête, doux et gentil. Il voit sa femme et son enfant se faire tuer, il relève le numéro d'immatriculation et apprend ainsi le nom de la conductrice. Il projette de la tuer. Il veut la tuer, il ne songe qu'à ça et le fait plus de mille fois en pensée. Pourtant lors de deux tentatives, l'une chez un pépiniériste et l'autre au supermarché, il se dégonfle. Pourquoi ? Parce qu'il n'était pas de ceux qui tuent. Parce que quelque chose profondément ancré en lui a fait que chaque fois, au dernier moment, il a reculé.

« Va-t-il attendre et faire une troisième tentative ? Non. Après son échec au supermarché, il a dû se rendre compte qu'il n'y arriverait pas, pas de cette façon-là. Au lieu de traquer Maureen comme un chasseur — qu'il n'est pas —, il se rend chez elle. Il y reste suffisamment longtemps pour fumer une cigarette et laisser le mégot dans le cendrier. Il avait droit à sa mort, et Maureen le savait. Elle lui a sans doute tout dit, y compris le nom de l'homme qui était avec elle la nuit où la petite famille de Martin a été anéantie.

« Martin veut aussi cet homme. Il force Maureen à quitter la maison avec lui. Il se trouve ainsi amené en présence de cet homme, mais à présent il n'a plus affaire à une femme. Il affronte un homme égoïste, désespéré et sans pitié. Plus fort que Martin, cet homme le met K.-O., et fourre le corps dans la propre voiture de son visiteur. Il dit alors à Maureen qu'elle n'a pas le choix et doit aller jusqu'au bout.

« L'homme se dirige vers Timmons Street, dans le seul but d'utiliser le fleuve pour se débarrasser de Martin. Mais, au dernier moment, Maureen craque. Elle a, elle aussi, une certaine dose de décence, ce que l'homme est incapable de comprendre. Elle sort de la voiture, celle de Martin, et l'homme l'écrase. Il a de la chance. Personne ne l'a vu. Ensuite il pousse la voiture dans la rivière, avec Martin à l'intérieur.

« L'homme se sent alors en sécurité. Personne ne saura jamais qu'il était complice d'un chauffard, et, par conséquent, un criminel. L'ombre de ce genre de scandale ne viendra jamais effleurer son nom, et ne ruinera pas son avenir. Pas une seule minute de son temps précieux ne sera passée au tribunal ou en prison. »

— Comment cela sonne-t-il, Randy ? Comme une pièce de théâtre ?

Alors il remua, se leva et sourit avec mépris.

— Une très mauvaise pièce. Mais, bien sûr, vous n'insinuez pas que je suis ce mystérieux et brillant criminel ?

— Si, précisément. Vous avez eu beaucoup de chance, mais vous avez commis deux erreurs. Vous avez écrit ce petit mot, sans savoir qu'une péniche était amarrée au quai au-dessus de la voiture. C'est ce détail qui a permis d'innocenter Martin. En outre, vous m'avez menti, et ça, c'est ce qui vous accuse, Randy.

Il paraissait à son aise, presque détendu. Une légère brise agitait les pages de quelques magazines empilés dans le living de la villa.

— Je vais me fâcher, Steve, dit-il. Après tout, cela fait seulement quelques jours que je vous connais, et vous vous arrogez le droit de venir ici et...

— Vous connaissiez Maureen depuis plus longtemps que cela.

— Deux semaines.

— Vous vous répétez, dis-je. Maureen était discrète, presque timide à certains égards. Elle vous avait dit vouloir que nous nous rencontrions. Et je soupçonne fort que si elle vous avait présenté à nos amis, cela se serait passé en ma compagnie, comme si vous étiez un ami du couple.

— Ça, je l'admets.

— Donc, quand vous avez été ensemble, vous étiez en

tête à tête. Dans ces conditions, une fois morte, comment pourrait-elle apporter un démenti?

— Oui, n'est-ce pas? Impossible.

— C'est là que vous vous trompez. Deux semaines, c'était après l'accident, mais vous connaissiez Maureen depuis plus longtemps que cela. Il y a un mois — donc avant l'accident, — elle avait écrit à un agent littéraire au sujet de votre travail. elle lui avait envoyé deux de vos pièces.

Je le vis pâlir.

— Quelle heureuse surprise si elle avait pu vous apporter de bonnes nouvelles concernant cette démarche, n'est-ce pas, Randy?

— Bon, écoutez, Steve, n'en faisons pas une montagne. Il se peut, effectivement, que je l'aie rencontrée voici plus de deux semaines. J'ai dit deux semaines comme ça, sans y réfléchir...

— Parce que vous ne vouliez pas qu'on vous associe à elle avant l'accident. Autrement, quelle raison auriez-vous de mentir? Vous deviez être au courant de l'accident où une femme et son enfant ont péri. Et pour cela, il faut que vous en ayez été témoin. Vous vous êtes montré génial en ce qui concerne votre grand mensonge, Randy. C'est le petit mensonge qui, lui, vous a perdu.

Son visage avait viré au gris. Derrière ses yeux, ses pensées galopaient, cherchant désespérément une issue.

— Mme Martin et son enfant ont été tués à vingt heures cinquante-cinq, dis-je. C'était juste après le dîner. Vous reveniez de dîner, n'est-ce pas, quand vous avez pris la direction du West End? Il y a par là quelques restaurants que Maureen affectionnait. Je les connais, Randy. Si je voulais perdre du temps, je vous y emmènerais. Ils ne sont pas tellement nombreux. Vous et une photo de Maureen. On se souviendra facilement de vous deux, surtout de vous, avec votre moustache et votre barbiche sur ce visage d'adolescent.

— Que voulez-vous dire par perdre du temps, Steve?

— Je suis convaincu que vous êtes l'homme que l'on recherche. Je suis certain que tout s'est passé exactement comme je l'ai dit. Son sang a coulé dans la saleté de Timmons Street, Randy... Vous n'auriez jamais dû faire une chose pareille.

Il recula. Son visage luisait de transpiration.

— Vous avez encore un peu de temps devant vous, dis-je, si vous acceptez de m'en parler.

— Je peux prendre une bière ?

— Allez-y.

Je le suivis dans la cuisine. Il ouvrit une canette de bière et en but la moitié d'un trait.

— Ils vous auront, Steve. De la même façon que Martin a identifié Maureen, et que vous m'avez identifié, aussi.

— Vous croyez me faire peur ? hurlai-je en le défiant.

Il laissa tomber la canette de bière. Elle vomit de la mousse sur le sol. Il s'appuya contre la table de la cuisine, agrippant le rebord.

— Vous n'y arriverez pas ! Rappelez-vous ce que vous avez dit au sujet de la décence, Steve. Vous êtes honnête, et votre honnêteté vous empêchera de le faire.

— Au contraire, elle m'y pousse !

Il se mit à pleurer, mais cette fois, ce n'était pas de la comédie comme la première fois, quand Reynolds et moi étions venus lui annoncer la mort de Maureen.

Il pleurait de rage et de frustration.

— Elle me traitait comme un gosse, cria-t-il. Comme un bébé ! Cette nuit-là, après le dîner, elle m'a fait la morale. J'étais jeune. « Ne précipite pas les choses. Prends un job à mi-temps. » Je lui ai ri au nez. Cela l'a mise en colère. Elle s'est ruée dans le West End en tournant la tête pour me répliquer quelque chose. Et tout à coup, ils se sont trouvés au milieu de la rue, la femme et le gosse. Maureen n'a pas eu le temps de s'arrêter. La femme s'était précipitée sur la chaussée, en faisant signe à son mari qui se tenait sur le seuil de son épicerie. La femme a perdu la tête en voyant la voiture. Elle a bondi, mais du même côté que Maureen avait donné un coup de volant.

« Cela n'a pas fait beaucoup de bruit. Comme si quelqu'un avait lancé un melon trop mûr sur le capot de la voiture. Maureen avait lâché l'accélérateur, mais j'ai appuyé dessus en lui disant de décamper au plus vite, et elle a obéi mécaniquement. »

— Elle n'avait pas bu ?

— Non. Elle luttait avec la voiture pour en garder le contrôle. Lorsque nous avons été loin, je lui ai dit que nous ne pouvions prendre le risque de retourner là-bas. De toute façon, il était trop tard pour porter secours. Mes paroles l'ont effrayée. Nous sommes allés au cottage, elle s'est assise sur les marches du perron et a pleuré tout le temps que je nettoyais l'avant de la voiture. Je l'ai ramenée chez elle et, le lendemain, j'ai conduit la voiture chez un garagiste véreux qui a réparé l'aile et le phare. Pour plus de sécurité, j'avais volé un jeu de plaques d'immatriculation avant d'aller au garage. J'ai retiré les autres et je les ai jetées dans le fleuve.

« Là-dessus, Maureen s'est pointée ici avec Martin. Je n'avais rien voulu de tout cela, Steve ! Je ne demandais qu'une miche de pain et la possibilité d'écrire mes pièces. Ça n'a pas été ma faute. J'ai été contraint d'agir par l'enchaînement des circonstances, à partir du moment où cette stupide bonne femme et son gosse se sont aventurés sur la chaussée. »

Il s'essuya les yeux avec la manche de sa chemise.

— J'ai besoin d'une autre bière.

Il ouvrit le réfrigérateur, en sortit une bière et revint vers la table.

Il me tournait à demi le dos. Il avait dit tout ce qu'il pouvait. Il s'imaginait fichu et n'avoir plus rien à perdre. Alors, pivotant sur la pointe des pieds, il me frappa de toutes ses forces avec la canette de bière. Il m'atteignit à la joue gauche et me mit presque K.-O. J'entendis tirer le revolver que je tenais à la main, mais la balle manqua Randy.

La porte claqua, et il fut dehors. La nuit tombait. Des zébrures rouges striaient encore le ciel, tel du sang.

Il détalait comme un lapin quand je sortis de la maison. Mais ma voiture était garée derrière la sienne, et je le poursuivais avec le revolver. Quand il regarda par-dessus son épaule, il se baissa instinctivement et changea de direction.

Il courut à travers le vaste champ qui s'étendait à l'est du cottage. Au-delà, c'était le bois, et la sécurité. Il constituait une cible zigzagante, et savait donc avoir une chance, car il était difficile de loger une balle au bon endroit dans une telle cible.

Le sang de ma blessure dégoulinait sur mon visage. Randy courait vite, beaucoup plus vite que moi.

Mais il n'était pas plus rapide que la voiture. Le même genre de grosse voiture verte que celle qui avait écrasé Maureen et emporté Martin au fond de la rivière.

Il avait atteint le milieu du champ quand il entendit le bruit du moteur. Il regarda par-dessus son épaule. Je voyais son visage à travers le pare-brise, sa bouche grande ouverte, cherchant à reprendre souffle.

Il hurla d'une voix rauque, fit un bond de côté, et la voiture le dépassa.

Je tournai le volant. La voiture, tel un taureau enragé, fit un tête-à-queue, et revint à nouveau vers lui.

Il courut dans la direction opposée, de toute la vitesse de ses longues jambes, la tête rentrée dans les épaules.

Il localisa la voiture d'après le bruit du moteur, fit de nouveau un bond, et la voiture le manqua de peu. Il glissa, faillit tomber, se redressa, courut de plus belle mais ses jambes vacillaient. Il tomba à genoux, et se releva.

La voiture dérapa comme je la ramenais vers le milieu. Il risqua un autre coup d'œil derrière lui, le visage contracté.

Il trébucha. Et cette fois, il n'eut pas la force de se

146

relever. Il renonça. Il renonça délibérément et, se cachant le visage dans ses mains, se recroquevilla sur le sol, dans l'attente de la voiture...

Je m'arrêtai, descendis de voiture et marchai dans sa direction. Je me penchai au-dessus de lui, regardant les tremblements qui agitaient ses épaules et son visage cireux quand il leva finalement les yeux vers moi.

— Vous... n'allez pas...

— Non, Randy, dis-je d'un ton las. Pendant un moment, j'ai cru que j'y arriverais, mais je suppose que vous avez raison.

« Si j'avais été vraiment résolu comme je pensais l'être, j'aurais dû réussir à vous tuer du premier coup. »

Je remarquai que la lumière du jour avait changé. Le rouge avait disparu des rayons du soleil couchant. C'était le crépuscule, et le silence. Cela me fit penser à ma fille, à Penny. Je voulais retourner auprès d'elle. Baissant les yeux vers Randy, je me réjouis de ne l'avoir pas tué.

Sudden, sudden death.
Traduction d'Isabelle Glasberg.

DANS LES GRANDS BOIS

par Hal Ellson

Un homme normal n'aurait pas donné ces coups de téléphone anonymes. Il devait s'agir de quelque voisin aigri cherchant à provoquer des ennuis. John Roche considéra l'appareil. Non, cette fois, il ne répondrait pas.

Tout en allumant une cigarette, il s'approcha de la fenêtre. Le store était à demi relevé, lui permettant de voir les maisons de l'autre côté de la résidence, avec leurs fenêtres éclairées. Ses voisins...

Lequel ? pensa-t-il, mais se rabroua aussitôt : il n'allait pas fausser le jeu de son correspondant anonyme.

En se retournant, il jeta un coup d'œil à la pendule. Onze heures moins une minute. Dans soixante secondes, le téléphone allait sonner. La tension qui habitait John parut se communiquer à toute la pièce, figeant l'air et la lumière, au point de rendre méconnaissable cet environnement familier.

La sonnerie retentit et, oubliant sa résolution, John saisit le combiné :

— Allô ?

Comme d'habitude, il y eut d'abord un instant de silence. Puis il entendit la voix désormais familière, encore qu'on la déguisât.

— Votre femme, John. Elle l'a revu l'autre soir où vous avez travaillé tard. Mais ça n'est pas vraiment de sa faute, la pauvre : il sait tellement y faire avec les femmes !

— Un instant, dit alors John. Qui êtes-vous ?

— Un voisin.

— Voilà qui ne me renseigne guère.

— Non, sans doute, mais je préfère garder l'anonymat. Au fait, celui qui vient voir votre femme, c'est aussi un voisin.

— Qui est-ce ?

— Vous le considérez comme un ami, et lui de même, mais...

— Comment êtes-vous au courant de tout cela ?

— J'ai des yeux pour voir et je me trouve savoir quels sont les soirs où vous travaillez tard. Tout comme votre soi-disant ami, qui en profite pour venir chez vous. Je l'observe de ma fenêtre. Il est réglé comme une pendule et s'en va toujours une demi-heure avant que vous ne rentriez.

La main de John se crispait sur le combiné téléphonique. Des mensonges. Rien que des mensonges. Il n'en croyait pas un mot et avait envie de raccrocher brutalement. Mais ça ne l'avancerait à rien : il y aurait d'autres appels.

— Et pourquoi donc me racontez-vous ça ? questionna-t-il.

— Parce que je suis votre ami.

— Si c'est vrai, pourquoi ne me dites-vous pas votre nom ?

Il y eut une pause, puis l'autre déclara :

— Parce que je ne tiens pas à me voir mêlé à cette affaire. J'estime suffisant de vous avoir prévenu. Peut-être préférez-vous ne pas regarder la vérité en face. Je ne saurais vous le reprocher, car elle est pénible. Mais pourrez-vous continuer longtemps de fermer ainsi les yeux ?

John ne répondit pas. Il reposa le combiné sur son support et regarda le mur en face de lui, qui lui parut soudain se désintégrer, faire place à un grand trou béant, par lequel il vit la rue où il habitait, les maisons de ses voisins. Dans une de ces maisons vivait son correspondant anonyme, dans une autre, l'homme qui...

Le jeudi et le samedi, John travaillait tard en ville et ne rentrait chez lui qu'à dix heures du soir. Quand il lui arrivait de pouvoir revenir plus tôt, il téléphonait à Grace pour l'en informer.

Ce fut le vendredi soir qu'il reçut l'avertissement de son correspondant anonyme. Le lendemain, il avança l'heure de son retour sans en prévenir Grace. A neuf heures un quart, il entra dans un bar du voisinage et but deux verres coup sur coup. Dix minutes plus tard, il atteignait la résidence et garait sa voiture en face de chez lui. Il attendit. Personne ne sortit de la maison.

A dix heures et demie, il descendit de voiture, honteux d'avoir manqué de confiance en Grace et furieux de s'être ainsi laissé manœuvrer par un mauvais plaisant. Il trouva Grace en train de regarder la télévision.

— Tu rentres bien tard, dit-elle, puis prenant l'expression de son visage pour un indice de fatigue : Tu travailles trop... Assieds-toi un moment pendant que je te prépare à manger, ajouta-t-elle en se levant pour l'embrasser.

A onze heures, le téléphone sonna. Ce fut Grace qui répondit et l'autre raccrocha. Exaspérée, la jeune femme se tourna vers son mari :

— C'est encore un de ces coups de téléphone ! Ils finissent par me rendre nerveuse. Ne peut-on rien faire pour que ça cesse ?

— Non, pas grand-chose, je le crains, répondit John. Mais je ne pense pas qu'il y ait lieu de s'inquiéter. Les gosses aiment beaucoup ce genre de plaisanterie.

Tranquillisée par ces paroles, Grace monta se coucher au bout de quelques minutes. Bien qu'il ait eu une rude journée, John ne se sentait pas fatigué, et il demeura dans le living-room à lire le journal du soir.

Une demi-heure plus tard, le téléphone sonna de nouveau et John décrocha. Oui, c'était bien le correspondant anonyme. Etranglé par la colère, John demeura sans voix et ce fut l'autre qui parla le premier.

— Dommage qu'il ne se soit rien passé ce soir. L'amant de votre femme avait rendez-vous ailleurs, mais ce n'est sûrement que partie remise. J'espère que la prochaine fois, vous le guetterez comme ce soir.

— Vous m'avez vu ?

— Oui, de ma fenêtre. Sur ce, bonne nuit, car il se fait tard.

John reposa le combiné sur son support. Etait-ce la « plaisanterie » qui continuait ? Il ne savait plus que penser, mais sa colère s'était dissipée. Qui était l'amant de Grace ? Lequel de leurs voisins ? Marchant jusqu'à la fenêtre, il regarda au-dehors. Une rue silencieuse, avec des maisons aux volets refermés sur leurs secrets nocturnes. Comment savoir qui venait chez lui en son absence ?

Le jeudi suivant, John le sut. Comme la précédente fois, il gara sa voiture de l'autre côté de la rue. Il attendit, les nerfs tendus au point de ne pouvoir fumer. Cinq minutes s'écoulèrent... une éternité. Des gouttelettes de sueur perlaient sur son front et cependant un grand froid le gagnait, qui envahissait tout son corps, jusqu'à son cerveau. Insensible, John se préparait à ce qui allait arriver, car ce soir-là, sans aucun doute, il tuerait un homme.

Mais quel homme ? C'était bien cela qui le perturbait. S'il avait su à quoi s'en tenir, la chose eût été plus facile. D'autres minutes passèrent, mettant John à l'agonie. L'heure avançait sans que rien ne se produise. Serait-ce comme le samedi précédent ?

Le bruit d'une porte qu'on ouvrait alerta John. Tournant la tête, il regarda de l'autre côté de la rue. Sous le porche de sa maison, un homme venait d'apparaître, qui descendit rapidement les marches, puis émergea de l'ombre. John le reconnut lorsqu'il atteignit le trottoir.

— George !

L'homme s'immobilisa, regarda autour de lui. John

l'appela de nouveau et, cette fois, George tourna les yeux dans sa direction, marqua une hésitation, puis traversa la rue. En arrivant à hauteur de la voiture, il jeta un coup d'œil à l'intérieur et dit :

— Oh ! c'est toi... Pourquoi restes-tu assis là ?

John fut un moment avant de répondre. Il regardait George en pensant « Ainsi donc, c'est toi ». Que George et lui fussent très amis n'entrait plus en ligne de compte. C'était fini. John n'éprouvait rien, sinon l'impression d'un grand vide intérieur.

— Monte, dit-il.

— Qu'est-ce qui ne va pas, John ?

— Rien. Monte dans la voiture.

Pour préciser la situation et prévenir toute discussion, John leva la main. La clarté du tableau de bord fit luire le canon d'un revolver.

— Mets-toi au volant.

George ouvrit la portière et obéit.

— Maintenant, roule.

Cet ordre donné sans indication d'une destination était impératif.

— Où allons-nous ?

Etait-ce sa voix, ce bruit rauque ?

— Je n'en sais rien. Roule, c'est tout.

— Je ne...

George sentit le canon du revolver contre sa tempe et s'interrompit net. Il ne voulait pas mourir. Il ne voulait pas...

« Comme les rues sont désertes et sombres ! » pensa John. Où étaient donc les gens ? Une étoile filante traversa le ciel noir et disparut. La route descendait, des arbres se rapprochaient. En avant d'eux se trouvait un petit bois qui avait réussi à échapper aux bulldozers.

— Où allons-nous ? demanda de nouveau George et la pression du revolver contre sa tempe lui répondit durement.

Le bois apparaissait aussi noir que le ciel. Pas la moindre lumière, pas un bruit, ni même une voiture avec des amoureux à l'intérieur qui eussent pu répondre à un appel au secours.

— Arrête-toi là, dit John.

George freina et la voiture s'immobilisa. John en descendit, la contourna et ouvrit l'autre portière.

— Viens.

— Où ça?

— Ne pose pas de questions. Contente-toi de faire ce que je te dis.

George hésita, puis finit par sortir de la voiture. Un champ s'étendait devant eux, traversé par un sentier zigzagant qui allait se perdre dans les ténèbres du bois.

— Allons-y, dit John.

Ils suivirent les méandres du sentier et bientôt le bois dressa devant eux son mur d'ombre. Devenant encore plus obscur et étroit, le sentier disparaissait sous les vieux arbres aux frondaisons massives. Là tout n'était que silence. Tel un géant vaincu, l'arbre surgit devant eux, dépouillé de son écorce et comme luisant dans sa nudité. Couché par terre, il ne lui restait plus la moindre branche, mais, même ainsi terrassé, il demeurait magnifique.

— Là, dit John, et ils s'arrêtèrent.

Au loin, entre les arbres, on apercevait vaguement des lumières, qui étaient des fenêtres éclairées. George pensa à l'étoile filante qui avait traversé le ciel et la peur l'engloutit. Il voulait s'expliquer, il pouvait le faire, mais John lui avait dit de se taire. Il ne fallait surtout pas contrarier un dément armé d'un revolver. Mieux valait ne pas parler. Mais s'il ne disait rien...

John s'éloigna de lui, puis fit volte-face et son visage apparut alors tel un masque blafard avec deux trous noirs.

— Tourne-toi, commanda-t-il.

Un ordre glacial.

— Pourquoi ?

— Parce que je te dis de te tourner.

C'était bien la dernière chose à faire, mais comment ne pas obéir ? George se tourna donc, présentant son dos, et se prit à trembler violemment. C'était le moment de vite s'expliquer... Seulement ses paroles furent noyées dans le bruit de la détonation. Il chuta en avant, sur le chêne abattu.

Les lumières de la maison lui parurent différentes, plus brillantes que d'ordinaire, et c'est avec une sorte d'élasticité nouvelle que John gravit les marches du porche. Il n'éprouvait rien à propos de ce qui venait de se passer dans le bois. Une forme sombre, qui s'était effondrée dans le noir, ne laissait qu'un très vague souvenir dans sa mémoire, comme si cela s'était passé il y avait bien, bien longtemps. L'étoile filante était tombée du ciel noir dans le bois ténébreux, abolissant tout sentiment à l'endroit de son ami mort. Ami ? Il introduisit la clef dans la serrure.

— Ah ! le voici... George, pourquoi as-tu mis si longtemps ?

John pénétra dans le living-room. Grace demeura bouche bée, cependant que Roberta, la femme de George, tournait la tête vers lui. Brusquement, les lumières parurent perdre de leur éclat cependant que se refroidissait l'air tiède de la nuit. Grace et Roberta, pareilles à des mannequins dans une vitrine, continuaient à le regarder d'un air surpris. Il arrive que l'on survienne à un mauvais moment chez des amis et qu'on y fasse figure d'intrus. C'était l'impression que John avait, mais il ne pouvait pas plus battre en retraite, sur une quelconque excuse, que s'arracher à la terreur glacée qui l'enveloppait.

— Nous pensions que c'était George, lui dit Grace. Il est allé jusqu'au coin de la rue nous acheter des glaces et il ne revient pas.

154

Comment aurait-il pu revenir, alors qu'il gisait dans le bois, en travers d'un arbre aussi mort que lui ? Une horrible méprise. George n'avait jamais été l'amant de Grace.

— Voulez-vous aller voir ce qu'il fabrique ? demanda Roberta. Je sais qu'il se laisse facilement entraîner à bavarder, mais ça fait si longtemps qu'il est parti...

John acquiesça d'un signe de tête, incapable de parler. Il sortit de la maison et reparut cinq minutes plus tard en annonçant qu'on n'avait pas vu George chez le glacier.

— Alors, il a dû lui arriver quelque chose ! s'écria Roberta, aussi alarmée.

Assassin. Il avait tué un innocent. Que faire maintenant ? se demandait John. Aller trouver la police ? Il n'en avait pas le courage. A eux de se débrouiller pour remonter jusqu'à lui. Non, il n'irait pas se dénoncer. Et aussi longtemps qu'il se tairait, il ne courrait aucun risque, car personne n'aurait l'idée de le suspecter.

Etait-ce si sûr ? Et le correspondant anonyme qui observait tout de sa fenêtre ? Demain, traversant le bois, quelqu'un découvrirait le cadavre ; on ne pourrait dire qu'il s'agissait d'un meurtre et l'autre n'aurait qu'à décrocher son téléphone et mettre la police au courant. Mais, ce soir, il était encore dans l'ignorance du crime et allait probablement appeler comme à son habitude. Une chance subsistait donc. Si l'homme n'avait pas vu George monter dans la voiture, il ne pourrait témoigner de rien. Et s'il l'avait vu ? Dans ce cas, John arriverait peut-être à lui faire entendre raison, à le convaincre qu'il s'agissait d'une terrible erreur dont il avait lui-même sa large part de responsabilité. Peut-être cela l'inciterait-il à garder le silence...

A onze heures, John attendait près du téléphone. Mais l'appareil demeurait obstinément silencieux. Une heure s'écoula ainsi. Dans un égrènement de minutes, avec une lenteur d'agonie. Le téléphone ne sonnait toujours pas et

John continuait d'attendre, ignorant que l'appel ne se produirait pas, parce que son correspondant anonyme était réduit désormais au silence, son corps déjà froid et raidi gisant dans l'obscurité du bois en travers du chêne mort.

Dead oak in a dark wood.
Traduction de M. B. Endrèbe.

JOSHUA

par William Brittain

Avec un large sourire, Mitch Kellendorf lança à toute vitesse la conduite intérieure noire et cabossée dans un nouveau virage en épingle à cheveux, d'une main tenant le volant et de l'autre se grattant le menton hérissé d'une barbe déjà ancienne. Evitant de justesse les grands pins qui bordaient le passage étroit de la route, il redressa brutalement le volant. La voiture oscilla violemment et Mitch écrasa l'accélérateur en abordant une courte ligne droite. Le compteur ne marquait à aucun moment moins de soixante miles à l'heure.

— Bon Dieu! Vas-y plus doucement, Mitch. Comment veux-tu que je compte le fric si tu joues à cache-cache avec tous les arbres de la forêt?

— Combien a-t-on ramassé, Eddie?

Le regard d'Eddie Files, assis sur la banquette arrière, se croisa avec celui de Mitch dans le rétroviseur. « Costaud et stupide, se dit Mitch, juste ce qu'il fallait pour un coup comme celui-ci. »

— Eh bien, espèce de gourde, ça fait combien?

— Dans les cinquante mille, je crois, dit Eddie, à moins que la banque n'ait triché en faisant les liasses.

— Ah! ne fais donc pas l'andouille. On n'y est pas restés plus de cinq minutes. Tu te figures que le président se sera faufilé dans la salle des coffres pour nous préparer des coupures de papier journal?

— Voyons, Mitch, insista Eddie, ralentis. Je veux vivre assez longtemps pour dépenser ma part.

Eddie jeta un coup d'œil vers la gauche de la route.

— Ce n'est pas la barrière dont tu m'as parlé ?

Mitch appuya sur le frein.

— Tout juste, Eddie, et c'est ici qu'on descend.

Il désigna une partie de la barrière pare-neige constituée par des lattes, dont plusieurs avaient le haut arraché. Arrêtant la voiture près de la palissade, il se tourna vers Eddie.

— Descends et soulève le capot, ordonna-t-il. Fais semblant d'avoir des ennuis avec le moteur. Si tu vois une voiture arriver dans un sens ou dans l'autre, avertis-moi.

Mais aucun véhicule ne circulait sur la route étroite serpentant à travers bois.

Mitch s'approcha de la barrière et enleva son veston à fines rayures, découvrant un pistolet P.38 sous son aisselle gauche. Il fit sauter les crampons qui joignaient quelques lattes et rabattit celles-ci sur le sol, pratiquant ainsi une ouverture juste assez large pour le passage de la voiture. Puis, il repoussa de chaque côté des broussailles entassées derrière la barrière, ce qui révéla un chemin étroit tracé dans les bois.

— Amène-toi, Eddie, appela-t-il.

Eddie rabattit le capot, s'installa au volant et conduisit lentement la voiture à travers l'ouverture. Il revint ensuite afin d'aider Mitch à replacer les broussailles et à relever les lattes.

— Il n'y a même pas de traces qui pourraient montrer qu'on a quitté la route, fit Mitch avec un petit rire. Nous arriverons à la cabane dans une heure. Tu pourras alors nous servir quelque chose à boire et nous nous y installerons pour un certain temps.

— Combien de temps, Mitch ?

— Qui sait ? En attendant que les choses se tassent. Deux mois peut-être.

Eddie manœuvra lentement la voiture entre les arbres. Il se tourna vers Mitch :

— On va cacher la bagnole hors de vue de la route.

— Si quelqu'un la découvrait, ajouta Mitch, on n'aurait qu'à se faire passer pour deux copains allant à la pêche.

A une distance d'un quart de mile, comme Mitch l'avait prévu, le chemin aboutissait à un énorme sapin. Mais ce qu'il n'avait pas prévu, c'était l'homme, debout près de l'arbre, et qui les regardait tranquillement pendant que la voiture ralentissait et stoppait.

— Bon Dieu! Mitch, murmura Eddie en plongeant la main sous son veston.

— Du calme, mon pote, dit Mitch posément. Je n'ai jamais vu de flic avec une veste de chasseur rouge vif et un chapeau cabossé. Couvre-moi et je vais lui parler.

Après avoir regardé l'homme plus attentivement, Mitch fut presque certain qu'il était inoffensif. C'était sans aucun doute un Indien pur sang, avec les pommettes accusées, le teint basané, le nez mince et aquilin, comme tous les braves guerriers peaux-rouges que Mitch avait vus à la télévision. Le seul détail insolite était l'énorme cigare planté dans un coin de sa bouche.

Sur un geste de son complice, Eddie sortit lentement de la voiture et s'avança vers Mitch et l'Indien, tout en gardant sa main droite glissée sous son veston. L'Indien tendit la sienne en signe de bienvenue.

— Bien le bonjour à vous deux, Missiés. Mon nom est Red Wing, Joshua Red Wing. J'ai pêché un peu dans le lac et au moment où je rentrais chez moi, j'ai remarqué vot' bagnole. J' me demandais si j' pourrais vous être utile.

— Bon Dieu! s'exclama Eddie, on dirait Sitting Bull dégoisant comme au ciné.

Mitch lui donna brusquement un coup de coude dans les côtes. Toutefois, l'Indien ne parut pas vexé.

— Pour ma façon d' parler, Missiés, beaucoup de gens m'ont dit qu'elle est marrante. Vous comprenez, ça s'est fait comme je vais vous dire : quand j'étais môme, je

159

travaillais à l'église du village en échange de l'*estruction*. Mais je passais presque tout mon temps à la cuisine, où j'ai pris goût à la langue anglaise et à la tarte aux myrtilles. La cuisinière s'appelait Bridget O'Toole et le nom du bon père était McGrath. Ils s'occupaient de moi de leur mieux, mais n'empêche que mon parler doit quelquefois sembler bizarre.

— Tu as dit que tu pourrais nous aider, reprit Mitch toujours soupçonneux. Qu'est-ce que tu entends par là?

— Voilà : il m'arrive souvent de rendre service à des pêcheurs du coin. Je ne peux pas vous aider pendant la journée, car j'ai mon boulot à faire. Mais une fois mon travail fini, je pourrais vous apporter des provisions et peut-être bien une petite goutte de queq' chose pour se verser dans le gosier.

— Et combien nous prendrais-tu pour ça? demanda Mitch.

— Est-ce que cinq dollars par voyage seraient de trop?

Mitch soupira de soulagement. Si un type s'offrait à faire, pour cinq dollars, un effort épuisant afin de leur apporter des provisions, c'est qu'il ne se doutait certainement pas de ce que contenait la valise posée sur le siège arrière de la voiture.

— C'est d'accord, Josh.

Ils se serrèrent de nouveau la main.

— Je suppose, poursuivit Josh, que c'est vot' cabane là-bas, de l'aut' côté du lac, car c'est la seule qu'on puisse atteindre à pied. J' vais prendre vos affaires et je vous ferai traverser dans mon canoë. Ça vous épargnera environ un demi-mile de marche.

Sur ce, et avant que Mitch ou Eddie ait pu dire un mot, il se dirigea vers la voiture, dont il ouvrit la portière, et se saisit de la valise, d'où Eddie avait peu auparavant retiré et compté cinquante mille dollars. Les deux hommes l'observaient bouche bée, mais n'eurent pas le temps de protester avant de le voir revenir vers eux.

— Je vais met' ça dans le canoë. Si vous voulez bien

aller chercher vos autres affaires, je vous retrouverai au bord du lac. Vous n'aurez qu'à suivre le sentier.

Et il s'enfonça dans les bois.

Eddie gronda et fit un pas vers l'endroit où l'Indien avait disparu. Mitch le saisit par le bras.

— Du calme, mon vieux, lui dit-il. Ce type-là serait notre meilleure protection si quelqu'un s'avisait de poser des questions. Mais si tu lui arrachais la valise des mains, il se demanderait pour quel motif. Il sera là quand nous arriverons. Il est trop abruti pour voler.

Tout en maugréant, Eddie se laissa reconduire vers la voiture. Mitch répandit soigneusement des aiguilles de pin sur le toit et les pare-chocs, afin de donner éventuellement l'impression que le véhicule se trouvait là depuis plusieurs jours. Puis il souleva le capot.

— Qu'est-ce que tu fabriques maintenant ? questionna Eddie.

— Le rotor d'allumage, dit Mitch en le lui montrant. Le vieux Josh est trop gourde pour faucher cinquante mille dollars, mais la bagnole pourrait le tenter. Il...

— Sacré nom de Dieu !

Mitch fut interrompu par un juron lancé à pleine voix par l'Indien et venant sans aucun doute de l'intérieur du bois. Alors que les deux hommes se précipitaient vers la lisière de la petite clairière, ils entendirent un choc sourd, un raclement de bois traîné sur de la pierre, puis une éclaboussure. Ils distinguèrent les traces à peine visibles du chemin qu'avait pris l'Indien et le suivirent en courant. Mitch atteignit le lac et se rendit compte immédiatement de la situation.

De part et d'autre du sentier, plusieurs billets de vingt dollars étaient restés accrochés aux mauvaises herbes. Sur la petite plage qui lui faisait face se trouvait un sac de toile marron portant tracée en noir l'inscription « Haleyville National Bank ».

Et sur les eaux du lac, l'Indien Josh pagayait vigoureusement pour éloigner le plus possible de la rive son canoë de grosse toile.

Eddie arriva en trombe une seconde après Mitch, jeta un coup d'œil sur les billets éparpillés à terre, aperçut la silhouette de l'Indien qui s'enfuyait sur le lac et saisit le pistolet dans l'étui suspendu à son épaule. Il tira une fois, sans grand espoir de l'atteindre, sur l'Indien pratiquement hors de portée. La détonation se répercuta des hautes falaises de pierre qui s'élevaient sur l'une des rives.

Josh entendit le coup de feu et, au même instant, la pagaie lui sauta des mains et se mit à flotter lentement en s'éloignant de l'embarcation. Il observa, non sans surprise, que tout un côté de la pale avait été arraché par le projectile. En regardant vers la rive, il aperçut diminué par la distance, Mitch à genoux derrière un gros tronc d'arbre et tenant son arme à deux mains. Deux fois encore, les falaises situées à la droite de Josh lui renvoyèrent l'écho des détonations. L'eau gicla sous les impacts et de petites vagues circulaires apparurent. Retirant son chapeau et empoignant la coiffe, Josh le plongea dans l'eau et en l'actionnant vivement d'avant en arrière il réussit à avancer peu à peu vers le point où flottait la pagaie brisée.

Sur la berge, Mitch se leva, remit son arme sous sa veste et regarda Josh sur le lac. Il observa attentivement, sur la rive opposée, le sentier qui conduisait à sa cabane. Si l'Indien réussissait à l'atteindre, il y serait chez lui, libre, et ils n'auraient pas la possibilité de le retrouver dans les bois. Il se tourna vers Eddie.

— Eddie, écoute-moi, vite !

Mitch Kellendorf, qui avait organisé sans le moindre accroc le casse de la banque de Haleyville, aboya ses ordres :

— Ce sentier contourne la rive gauche du lac. Je vais attendre ici. Toi, tu vas le suivre jusqu'à ce que l'Indien soit à portée de ton feu, à l'autre bout du lac. Tâche qu'il ne te voie pas.

162

— A quoi bon, Mitch, on n'a pas de bateau.

— Ecoute un peu, mon gars, s'il réussit à filer, adieu les cinquante mille. Mais il ne peut revenir par ici, où je me trouve, et s'il essaye d'escalader ces falaises, nous aurons tout le temps d'aller là-bas le cueillir quand il parviendra au sommet, à supposer qu'il ne se casse pas la gueule en tombant. Sa seule issue est à l'autre bout du lac. Si tu y arrives avant lui, il sera fait comme un rat. Il n'aura plus qu'à flotter comme un canard et il sera forcé d'aborder tôt ou tard. Maintenant, vas-y.

Et Eddie y alla.

Sur le lac, Josh réalisa très vite sa position. Le plan d'eau formait un ovale régulier, suivant un grand axe nord-sud. Au nord se trouvait Mitch. Sur la rive ouest, des falaises de pierre se dressaient à la hauteur d'environ quinze mètres. Impossible de les escalader : Josh avait essayé une fois, en vain. Sa seule chance était l'extrémité sud du lac. Et il venait d'apercevoir Eddie qui s'engageait sur le sentier afin de couper cette unique issue.

Josh redoubla d'efforts pour atteindre la pagaie flottante et parvint finalement jusqu'au point où elle reposait sur l'eau calme. En la saisissant, il constata que presque la moitié de la pale manquait. Ceci non seulement diminuait la force de chaque coup de pagaie, mais déséquilibrait celle-ci, qui tournait entre ses mains chaque fois qu'il la plongeait dans l'eau.

— Tant pis, il faudra bien que je m'en contente, marmonna-t-il.

Eddie Files était en excellente forme et bon pour une course d'un demi-mile environ. Josh avait entre les mains une pagaie brisée, qui semblait orienter le canoë dans toutes les directions, sauf celle qu'il voulait lui donner. Néanmoins il réussit presque à gagner. Il ne se trouvait qu'à vingt mètres de la plage de sable au moment où Eddie, courant toujours le long du sentier, tira une balle qui vint percuter l'eau.

Vivement, Josh vira de bord et s'éloigna de la rive en

mettant le cap sur les hautes falaises. Il aperçut Eddie à une extrémité du lac et Mitch à l'autre. Eddie leva de nouveau son pistolet, mais constata que Josh se trouvait maintenant hors de portée et qu'il valait mieux conserver les balles restantes. Il baissa donc le bras.

L'Indien savait que tant qu'il demeurerait vers le milieu du lac, il faudrait aux deux hommes sur la rive une chance inouïe pour l'atteindre s'ils recommençaient à tirer. Tout au moins avec un pistolet. Il pensait avec juste raison que ces hommes n'avaient pas de fusil. Ce n'était pas leur genre. Quant à lui, il disposait de la seule embarcation disponible et contrôlait la situation sur l'eau. Mais il lui était impossible d'aborder.

C'était l'impasse.

Le soleil montait et ses rayons se réfléchissaient sur les falaises. Josh prit de l'eau dans le creux de ses mains et but à grandes gorgées. Puis, ayant trempé son chapeau dans le lac, il se coiffa du feutre graisseux et frais. Près de la berge, à l'est, un brochet sauta hors de l'eau.

— Eh ! l'Indien.

Bien que l'Indien sût que Mitch se trouvait quelque part sur la rive est, les mots répétés en écho par les falaises semblaient venir de l'ouest. Il cria sa réponse :

— Je suis ici, tu le sais bien.

— Ecoute, l'Indien, on pourrait s'arranger...

— J'en doute beaucoup. Et tu serais bien aimable de ne pas me traiter d'Indien. Je m'appelle Joshua, mais je répondrai au nom de Josh.

— C'est entendu, Josh, mais ne fais pas tant de manières. Tu n'es qu'un truand, tout comme nous. Sinon, pour quelle raison as-tu ouvert la valise ?

— C'est à cause de la camelote que vous utilisez pour vos expéditions malhonnêtes. Ce qui s'est passé, c'est que la poignée de votre valise s'est complètement détachée pendant que je suivais le sentier qui mène au lac. Quand elle est tombée à terre, j'ai eu tout à coup devant les yeux un tas de billets. Et en voyant les sacs de toile, j'ai compris illico que la Haleyville National Bank c'était pas vous deux. La prudence étant mère de la sûreté, comme on dit, me voici.

— Il y a beaucoup de fric dans la valise. On pourrait te céder une part du gâteau.

— Je trouve ton offre shocking. Si je marchais dans cette combine, comment pourrais-je garder la tête haute la prochaine fois que je verrai le père McGrath ?

— On tiendra plus longtemps que toi, l'Indien.

— J'en doute, Missié. J'ai de l'eau à n' savoir qu'en faire, comme n'importe quel idiot pourrait le voir. Y' a du poisson plein le lac et j'ai ma canne à pêche dans le canoë. Dans quelques jours, un garde-pêche viendra se balader par ici, histoire de me pincer en train de prendre du poisson quand la pêche est fermée. Le moment venu, je raconterai mes ennuis en gueulant à pleine voix et il m'entendra. Je suis sûr qu'il filera aussitôt et sera loin avant même que vous l'ayez vu.

— C'est possible, l'Indien. Mais place donc la valise là où elle ne risque pas de couler. Ça serait vraiment moche de la voir aller au fond quand nous t'enverrons quelques plombs, à toi et ton canoë.

Josh fit un grand geste du bras vers la rive est.

— N'ayez aucune crainte, Missié, elle est solidement amarrée sous la banquette avant. Moi, le canoë et les billets, on sera toujours là, pendant que vous regarderez tous les deux à travers les barreaux de la prison.

Les derniers mots de Josh furent ponctués par la détonation du pistolet d'Eddie et une balle vint rider la surface de l'eau, loin à la gauche de l'Indien.

Mitch se hâta le long de la rive est et rejoignit son compagnon. Après s'être soulagé par une bordée de jurons, il se tourna vers Eddie :

— Sais-tu nager ?

— Tu parles, Mitch, j'ai appris à Jones Beach en faisant du surf. Pourquoi ?

Pour la première fois, Mitch se mit en colère.

— Parce que moi, je ne sais pas! Et il faut que quelqu'un aille là-bas pour avoir l'Indien. Voilà pourquoi.

Eddie ne se troubla pas :

— Je ne crois pas qu'un pistolet me servirait à grand-chose s'il se mouillait pendant que je nagerais vers l'Indien, Mitch.

Mitch leva les bras et vociféra :

— Tu ne vas pas emporter un pistolet avec toi dans la flotte, idiot. Si tu arrives à faire chavirer le canoë, tu pourras facilement t'occuper de l'Indien tombé à l'eau. Il est loin d'être aussi costaud que toi.

— Mais, Mitch, je ne suis pas sûr de pouvoir l'attraper tant qu'il restera dans son bateau.

— J'y ai pensé. Quand tu atteindras le canoë, fais basculer l'Indien dans le lac. Je vais te passer mon couteau pour que tu lui fasses son affaire quand il sera dans la flotte. S'il essaye de s'éloigner, fais ton possible pour l'aiguiller vers la rive afin que je puisse lui tirer dessus. Il faut absolument faire quelque chose. Il a peut-être menti à propos du garde-pêche, mais ce n'est pas sûr.

— Et le fric?

— Tu ne l'as donc pas entendu dire que la valise est attachée au canoë? Une fois qu'on se sera débarrassés de l'Indien, on aura tout le temps pour sécher les billets s'ils ont été mouillés.

Eddie se dévêtit, ne conservant que son slip et, marchant avec précaution sur les cailloux pointus et les brindilles, il s'avança jusqu'au bord du lac. Mitch retira de sa poche son couteau, fit jouer le ressort ouvrant la lame longue de quinze centimètres et le remit à Eddie.

Du milieu du lac, Josh observait les préparatifs des deux hommes.

— Je vois, mon bonhomme, murmura-t-il, tu sais sans doute nager, mais tu n' comprends rien de rien à un canoë. Ça m'étonnerait que tu mettes la main sur Joshua Red Wing avec de pareilles manigances.

Il pagaya tranquillement pendant quelques instants,

puis laissa l'embarcation dériver. Tout à coup, il saisit la pagaie qui traînait dans l'eau et la jeta à bord. Restant agenouillé, il se courba et ses mains s'affairèrent au fond du canoë.

Nageant à longues et vigoureuses brassées, Eddie Files progressa rapidement dans l'eau calme. Ce jour-là, en plein été, le lac était tiède et il se sentait bien. Il y aurait presque pris plaisir, si ce maudit Indien ne s'était trouvé là-bas, dans son bateau. Il tenait le couteau entre ses dents, comme un pirate qu'il avait vu au cinéma.

Dans son canoë, l'Indien restait immobile, mais toujours courbé, de telle sorte qu'Eddie ne pouvait apercevoir que son dos dépassant du rebord.

Josh attendit qu'Eddie fût à quatre ou cinq mètres avant de se saisir de sa pagaie et de glisser à une courte distance du nageur. Eddie s'en réjouit, car ce mouvement rapprochait l'Indien de la rive nord du lac, où il savait que Mitch guettait leur adversaire.

Il nagea plus vite. De nouveau, il parvint assez près pour pouvoir s'élancer, mais le canoë s'éloigna encore une fois hors de sa portée. Une troisième tentative ne réussit pas davantage.

Eddie cessa d'avancer et se maintint à flot en pédalant. La fatigue commençait à se faire sentir, mais l'eau était bonne. Il lui fallait tout au plus une pause de quelques instants. A condition qu'il ne laissât pas l'Indien évoluer autour de lui et regagner le milieu du lac, tout marcherait comme prévu. Eddie se rendait compte qu'il n'avait aucune chance d'atteindre le canoë, mais chacune de ses tentatives rapprochait celui-ci de Mitch.

Au moment où Eddie allait se remettre à nager, il vit l'Indien se redresser, ramener son bras en arrière et le détendre brusquement avec un petit mouvement du poignet. L'imbécile essayait-il de lui lancer des pierres ?

Eddie entendit un petit cliquetis métallique et, à l'instant même, quelque chose l'atteignit au revers de l'oreille. Il vit l'Indien rejeter vivement son bras en arrière.

Sur la berge, Mitch entendit le cri déchirant, dont les falaises lui renvoyèrent l'écho par-dessus le lac, au moment où l'hameçon triple de la cuillère s'enfonçait dans la chair tendre de l'oreille gauche d'Eddie. Maintenant, Josh se tenait debout dans le canoë, en moulinant rapidement et gardant bien tendue la ligne à laquelle l'homme était accroché.

Au premier cri d'Eddie, le couteau était tombé d'entre ses dents. D'un côté de sa tête partaient des élancements de feu qui le torturaient et fulguraient devant ses yeux. Instinctivement, il tenta de porter la main à son oreille, mais un chapelet de crochets lui lacéra la paume. En replongeant sa main dans l'eau, il toucha la ligne — une ligne assez forte pour soulever vingt livres. Il essaya de l'agripper, mais ne réussit qu'à s'entailler les doigts attendris par l'eau.

Dans son canoë, Josh tenait la canne de la main gauche et gardait la pagaie sous son bras droit, prêt à se déplacer dans n'importe quelle direction. Il ne prêtait guère d'attention à sa position par rapport à la rive. Il avait ferré le plus gros poisson de sa vie et l'un des deux seulement sortirait vivant du combat.

— Non, mon gars, il n'y a rien à faire, cria-t-il, tandis qu'Eddie se débattait et tentait de soulager ses muscles douloureux en pédalant dans l'eau.

L'Indien leva brusquement sa canne et manœuvra pour s'éloigner un peu du malheureux dont les bras s'agitaient éperdument.

Eddie faiblissait. Il réussit une seule fois à placer ses doigts sur le rebord de l'embarcation, mais Josh lui assena un coup violent du manche de sa canne à pêche et lui en brisa deux. Eddie ne se souciait plus de l'argent, de l'Indien, ni de Mitch. Il n'avait qu'une seule pensée : se libérer de cette chose qui lui taraudait horriblement le crâne. Il lui fallait absolument un répit, mais la chose ne lui en accordait aucun et la torture ne cessait pas.

Josh dut patienter quinze minutes pour qu'Eddie fût

complètement exténué. Finalement, il ne resta du vaincu qu'un corps flasque ne parvenant qu'à grand-peine à maintenir hors de l'eau son nez et sa bouche. Josh donna à la ligne plusieurs secousses sans provoquer la moindre réaction. Les yeux d'Eddie étaient clos et le sang coulait d'où les crochets s'étaient plantés.

Avec précaution, Josh manœuvra pour amener son canoë derrière Eddie. Du bout de sa canne, il toucha rudement l'oreille déchirée. Eddie se contracta légèrement, mais ne fit aucun mouvement. Toute son énergie tendait à se maintenir à flot.

Josh prit la pagaie dans le sens inverse, le manche vers le bas. Il l'éleva au-dessus de sa tête et, de toute la force du bras et de l'épaule, abattit, avec un claquement mat, le pommeau à l'arrière du cou d'Eddie, juste à la base du crâne. C'est ainsi qu'il avait l'habitude de tuer les brochets avant de les jeter à bord, et la réaction d'Eddie fut pareille à celle des poissons. Josh ressentit le choc le long de son bras. Eddie se raidit, trembla de tout son corps et commença à s'enfoncer dans les eaux limpides du lac, en entraînant la ligne qui se dévidait.

Quand la ligne eut cessé de filer, Josh attendit quelques minutes et prit un petit couteau dans la boîte près de ses genoux. Plaçant la ligne devant lui sur la banquette, il la trancha d'un seul coup. La partie sectionnée glissa par-dessus bord et resta, flottant sur l'eau, seul indice de l'homme mort qui reposait au fond.

De la berge, Mitch avait suivi des yeux la lutte qui se déroulait. Cet Indien était à n'en pas douter un type plein de sang-froid. La mort d'Eddie ne laissait aucun regret à Mitch mais il éprouvait un sentiment d'inquiétude à la perspective de devoir surveiller seul toute la rive est du lac. Pendant que Josh réglait son compte au nageur, il s'était enfoncé plus profondément dans le bois. En effet, si l'Indien le découvrait, il aurait une chance de s'échapper en pagayant jusqu'à la rive opposée. Mitch rapprocha ses deux mains en porte-voix.

— Eh ! toi, là-bas, l'Indien, cria-t-il, n'oublie pas que je suis toujours là et que je t'attends.

— J'en suis sûr. Mais, sauf erreur, vous étiez deux il y a quelques instants. Dis-moi, Missié, ça n' te tenterait pas de nager un peu, toi aussi ?

— Je ne sais pas nager, l'Indien, mais ce n'est pas nécessaire. Tout ce que j'ai à faire, c'est de rester ici et de te descendre quand tu débarqueras.

— Ah ! comme c'est drôle, répliqua Josh. Nous deux devenant vieux ici, sur le lac. Mais, bien sûr, à condition que le garde-pêche n'arrive pas entre-temps pour nous souhaiter le bonjour.

Le soleil poursuivait sa course et les ombres s'allongeaient sur les falaises. Mitch devint soucieux. Au cas où l'Indien se trouverait toujours sur le lac après la tombée de la nuit, il réussirait peut-être à gagner la rive à la faveur de l'obscurité. Mitch vérifia les deux pistolets. Son propre P.38 contenait quatre balles et celui d'Eddie trois. Il jeta un coup d'œil vers le lac, à la surface immobile comme une plaque de verre.

Courant à travers bois, Mitch atteignit un endroit près de la rive qui lui parut être le plus proche du canoë. Il tirait assez bien au pistolet, mais l'Indien se trouvait trop loin pour lui permettre de viser juste. S'il commençait à tirer et observait les points d'impact sur l'eau, il pourrait ainsi rectifier son tir et tuer, ou tout au moins blesser, l'homme du canoë. De toute façon, il garderait une balle en réserve. Il ne lui en faudrait pas davantage, à supposer qu'il rate l'Indien maintenant et que celui-ci tente d'aborder plus tard.

Mitch regarda entre les arbres. Il se trouvait aussi près que possible de la berge pour que Josh ne l'aperçoive pas. Et quelques pas de plus ou de moins n'avaient pas d'importance. Il sortit un des pistolets et assura sa main sur un tronc d'arbre.

— Du calme, mon gars, murmura-t-il, il suffit d'appuyer doucement. Attention, c'est le moment, vas-y...

Bang ! La balle fit gicler l'eau à un mètre environ à la gauche du canoë : le tir avait été trop court. Mitch releva le canon de son arme et visa un peu plus à droite. Bang ! Bang ! Il tira encore deux fois et, tandis qu'il regardait pour noter les points d'impact, il entendit un cri venant du lac, il vit la silhouette dans le canoë sursauter, culbuter dans l'eau en entraînant l'embarcation qui chavira.

— Je l'ai eu ! gloussa-t-il au comble de la joie.

La coque bombée flottait paisiblement. Mais un nouveau problème se posait : Mitch ne savait pas nager. Il lui faudrait donc attendre que le canoë dérive vers la berge pour qu'il puisse l'atteindre.

L'attente ne fut pas longue. Bien que Mitch ne sentît pas le moindre vent sur la rive, il était sûr qu'une brise devait souffler sur le lac, car la petite embarcation se déplaçait vers le bord et se trouvait maintenant à deux cents mètres.

Mitch se dirigea vers le point où le canoë semblait devoir aborder : une petite plage de sable. Dix minutes plus tard, il n'était plus qu'à cinq mètres environ de la rive, quand il s'immobilisa, sa coque verdâtre reflétant le soleil de l'après-midi.

Mitch parcourut le lac du regard.

— Cet Indien a sûrement coulé comme une pierre, dit-il à haute voix. Il a disparu et ne pouvait certainement pas nager sous l'eau jusqu'ici.

Ayant constaté que le canoë n'avançait plus, Mitch s'assit sur le sable, retira ses chaussures de daim et ses chaussettes de soie. Il enleva sa veste et retroussa les jambes de son pantalon aussi haut que possible. Il s'avança avec précaution dans l'eau tiède. Ses pieds s'enfoncèrent un peu dans le sable. Après avoir fait quelques pas, il se rendit compte que son pantalon serait trempé, mais toutes ses pensées se concentraient sur la valise désormais si proche. Elle n'était plus qu'à un mètre de distance, puis à cinquante, trente centimètres.

Mitch se demanda si quelque courant n'entraînait pas le

canoë, qui semblait maintenant dériver vers le milieu du lac.

Renoncer, au point où il en était, c'était risquer de ne jamais pouvoir récupérer l'argent. Cinquante mille dollars ! Il prit son élan et bondit vers la coque.

Mitch Kellendorf, absolument incapable de nager, se trouva soudain dans quatre mètres d'eau. Le canoë, qui semblait vraiment doué d'intelligence, fit un écart et s'éloigna rapidement, puis resta stationnaire à environ trois mètres de l'homme dont les bras battaient l'eau. Les vêtements de Mitch se plaquaient contre lui. Il poussa un hurlement et, alors qu'il tentait de reprendre haleine, son visage disparut sous l'eau. La surface du lac fut légèrement troublée pendant un moment. Après quoi, il n'y eut rien d'autre que le canoë flottant, la coque en l'air, sur les eaux calmes.

— Vous comprenez, après m'être débarrassé du grand, il me restait encore un problème : sortir du lac. Alors, quand j'ai entendu l'autre qui commençait à m' canarder, j' me suis jeté à l'eau et je suis remonté sous le canoë. Je savais qu'il y avait assez d'air là-dedans pour durer un bout de temps.

Le garde-pêche Van Leffner regarda, par-dessus le feu de camp qu'il avait allumé, l'étrange personnage aux cheveux noirs assis en face de lui ; pour se réchauffer, il s'était enveloppé dans une couverture et s'efforçait vainement d'allumer un cigare mouillé.

— Mais comment savais-tu qu'il existait un trou d'eau près de la berge ?

— Ça s'est fait comme ça : il y a une perche de six livres qui se balade le long d'un banc de rocher, juste dans ce coin-là. J'ai souvent essayé de la pêcher et je l'ai même ferrée une ou deux fois. Pendant que la pêche était ouverte, ajouta Josh en jetant un coup d'œil à l'étoile qui ornait la chemise de son compagnon.

Josh se retourna et lança à un écureuil qui folâtrait dans la lueur du feu la moitié du sandwich qu'il était en train de manger.

— Josh, dit le garde-pêche, je ne te comprends pas. Tu tues deux hommes froidement, sans t'en soucier le moins du monde. Mais tu passes toute une journée à pagayer, plus une heure à faire de l'auto-stop, le tout sans bouffer, afin de nous mettre au courant. Et voilà que tu donnes la moitié de ton sandwich à une petite bête qui viendra chaparder dans ton sac à la première occasion !

Josh s'assit, allongea ses pieds vers le feu et répondit tranquillement :

— Je suis convaincu que les petits lutins de la forêt souhaitaient que tout se passe comme ça.

Joshua.
Traduction de F. W. Crosse.

UN RÔLE EN OR

par Henry Slesar

Nicki n'était pas chez elle quand le téléphone sonna et sa compagne de chambre qui avait pris la communication était trop énervée pour lui faire un rapport cohérent. Elle ne savait pas très bien où M. Wolfe avait vu jouer Nicki : dans une troupe au bord de la mer, comme figurante n'apparaissant que deux minutes dans *Gypsy,* ou dans une émission publicitaire sur les vertus d'un détachant pour tapisseries ; mais quelle importance ? Nicki était priée de se rendre au théâtre Broadhurst à quatre heures précises si elle voulait avoir une audition. Nicki était si agitée qu'elle se précipita hors de la pension sans même passer un peigne dans sa chevelure blonde ébouriffée. Elle fit à pied les trois kilomètres qui la séparaient du théâtre sans se payer le luxe d'arrêter un taxi. C'était peut-être un engagement, mais pourtant il y avait déjà plus d'un mois que la distribution était en cours, et il ne pouvait rester que les tout petits rôles.

Il n'y avait que cinq personnes sur le plateau quand Nicki entra et quatre d'entre elles la regardèrent avec insistance quand elle s'avança d'un pas hésitant sur la scène. La cinquième personne, un homme assez jeune, au visage osseux, en pull-over, sourit, en s'avançant vers elle. Elle reconnut Wolfe, le metteur en scène, auparavant régisseur d'un théâtre de banlieue qui faisait ses débuts à Broadway avec une comédie nouvelle.

— Je vous connais, dit-il. Vous êtes Nicki Porter. Merci d'être venue.

— C'est à moi de vous remercier, monsieur Wolfe, répondit-elle en usant habilement de sa belle voix de gorge.

Nicki n'était pas spécialement jolie et n'avait rien d'une vamp ; sa voix était ce qu'elle avait de plus attrayant.

— Voilà de quoi il s'agit, dit Wolfe. Il y a une jeune veuve dans cette pièce, jeune, mais pas triste. Le rôle est très court, mais c'est le genre de rôle qui met un acteur en vedette. Hé ! Jerry, cria-t-il à un homme massif en conversation avec une jolie femme en blue-jeans. Passe-moi un texte.

Nicki feuilleta les pages avidement, et le directeur ajouta :

— Essayez la réplique de la page douze, c'est celle de Mary-Lou. Elle est du Sud, mais nous n'avons pas besoin d'une artiste avec cet accent-là.

Il se mit à faire les cent pas, s'arrêta pour dire :

— Attention, Nicki, que tout soit bien clair entre nous ! A parler franc, nous avons fini la distribution des rôles, depuis vendredi dernier. Le seul rôle au sujet duquel j'hésitais encore était celui de Mary-Lou, et nous étions à peu près fixés sur quelqu'un. Et puis je me suis rappelé vous avoir vue dans un spectacle à Wartins-Glen...

— *Le Vison voyageur.*

— C'est ça. En tout cas, vous ressembliez assez à Mary-Lou dans cette pièce. J'ai retrouvé votre adresse grâce au syndicat des artistes de la scène. Mais n'ayez quand même pas trop d'espoir, car on ne sait jamais.

Il eut un haussement d'épaules pour montrer qu'il connaissait aussi bien qu'elle les aléas du théâtre.

La réplique de la page douze était difficile. Mais Nicki savait qu'elle lisait bien et, quand elle eut fini, la femme en blue-jeans applaudit vigoureusement.

— Très bien, parfait, dit Wolfe avec un soupir. C'est tout à fait ça, Nicki. Nous ne vous ferons pas attendre longtemps notre réponse ; les répétitions doivent commencer la semaine prochaine.

Son visage s'éclaira d'un large sourire.

— Mais j'oublie les bonnes manières ! Il faut que je vous présente à la troupe.

Il l'entraîna vers le groupe des artistes et les lui présenta un à un comme des invités lors d'une réception. Nicki leur serra la main, essayant en vain de lutter contre le rouge qui gagnait le bout de ses oreilles. Elle était toujours ainsi, timide et muette en présence des personnes qui avaient l'aisance que donne le théâtre, ancrées solidement dans ce qui lui semblait à elle un océan traître et capricieux. Quand elle sortit du théâtre, elle eut la sensation d'être une coquille de noix ballottée sur la mer.

Mais cette triste comparaison s'évanouit dès que la porte de l'entrée des artistes se fut refermée sur elle. Le choc de ses pas sur le trottoir la ramena à la réalité : elle avait plu, et on allait lui confier le rôle ! Elle s'arrêta, leva les yeux sur les affiches et, lorsqu'elle vit la jeune fille aux cheveux bruns qui sortait du hall pour mieux la regarder, elle eut envie soudain de courir vers cette étrangère et de lui parler de ses nouveaux espoirs. Mais elle se retint et se dirigea vers le bar du coin.

Elle allait boire une seconde tasse de café lorsqu'elle remarqua que la jeune personne aux cheveux bruns était assise à trois tables d'elle et la regardait comme pour quêter une invitation. Nicki sourit, un petit sourire qu'on pouvait interpréter soit comme une raillerie, soit comme un signe d'amitié. La jeune fille choisit sans doute la seconde interprétation car elle saisit son sac à main et s'approcha.

— Puis-je m'asseoir à votre table ? dit-elle.

Sa voix trembla un peu en prononçant ces mots et ses dents blanches mordirent sa lèvre inférieure. Elle est jolie, pensa Nicki, d'une beauté qui lui rappelait celle de Julie Harris, mais elle avait les yeux un peu ronds, peut-être un peu proéminents.

— J'aimerais avoir avec vous un petit entretien, déclara-t-elle.

— Volontiers, dit Nicki, en débarrassant la petite table de ses affaires qu'elle poussa de côté. Je crois que je vous ai aperçue au théâtre.

— Oui, dit l'autre en s'asseyant. J'y étais, mais ne le dites pas... pas à M. Wolfe, je veux dire. Je suis Jill Yarborough, M. Wolfe vous a peut-être parlé de moi.

— Non.

— Il ne m'a même pas nommée ?

Elle eut un petit rire forcé. Nicki eut l'impression qu'elle *jouait* faux.

— Vous êtes comédienne ?

— C'est ce que j'essaie de leur dire. J'étais assise au fond de la salle pendant que vous lisiez. J'ai trouvé que c'était bon. Je ne vous entendais pas très bien, votre voix ne portait pas beaucoup. Mais à mon avis, vous avez été bonne.

— Merci, dit Nicki qui tressaillit curieusement et eut peur tout à coup de la lueur qui s'alluma dans les yeux de la jeune fille.

— Je suis étonnée que M. Wolfe ne vous ait rien dit à mon sujet car, en fait, il m'avait promis le rôle vendredi dernier. Le rôle de Mary-Lou. Vous ne pouvez pas le remarquer à m'entendre parler, mais je suis du Sud, du plein Sud, et pourtant j'habite le Nord depuis si longtemps que vous pouvez à peine le constater à mon accent, n'est-ce pas ?

— C'est exact !

— Eh bien, j'ai fait des efforts terribles pour me débarrasser de mon accent traînant, et voilà ce qui m'arrive. N'y a-t-il pas de quoi se tuer ?

Elle porta sa main gantée à ses lèvres comme pour étouffer un petit rire nerveux, mais il n'y en eut pas.

— Il y a presque un an que je n'ai pas trouvé de vrai travail, un rôle, j'entends. Quand Wolfe m'a dit que j'étais exactement ce qu'il cherchait, j'ai failli crier mon

177

triomphe. C'est alors qu'il m'a convoquée samedi dernier et m'a dit n'être plus sûr de rien. Quelle sale matinée j'ai passée !

— Je suis désolée, mademoiselle...

— Yarborough. Appelez-moi Jill. Votre prénom est Nicki, n'est-ce pas ?

— Oui.

— Eh bien, je ne lui ai pas joué la crise de larmes pour le faire changer d'avis, ni rien de tout cela, poursuivit Jill Yarborough en regardant Nicki bien en face. Mais je ne chantais plus victoire. Je me suis dit que je rôderais autour du théâtre toute la journée, rien que pour voir ce qui se passerait. Et j'ai vu.

Nicki aurait voulu prendre la main de la jeune fille, ou faire un geste quelconque pour adoucir la peine qu'elle avait sentie dans le ton de Jill Yarborough. Mais elle ne put que lui répondre d'une voix étranglée :

— Je suis désolée, je connais ça, moi aussi. Voilà huit mois que je cours les agences de placement. Mais à mon avis il n'y a encore rien de fait.

Jill Yarborough éclata de rire.

— C'est vous qui dites ça. Vous lui avez plu, Nicki. C'est certain.

Le sourire disparut.

— Mais moi je suis meilleure que vous. Meilleure que vous pour le rôle, meilleure que vous de toutes les façons.

Nicki, embarrassée, fixa sa tasse vide. La jeune fille se tut pendant un moment, gardant les yeux rivés sur le visage de Nicki, et Nicki perçut distinctement sa respiration malgré le brouhaha du bar.

— Refusez ce rôle, Nicki, reprit-elle d'une voix si basse que Nicki dut prêter l'oreille pour la comprendre. Dites-lui que vous ne pouvez l'accepter.

— Quoi ?...

— Refusez le rôle. Téléphonez à M. Wolfe, dites que vous n'en voulez pas. Dites que vous avez trouvé autre chose, que ça vous crée des ennuis.

La voix de Jill était criarde et vulgaire. Nicki restait abasourdie devant tant d'impudence.

— Vous ne parlez pas sérieusement?

— Si. Je suis meilleure actrice que vous, Nicki, j'ai travaillé dur. Vous ne méritez pas ce rôle autant que moi.

— J'ai besoin de ce travail, moi aussi. Vous ne pouvez pas...

— Pas autant que moi. Pas de la même façon. D'ailleurs, vous en seriez incapable.

La jeune fille baissa les paupières, comme si elle tirait un rideau pour cacher une lumière trop éblouissante. Puis elle rouvrit les yeux et dit :

— Si vous acceptez le rôle, je vous tue. Ayez pitié de moi, Nicki, car je vous assure que je le ferai.

Nicki eut un hoquet de surprise et recula sa chaise.

— Je vous tuerai et je me tuerai ensuite. De toute façon, il y a longtemps que j'y pense. Je m'étais accordé cette dernière chance, pas une de plus. Il faut que je la saisisse.

Elle fouilla dans son sac à main et en sortit un petit flacon brun, à demi caché dans ses doigts tremblants, mais on distinguait nettement la tête de mort et les tibias dessinés en bas de l'étiquette.

— Inutile de me menacer, murmura Nicki. Je ne me laisserai pas prendre à votre chantage, et vous ne m'empêcherez pas d'accepter ce rôle.

— Ce n'est pas du chantage. Je vous dis la vérité. Répondez oui à Wolfe et nous mourrons toutes les deux. Si vous voulez avertir la police, allez-y, vous verrez si ça vous réussit. Je leur rirai au nez et je dirai que vous êtes folle. Croyez-vous que ça vous fera une belle réputation?

Jill se leva lentement, en détournant la tête comme pour cacher ses larmes, ramassant son sac et le gant qu'elle avait nerveusement arraché d'une de ses mains. Puis elle jeta un demi-dollar sur la table et se dirigea à pas pressés vers la porte.

Nicki ne connut pas d'hésitation. Sa décision s'affirma de plus en plus dans son esprit, pourtant préoccupé, tandis que la jeune fille s'en retournait vers la pension de famille, puis au cours de la conversation animée qu'elle eut avec Thérèse, l'amie qui partageait sa chambre et ses espoirs. Elle ne fit même pas mention de Jill Yarborough ; elle n'allait quand même pas se laisser faucher comme ça le premier rôle digne de ce nom qu'elle eût trouvé depuis presque un an.

Le lendemain matin, à huit heures et demie, le téléphone sonna. Nicki rejeta son oreiller et chercha à tâtons le récepteur.

— Nicki ? Ici Carl Wolfe.

Elle ferma les yeux et bredouilla une prière.

— Si vous êtes d'accord, nous sommes d'accord, dit le metteur en scène. Première réunion pour la lecture des rôles mardi matin dix heures. Pouvez-vous y être ?

— Oh ! certainement, répondit Nicki d'un ton dégagé.

Puis elle se leva, fit quelques pas avec nonchalance autour de son lit, ramassa l'oreiller et tapa sur l'épaule de sa camarade encore endormie.

— Debout, ma vieille ! cria-t-elle folle de joie. Je tiens le rôle !

Nicki avait oublié Jill Yarborough. Elle avait l'esprit trop occupé à se rappeler son rôle de trois pages pour y penser. Car Wolfe, tour à tour gentil, exigeant et mordant lors de la première répétition, la lui fit totalement oublier. Puis une seconde répétition pleine d'hésitations et d'arrêts, suivie d'une déclamation triomphante sans une erreur que Wolfe qualifia à contrecœur de « presque parfaite », lui fit oublier les yeux brillants et proéminents ainsi que le petit flacon brun, la souffrance et les menaces de Jill Yarborough.

Le mercredi soir, Nicki revint du théâtre à sept heures et demie, fatiguée mais encore énervée de son succès. Thérèse avait proposé de sortir ce soir-là : elle avait un ami nommé Freddy, et Freddy avait un copain qui aurait aimé faire la connaissance d'une actrice en renom. Mais Nicki avait refusé. Quand elle ouvrit la porte de l'appartement, elle se trouva dans l'obscurité et absolument seule. Elle se déshabilla, se lava les cheveux, enfila un peignoir et se laissa tomber dans un fauteuil avec un livre. Quand on sonna à la porte d'entrée, elle se leva sans hésitation car elle avait oublié Jill Yarborough.

Celle-ci portait un long manteau noir orné d'un col en fausse fourrure relevé jusqu'au menton et que sa main tremblante tenait fermé. Elle lui dit « Bonsoir, Nicki » et Nicki eut envie de lui claquer la porte au nez, mais elle se retint. La jeune fille entra.

— J'ai eu de la peine à vous trouver. J'ai dû demander le numéro de votre studio au garçon d'étage.

— Vous perdez votre temps, dit Nicki avec lassitude. Tout est décidé à présent. Il est inutile de me faire une scène, Miss Yarborough.

— Appelez-moi Jill, dit la jeune fille.

Elle parcourut du regard le studio, puis entreprit d'enlever son manteau. Pendant un instant, Nicki crut que ça allait se passer très bien. Jill paraissait détendue et avait des manières désinvoltes. Elle jeta son manteau sur un fauteuil.

— C'est un beau studio. Vous habitez seule ici ?

— J'ai une camarade avec moi. Elle doit rentrer d'une minute à l'autre...

Jill Yarborough sourit.

— Je parie qu'elle ne rentrera pas. Je parie qu'elle avait un rendez-vous, et que vous, vous n'en avez pas. Je sais comment on est quand on a du travail. On ne se soucie même pas d'avoir un homme dans sa vie. N'est-ce pas vrai ?

— J'étais trop fatiguée pour sortir ce soir.

— Naturellement.

La jeune fille s'assit, et joignit ses mains sur ses genoux avec un air très collet monté ; jusqu'alors Nicki n'avait pas osé la regarder dans les yeux. Cette fois elle la regarda et s'aperçut que la lueur sanglante qu'elle y avait vue lors de la première rencontre n'avait pas diminué d'intensité.

— Comment s'est passée la première répétition ? demanda Jill d'un air dégagé.

— Bien, je crois.

— C'est un type amusant, n'est-ce pas ? Je veux parler de Carl Wolfe. Pendant une minute c'est un amour ; l'instant d'après il hurle après vous comme un adjudant. J'ai entendu parler de lui.

— Il est vraiment très gentil.

Jill sourit encore une fois, paresseusement.

— Je parie que vous vous êtes dit que je ne parlais pas sérieusement quand je vous ai rencontrée la dernière fois, n'est-ce pas ?

— Vous étiez bouleversée ce jour-là...

Jill Yarborough arrangea son manteau sur ses genoux. Elle enfouit sa main dans sa poche. Nicki se raidit dans son fauteuil. La main sortit de la poche, serrant le petit flacon.

— Non, j'étais très sérieuse, déclara la jeune fille, comme dans un rêve. Tout ce que j'ai dit était sérieux. J'avais l'intention de vous tuer et de me tuer ensuite.

— S'il vous plaît, dit Nicki inquiète. Ne faites pas cette folie.

— Vous croyiez que je bluffais, mais pas du tout. J'avais raison à propos du rôle. Je suis meilleure actrice que vous, infiniment meilleure. Savez-vous quelle est votre faiblesse ? demanda-t-elle, tout à coup. Vous n'êtes qu'une voix. Vous n'avez pas de corps. Vous jouez avec votre larynx.

Ses doigts manipulaient nerveusement le petit flacon.

— Je vais vous faire boire ça, dit-elle.

Nicki se leva.

— Je crierai, murmura-t-elle. Si vous essayez, j'ameuterai tout l'immeuble. Il y a des locataires dans l'appartement à côté...

— Vous n'avez pas les qualités requises, dit Jill Yarborough d'un ton amer. Vous n'avez pas comme moi la volonté de vous battre pour un rôle. Pour décrocher un rôle dans un théâtre, il faut être un peu folle et capable de se battre à chaque instant. C'est pour cela que je vaux mieux que vous, Nicki.

Elle déboucha le flacon.

— Sortez d'ici ! hurla Nicki.

Jill Yarborough ricana et se leva. Elle s'avança, les épaules voûtées, les dents paraissant d'une étrange blancheur dans son visage sombre et tourmenté. Elle avançait, telle que dans un cauchemar.

— Voilà pour vous, Nicki, dit-elle en tendant le flacon. C'est pour vous...

Nicki poussa un cri perçant.

Jill s'arrêta et son visage changea. Elle porta à son front sa main tremblante ; la lueur de ses yeux s'éteignit. Alors elle retint sa respiration et porta à ses lèvres le goulot du petit flacon. Elle rejeta la tête en arrière et le liquide disparut dans sa gorge. Elle avala avec un effort et laissa tomber le flacon qui rebondit sur le parquet. Nicki poussa un second cri perçant et se couvrit les yeux ; quand elle regarda de nouveau, Jill Yarborough n'avait pas fait un seul geste, comme elle-même étonnée de ce qu'elle avait fait. Nicki courut à elle en sanglotant.

— Laissez-moi, dit Jill d'une voix rauque. Vous avez obtenu ce que vous vouliez, allez-vous-en.

Elle fit un pas et ses genoux fléchirent.

— Oh ! mon Dieu, j'ai mal, dit-elle, en crispant ses mains sur sa poitrine.

— Je vais appeler un docteur.

— Restez où vous êtes !

— Laissez-moi vous aider !

Jill Yarborough se dirigea vers le canapé, appuyée au bras de Nicki. Elle eut des haut-le-cœur et tomba sur les genoux. C'est à ce moment-là que Nicki décrocha le téléphone.

**
*

Les deux internes qui emmenèrent Jill Yarborough dans la chambre à coucher étaient jeunes, calmes et silencieux. Pendant presque une demi-heure on entendit des bruits étouffés derrière la porte de la chambre ; Nicki était assise sur le canapé du living-room, toute tremblante, dans l'attente du diagnostic.

Enfin, un des internes parut, c'était un jeune homme blond. Quand Nicki l'interrogea en balbutiant, il eut un sourire forcé.

— Elle va mieux, dit-il, elle sera sur pied dans un jour ou deux. Nous lui avons fait un lavage d'estomac et administré un calmant.

Il s'assit et alluma une cigarette.

— Je voudrais vous poser une question. Une question assez importante.

— Oui.

— La jeune fille prétend qu'elle croyait avaler un sirop contre la toux, que toute cette affaire n'est qu'une méprise. Etiez-vous présente quand c'est arrivé ?

— Oui.

Il la regarda d'un air pensif.

— Vous savez que si elle a avalé volontairement ce produit, nous devons faire notre rapport à la police. Le suicide est un délit dans l'Etat où nous sommes.

— Vous voulez dire qu'elle serait arrêtée ?

— Ça n'irait pas jusque-là. On la mettrait en observation dans un hôpital de la ville, on l'aurait à l'œil et un psychiatre l'examinerait. Quand il s'agit de suicide de ce genre, les malades ne renoncent pas après leur première tentative.

Il la regarda avec insistance.

— Pourriez-vous confirmer sa déclaration, Miss Porter ?

— Oui, répondit Nicki, en détournant les yeux. Ce n'était qu'un accident. Elle n'avait aucune raison de se suicider, absolument aucune.

Quand l'ambulance fut partie, Nicki essaya d'avoir le Broadhurst au téléphone, mais on ne répondit pas. Elle trouva le numéro de Carl Wolfe dans l'annuaire et, heureusement pour elle, il était chez lui. Il l'écouta en silence.

— Je ne peux pas faire autrement, dit-elle. Il faut que je parte en voyage pour quelques semaines, et je ne serai donc pas libre pour les répétitions. Aussi, il est peut-être préférable que nous rompions le contrat.

— Je comprends, dit enfin Wolfe. J'en suis désolé, Nicki. Je trouve que le rôle vous allait bien. Espérons qu'une autre fois...

— Je ne voudrais pas que cela vous mette dans le pétrin...

— Non, répondit Wolfe, en fait nous avons une autre candidate. C'est la jeune personne à qui j'allais donner le rôle, avant que vous vous présentiez.

Sauvée, pensa Nicki. Elle lui souhaita un rapide au revoir et raccrocha.

Elle rentra sur la pointe des pieds dans la chambre. Jill dormait encore, mais elle tressaillit et ouvrit les yeux quand Nicki s'approcha du lit.

— J'ai téléphoné à Carl Wolfe, dit Nicki sèchement. Vous m'entendez, Jill ? J'ai téléphoné à Carl Wolfe et je lui ai dit que je ne voulais pas du rôle. Il est à vous, conclut-elle avec amertume. J'en ai bien moins besoin que vous.

Jill Yarborough sourit.

— Je suis meilleure que vous, répondit-elle doucement. Je mérite ce rôle. Ne vous l'ai-je pas prouvé ?

— Que voulez-vous dire ?

— J'ai failli mourir... déclara Jill Yarborough.

Et tout à coup, elle éclata de rire, d'un rire qui sonnait faux.

— Sauriez-vous avaler de l'eau et être à deux doigts de la mort ? Ce n'était que cela, voyez-vous. De l'eau ! Sauriez-vous le faire aussi ? Le sauriez-vous ?

Elle fit un effort pour se lever et Nicki recula.

— Pourriez-vous le faire ? hurla Jill Yarborough d'une voix perçante, rageuse, sûre de sa valeur et de son exaltant triomphe.

I am better than you.
Traduction de Joseph Castel.

L'AUTRE FEMME

par Donald Honig

Cinq ans plus tôt, leur mariage avait failli se terminer par un divorce, mais Martha l'avait sauvé du désastre. Ça n'avait pas été facile, mais elle y était parvenue à force de persévérance et de ténacité. Harry lui avait juré que si elle lui pardonnait encore cette fois-là, il changerait sa manière de vivre et deviendrait un mari modèle. Ce n'était pas la première fois qu'elle découvrait ses infidélités. Tout le monde l'engageait à le quitter et à divorcer. Mais elle était orgueilleuse. Elle avait décidé que son mariage tiendrait.

Et il avait tenu cinq ans encore. Harry était devenu le mari exemplaire. Il rentrait chaque soir directement de son travail et sortait rarement sans sa femme.

La première année fut la plus dure. Martha avait vu les jours se succéder et, comme quelqu'un qui écoute anxieusement le tic-tac d'une bombe à retardement, elle se demandait lequel de ces jours déclencherait un *nouveau* et *ultime* désastre. Mais il ne se passa rien. Au bout de deux ans, elle commença à déclarer prudemment à ses amies qu'elle avait réussi, qu'elle avait empêché son mariage d'aller à vau-l'eau, comme tant d'autres. Avec le temps, cette victoire devint une gageure. Elle en tirait une immense fierté. Elle s'en vantait perpétuellement. Elle finit par agacer son entourage qui la laissa peu à peu tomber. Mais ça lui était égal. Elle avait gardé Harry.

Puis, de temps à autre, Harry recommença à sortir le

dimanche soir. Il allait au cinéma, disait-il. Martha n'avait jamais aimé le cinéma : cela lui donnait la migraine. Harry y allait donc seul. Mais c'était là une distraction innocente et Martha n'y voyait aucun mal.

Un dimanche soir, il rentra assez tard. Martha était déjà couchée. Le lendemain matin, tandis qu'il déjeunait à la hâte, elle lui demanda si le film lui avait plu. Il répondit que ça ne cassait rien et l'entretien s'arrêta là. Harry partit pour son bureau.

Plus tard, dans la matinée, Martha se rendit au supermarché. Tout en poussant le chariot le long des couloirs et en examinant les étagères, elle se demanda quoi choisir. Tous ces produits et ne savoir lequel prendre ! Qu'est-ce qui ferait plaisir à Harry ? Elle décida de l'appeler à son bureau de la cabine téléphonique du magasin. Elle mit une pièce de monnaie dans l'appareil, composa le numéro. Le téléphone sonna plusieurs fois avant que la secrétaire d'Harry ne vînt répondre, d'une voix plutôt sèche, estima Martha. Avant qu'elle n'ait eu le temps de se faire connaître, la secrétaire lui demanda de ne pas quitter. M. Leonard parlait sur une autre ligne.

La secrétaire avait sans doute appelé le bureau d'Harry et oublié de couper sur l'interphone, car Martha entendit la voix de son mari, basse et lointaine, mais cependant audible si l'on tendait l'oreille. Ce qu'elle fit.

— J'ai vu la jeune Mme Bennett, disait Harry.

Martha se raidit ; son visage prit une expression de stupeur incrédule. La voix d'Harry reprit :

— Ne quittez pas, on m'appelle sur une autre ligne.

Et, d'un ton qui rendit aux oreilles de Martha un son métallique :

— Allô, allô ?

Elle ne répondit pas et raccrocha. Son visage était rouge de colère. Elle se détourna, laissant là le chariot, et descendit rapidement le couloir, en martelant le plancher de ses talons. Elle marchait si vite que le chef de rayon, pensant qu'elle avait quelque motif de se plaindre, lui adressa un geste de la main. Mais elle continua son chemin.

Une fois dehors, elle poursuivit sa marche de la même allure rapide et irritée, les yeux fixes, pleins d'une amère stupeur. Elle ne voyait rien, elle ne songeait à rien, aveuglée qu'elle était par la rage et l'humiliation. Au bout de cinq cents mètres, elle ralentit le pas, leva une main vers son visage et en effaça une larme imaginaire. Elle s'arrêta. Un cordonnier, dans son échoppe, la regarda avec curiosité, et son marteau demeura en suspens au-dessus de la chaussure qu'il allait frapper. Martha rougit, gênée comme si son secret avait été écrit sur sa figure, et reprit sa marche.

Elle resta dehors toute la matinée et tout l'après-midi, errant sans but, s'asseyant sur un banc d'un jardin public, où elle regarda vaguement les enfants qui jouaient à la balançoire ou aux agrès. Chose curieuse, c'est à peine si elle songeait à Harry. Elle était trop occupée à panser son orgueil, à essayer de trouver un baume à sa blessure cuisante. Sa fureur et son ressentiment n'étaient pas encore dirigés contre Harry, mais contre ses amis qui feraient leurs choux gras de la nouvelle.

Le mari de Marthe Leonard a recommencé...

Il n'avait sans doute jamais cessé...

Et elle qui nous rebattait les oreilles...

Ils ne tarderaient pas à être au courant. On déterrerait toutes les vieilles histoires, on les lui jetterait à la figure, avec une compassion dissimulant mal l'ironie. On se rappellerait ses vantardises. Les gens se réjouissent d'être témoins d'un fiasco et celui-là était de taille.

Tout allait recommencer... l'atmosphère de suspicion, le mur entre eux deux. Ils joueraient de nouveau au chat et à la souris. Harry dissimulerait ses frasques en affectant une gaieté excessive ; il se demanderait si elle savait, persuadé d'ailleurs du contraire (il était tellement sûr de lui !), rentrerait le soir, lui planterait un baiser de Judas sur la joue, tandis qu'elle feindrait de n'être au courant de rien... jusqu'au moment où elle n'en pourrait plus. Et elle deviendrait lentement folle, les soirs où il irait « au cinéma » et la laisserait seule. Comme il avait été malin de prétendre aller voir un film ! Il savait très bien qu'elle refuserait de l'accompagner. Mais cette fois, elle ne se plierait pas à cette comédie, elle n'endurerait pas ces mensonges.

Mme Bennett. Le nom lui restait dans la gorge. La *jeune* Mme Bennett. Naturellement, elle était jeune. Comme toutes les autres. Jeunes et cyniques, prêtes à briser un foyer pour quelques heures de plaisir. Elle devait habiter le voisinage, celle-là, le nom semblait à Martha vaguement familier. Elle était sûre de l'avoir déjà entendu.

Harry avait parlé de cette femme au téléphone. Combien d'autres gens étaient-ils au courant ? Harry avait-il abandonné toute discrétion ? Autrefois, il se montrait infiniment plus subtil. Peut-être que tout lui était devenu égal ? Peut-être voulait-il même que Martha sût à quoi s'en tenir, espérant ainsi qu'elle lui rendrait sa liberté ?

Mais elle ne la lui rendrait jamais. Jamais ! Ce n'était pas en torturant les gens, en les humiliant qu'on obtenait quelque chose d'eux.

Que devait-elle faire ? Elle ne pouvait laisser cette abominable comédie continuer, mais elle ne pouvait pas envisager de quitter Harry, car c'eût été reconnaître son échec aux yeux du monde. Mais, tout en réfléchissant, elle prit une décision. L'idée l'excita étrangement. Combien de femmes avaient-elles eu cette même pensée, à un moment ou à un autre, et combien d'entre elles l'avaient mise à exécution ?

Elle se rappela l'histoire d'une femme qui s'était débarrassée de son mari. L'homme rentrait saoul tous les soirs et s'endormait sur la table de la cuisine. Un soir, la femme avait tout simplement ouvert le robinet du gaz. Le verdict avait conclu à un accident. Excellente solution, sauf que

190

Harry ne lui donnerait jamais la possibilité de l'employer. Mais il y en avait d'autres.

Le dimanche suivant, Harry annonça qu'il allait au cinéma. Il y avait un bon film qu'il désirait voir.

— Ah oui ? fit Martha d'un ton froid.

— Il paraît que c'est très bien. Le scénario...

— Eh bien, vas-y, si tu veux, coupa-t-elle. Mais de bonne heure, afin de rentrer tôt. J'ai peur de rester seule ici, le soir. Je ne t'en avais pas parlé, mais je crois avoir entendu un rôdeur, la semaine dernière.

— Un rôdeur ? répéta Harry. Tu as prévenu la police ?

— Non. J'en ai parlé avec Mme Connell, l'autre jour, et elle aussi croit avoir entendu quelque chose.

La voisine, Mme Connell, était une femme faible et très influençable, surtout lorsqu'il s'agissait de suggestions inquiétantes. Martha avait réussi à la convaincre qu'elle avait entendu un rôdeur et Mme Connell serait prête à en jurer.

— Tu veux que je sorte le revolver ? demanda Harry. Il avait rapporté de la guerre un calibre 45, qui était sous clef, dans son tiroir. Martha ne l'avait vu qu'une fois, mais elle savait où il était.

— J'ai peur de ces trucs-là, dit-elle.

— C'est la simplicité même, dit Harry. Et tu te sentiras plus tranquille.

— Ta sollicitude me touche.

Il ne comprit pas le sarcasme et se mit à rire.

— Un homme doit veiller sur sa femme, dit-il en se tournant vers la chambre à coucher.

Cette phrase rendit un son ambigu qui agaça Martha. Quand Harry revint, apportant le gros 45, elle déclara :

— Je vais peut-être encaustiquer le parquet du vestibule, ce soir, alors rentre plutôt par la porte de service.

— Certainement ! Je ne tiens pas à me casser la figure.

Il posa le revolver sur la table, sous la lampe.

— Voilà. Le meilleur ami de l'homme. Ça m'étonnerait qu'un rôdeur vienne ici — la maison n'a pas l'air assez

191

rupine pour tenter un voleur — mais en tout cas, le revolver sera chargé. Si tu vois un inconnu, ajouta-t-il en riant, n'hésite pas à tirer.

— Non, je n'hésiterai pas.

Harry s'en fut. Il était six heures. Martha demeura assise pendant deux heures, les yeux fixés sur l'arme qui luisait sous la lampe. A huit heures, elle alla chez Mme Connell pour lui emprunter le journal du dimanche.

— Harry vient de partir pour le cinéma, dit-elle.

— Alors, vous allez être seule jusqu'à minuit! dit Mme Connell, les yeux horrifiés.

— Oui. Il ne rentrera qu'à minuit.

A neuf heures et demie, Martha éteignit les lumières, monta dans la chambre et se prépara à se coucher. Elle mit un négligé sur sa chemise de nuit, puis redescendit. Elle prit le revolver, s'allongea sur le divan et attendit, les yeux rivés aux ténèbres qui semblaient onduler devant elle.

Avec une amère lucidité, elle imagina la scène entre Harry et Mme Bennett. Harry annonçait que, désormais, il arriverait de meilleure heure. Mme Bennett demandait pourquoi. Harry répondait en riant que Martha avait peur des rôdeurs. Et Mme Bennett, sans doute pleine d'esprit comme elles l'étaient toutes, rétorquait : « N'es-tu pas un rôdeur, toi aussi ? » Ils riraient... ils s'embrasseraient et ils riraient...

Martha perçut son pas dans la ruelle. Elle l'entendit prendre ses clefs. Tout à coup, sa colère et son amertume se donnèrent libre cours. Elle se leva, tenant le revolver devant elle, le doigt fixé sur la détente froid et rigide. La clef tourna dans la serrure avec un léger bruit métallique. La porte s'ouvrit. Elle vit la silhouette d'Harry, un peu plus claire que l'obscurité environnante. La porte se ferma. Harry entra et se dirigea vers le living-room. Il aperçut sa femme et dit, d'un ton surpris :

— Martha ?

Il la revit une fraction de seconde, au moment où un éclair blanc illuminait brièvement la pièce. Le 45 émit un

192

bruit épouvantable ; quelque chose fondit sur Harry avec une violence animale et le jeta contre la table. Le grondement sauvage qui s'était déchaîné dans sa poitrine s'apaisa et se tut.

Martha alluma la lumière. Elle le contempla froidement, et lâcha le revolver. Puis, se cachant le visage dans ses mains, elle se mit à hurler...

Les policiers se montrèrent compatissants. Ils avaient envahi le living-room, mais ne faisaient pas de bruit. Ils posèrent à voix basse les questions indispensables à la femme accablée de douleur. Martha ne cessait de sangloter, tout en se disant que tout s'était passé avec une surprenante facilité. Et elle se répétait sans arrêt : je voudrais que vous puissiez connaître la vérité, madame Bennett. Je voudrais que ce soit une leçon pour vous, pour Harry et vos semblables.

Deux jours plus tard, Martha sortit de chez elle. Elle éprouvait toujours une amère satisfaction. Mais elle désirait encore une chose : voir l'autre femme, découvrir son identité, lui faire savoir qu'elle, Martha, avait été au courant de tout.

Brusquement, elle s'arrêta, le cœur presque broyé par le choc, et son sang se glaça. Devant elle, collée sur une palissade, se trouvait une affiche multicolore, qui débutait par ces mots :

CETTE SEMAINE, AU CINÉMA LE BIJOU : « LA JEUNE Mme BENNETT », UN GRAND FILM AVEC...

Mais elle n'en lut pas davantage et s'évanouit, tandis que des passants accouraient vers elle.

Motive : another woman.
Traduction de Catherine Grégoire.

LÀ-HAUT SUR LA MONTAGNE

par *Richard Hardwick*

— Eh bien! voilà! Nous y sommes! annonça Charlie Walters à sa petite famille. C'est ici que votre vieux père venait en été quand il était gamin!

Mais en prononçant presque pompeusement ces paroles, il se sentit un peu bête. L'endroit n'avait plus le même aspect; ce n'était pas le havre accueillant, le cadre séduisant qu'il se plaisait à évoquer avec nostalgie. Bien sûr, les choses changent en vingt ans; il s'y attendait, mais tout de même...

— J'aime pas ici! brailla le petit Chuckie. Je *déteste*! Veux aller à la *plage*! (Il se mit à trépigner sur le plancher de la voiture.)

— Silence, tiens-toi, Chuckie! jappa sa mère, dont la patience s'était épuisée depuis déjà bon nombre de kilomètres. (Mais le bambin n'écoutait pas; autant s'adresser à un sourd.)

Charlie vira, quittant la route gluante, franchit l'ample flaque de boue rouge étalée à l'entrée du jardin envahi d'herbes, stoppa et coupa le contact. Tout était différent, sans aucun doute! Le cottage paraissait plus petit, et le vieux hêtre où il grimpait en jouant avec Billy Nelms avait disparu. Il n'en restait rien, pas même une souche. Derrière le cottage, au-delà d'un épais fouillis de végétation, il pouvait apercevoir le lac. Lui également était

194

différent. Il ne semblait pas avoir le même éclat, ni être aussi vaste. Non, il s'en fallait de beaucoup.

— M'man, j' veux aller à la plage, moi aussi, dit Susan, l'aînée des trois enfants Walters, avec un léger tremblement dans la voix.

Elle avait presque sept ans et se souvenait du motel à air conditionné où ils avaient séjourné l'été d'avant, face à la grande plage blanche où s'ébattaient tant d'autres petits compagnons de jeux. Pour elle, il n'y avait rien à voir ici, rien qu'une vieille baraque et une route sale avec des bois touffus tout autour. Ça avait bien l'air d'être de l'eau là-bas, à travers les arbres, mais il n'y avait pas de sable.

— Charlie, exhala Nancy (l'épouse de Charlie, d'ordinaire fort avenante et de bonne composition), tu m'avais dit... tu ne m'avais pas dit que c'était comme *ça*. Et tu prétends que tu paies quarante dollars par semaine pour ça?

Elle entoura d'un bras protecteur la petite Janie, la benjamine, qui demeurait assise, silencieuse et figée, le pouce enfoncé dans la bouche. On ne le comprenait pas; tout le monde était contre lui!

— Nan, je t'en prie, on ne va pas se chamailler maintenant! On va débarrasser la bagnole, on va s'installer, et puis on ira s'offrir une bonne baignade dans le lac pour se détendre...

— Qu'est-ce que tu t'imagines que je vais faire avec les enfants durant deux semaines, pendant que tu iras à la pêche, ou visiter ces vieux copains d'enfance dont tu m'as rebattu les oreilles? Les lâcher dans la nature, à l'aveuglette, tout simplement, dans ce — cette *forêt*?

Charlie grinça les dents et sortit de la voiture.

— Allez, les enfants! On rentre les affaires, tout le monde s'y met, et après on va nager dans le lac!

Il parlait avec éclat, un ton trop haut, s'efforçant de dissiper le malaise et la morosité qui s'installaient, de paraître gai, comme si la fête allait commencer. Mais deux des enfants pleuraient à présent, et Nancy fixait sur lui des yeux exorbités. S'était-il donc trompé ; avait-il eu tort de vouloir venir ? Quand même, on pouvait bien lui accorder une nuit de sommeil avant de récriminer, de se mettre à la harceler !

Il contourna l'auto, ouvrit la malle arrière et saisit une valise.

— Allons, Chuckie, viens donner un coup de main à Papa.

Le petit Chuckie était en train de patauger dans la flaque de boue, maculant ses chaussures.

— *Chuckie* ! hurla Nancy en l'empoignant par le bras pour l'arracher à la gadoue.

Tous les enfants pleuraient maintenant à l'unisson, et Nancy évitait de regarder Charlie pour ne pas laisser éclater son ressentiment.

La nuit fut à peine supportable. Le dernier enfant à s'endormir ne sombra dans le sommeil que passé minuit, fourbu, après une turbulence boudeuse. Quant à Charlie, jamais il n'avait dormi dans un lit aussi inconfortable. Réveillé juste avant le point du jour, il sortit sans bruit de la maison, précautionneusement, et marcha jusqu'au lac. Trop froide, l'eau ; pas question de se baigner. Il décida de longer le lac. Tous les vieux sentiers étaient là, tels qu'il ne se les rappelait, probablement maintenus en l'état par les animaux qui descendaient s'abreuver au lac. Que d'heures exaltantes, heureuses, il avait passées ici ! Il s'immobilisa, incertain, pris d'un doute. Heureuses ? Peut-être n'étaient-elles heureuses que dans son imagination ; peut-être *voulait*-il simplement qu'il en fût ainsi. Etait-ce pour cela qu'il avait tenu à venir ici, pour tenter de revivre son passé en voyant ses propres enfants évoluer en ces lieux ? Mais était-ce vraiment leur offrir des vacances ? Non, sûrement pas ; les leur *infliger* plutôt.

Le chemin suivait le contour irrégulier du lac. Pas grand du tout ; bien modeste, au contraire, ce lac. D'un petit promontoire, il pouvait voir le barrage, et en arrière, de l'autre côté, le hangar à bateaux où tout le monde venait le samedi et le dimanche.

Spectacle étrange : il lui avait paru si énorme, ce hangar à bateaux, si — si *terrifiant* quand il avait dix ans. Pourquoi terrifiant ? se dit-il soudain. Il n'avait jamais pensé cela auparavant. *Déprimante*, cette pensée, oui, et vraiment surprenante. Il commençait à se demander à quoi il s'était attendu, au juste, lorsqu'une impression bizarre, insolite, surgie de nulle part, s'empara de lui ; l'impression absurde, totalement absurde, d'être *perdu*. Machinalement, poussé par une force obscure, il fit demi-tour et se mit à trotter le long du chemin dans la direction du cottage. L'étrange impression se faisait envahissante, brutale et profonde ; il lui semblait qu'une main glacée lui étreignait le cœur. Il ralentit, s'appliquant à reprendre une allure normale, attribuant son malaise à ce calme absolu qui régnait sur le lac et la montagne. Quel silence autour de lui ! Un silence oppressant ; on eût dit que le lac et la montagne *attendaient* quelque chose, une chose évanouie, enfouie, oubliée. Il pressa le pas ; des branches fouettaient son visage au passage et son pantalon accrochait les bruyères. Il marchait de plus en plus vite, si bien qu'une fois de plus il se mit à trotter, puis à courir. Il s'aperçut que le chemin le conduisait dans la montagne, vers le *haut*, et non pas le long du lac, vers le bas, vers le cottage. Regardant par-dessus son épaule, il vit l'eau du lac luire un bref instant à travers le lacis des branchages, un peu comme une pièce d'argent ternie entrevue sous un tapis de feuilles.

C'était là-haut qu'il était, l'autre endroit. Il s'en souvenait à présent. Curieux qu'il n'y eût pas pensé avant ; avant de projeter ce voyage. Il aurait dû s'en souvenir, de cet endroit, tout comme il se souvenait de la montagne.

Il s'arrêta auprès d'un grand hickory, svelte, élancé, pour reprendre souffle. Il se revoyait courant tout au long du chemin depuis le lac jusqu'au sommet de la montagne ; dans le temps, vingt ans avant. Il courait en compagnie de

197

Billy Nelms et — il y avait quelqu'un d'autre. Quelqu'un d'autre était là, lorsqu'ils fonçaient en culotte courte, à grands cris, à travers bois, leurs vêtements bariolés de taches et d'éclaboussures, leurs jambes nues toutes zébrées par les bruyères.

Ah, oui! Jours d'ivresse et d'insouciance! *Ne va pas là-haut sur la montagne, mon enfant,* avait dit Maman et *Reste ici, en bas, près du cottage, petit, près du lac,* avait dit Papa. Alors il était allé sur la montagne, bien sûr, dès le premier jour, afin de voir *pourquoi* ils ne voulaient pas qu'il aille là-haut, et c'est là qu'il avait trouvé Billy Nelms.

Il repartit, se remit à gravir la montagne. Etrange également : tout paraissait si vert — les arbres, la mousse, toute la végétation recouvrant le sol — et pourtant, il lui semblait se souvenir du *rouge* plus que de toute autre couleur.

Ne va pas là-haut sur la montagne, mon enfant. Il pouvait l'entendre encore, prononçant cette phrase avec une intonation pressante dans la voix. Dieu ait son âme. Ce ne devait plus être bien loin; il le sentait. Il aborda la pente raide et grimpa résolument, prenant appui sur les arbres pour faciliter son ascension, car ses jambes devenaient lourdes. Et puis il vit l'endroit; seulement, à quelque moment, en de lointaines années, la maison avait brûlé et il ne restait plus que le squelette d'une cheminée en pierre qui se dressait là, auprès d'arbres qui avaient poussé à l'emplacement de la maison. Billy Nelms avait habité là, vécu ici.

Soudain, pour la seconde fois, le même froid glacé l'envahit, le faisant frissonner de la tête aux pieds. *Seigneur!* Quel silence sur la montagne! Pas un oiseau et pas de vent dans les arbres. Seulement quelques gouttes de rosée tombant des feuilles, et cette odeur de moisi montant du sol humide. La montagne, silencieuse comme la tombe, sentait la mort. Pourquoi, grand Dieu, pourquoi était-il donc revenu à cet endroit lugubre, abandonné?

— Hé, Billy! cria-t-il tout à coup, comme malgré lui. (Tout plutôt que ce silence!) Billy Nelms!

Mon Dieu, qu'est-ce qui me prend? Quelle bêtise! Il se surprit à lancer des coups d'œil furtifs, inquiets, tout autour de lui, comme s'il s'attendait à voir quelqu'un en train de l'épier. Le silence était toujours aussi lourd et rien ne bougeait; aucune présence, à part celle de la vieille cheminée, qui paraissait presque avoir poussé là, jaillissant des herbes folles. Mais il lui semblait qu'un message émanait de la montagne, que la montagne essayait de lui dire quelque chose.

Il avait laissé sa montre au cottage, mais, à en juger par la lumière grandissante, le soleil s'apprêtait à surgir au-dessus de la montagne; Nancy et les enfants devaient s'être réveillés, allaient se lever. Il avait promis d'emmener Chuckie à la pêche ce matin. Nancy serait furieuse de se retrouver seule avec les trois gosses sur les bras. A bon droit; on ne pouvait lui en vouloir. Quelle idée tordue d'avoir voulu venir ici! Essayer de ressusciter le passé, c'est une erreur; ça ne donne rien de bon. Ce psychiatre qu'il avait consulté pendant quelque temps n'avait été d'aucun secours, au contraire. Et puis, par ailleurs, les mômes, eux, voulaient aller à la plage, où ils s'étaient fait des amis. Et Nancy aussi. Personne n'allait plus à la montagne. Si on y allait autrefois, c'était avant tout pour fuir les fortes chaleurs, et à présent il y avait l'air conditionné partout.

Ils partiraient sitôt qu'il serait descendu de la montagne. Le type de l'agence pourrait garder ses quarante dollars. Il n'envisageait même pas de discuter, d'avancer une raison. Un lieu de séjour qui réussissait à vous mettre dans cet état, à vous mener *là*, ne méritait pas qu'on en parle. Il confesserait à Nancy et aux enfants qu'au fond il avait toujours *détesté* et méprisé cette montagne rouge et Billy Nelms... et... il y *avait* autre chose! *Evan* — Oh, Dieu, comme il l'avait détesté, haï, *Evan*!

Il pleurait, assis au pied d'un arbre; de grosses larmes

roulaient sur ses joues. Le stress, la pression des affaires, de plus en plus accablante; oh, certes, il avait besoin de repos. Si Nancy savait qu'il était allé voir un médecin — ou le psychiatre —, peut-être serait-elle moins prompte à s'emporter. Il sortit son mouchoir et essaya de rire, voulant se moquer de lui-même, mais le rire se termina en sanglot. *Enfin, voyons* (il tâchait de se raisonner), *où suis-je allé chercher ça? Appeler montagne rouge cette montagne toute verte!* (Il y avait de quoi rire, non?) *Et pourquoi irais-je dire que je détestais Billy Nelms alors que c'était mon meilleur ami?* Mais il avait haï Evan; ça, c'était incontestable. Evan, plus grand et plus fort que les autres, et une brute.

Il se leva et s'éloigna des vestiges de la maison. Il tenait à gagner le bas de la montagne et à s'en écarter avant de perdre complètement la tête. Elle avait sur lui un effet maléfique, cette montagne. Il n'y avait rien ici, pourtant, rien que les vagues souvenirs d'un endroit qui n'avait jamais été tel qu'il se l'imaginait. Mais il avait froid, et ce froid ne venait pas seulement de l'air du matin, il venait de la montagne, de son aspect indéfinissablement étrange, de ce silence réfrigérant, de ce calme trop calme, un calme de mort.

Il entama la descente, mais il prit un mauvais tournant et soudain il se trouva face à l'arbre. C'était le hêtre — celui qui possédait cette grosse branche tordue, comme un bras difforme — et il faillit rire parce que dans son souvenir il le situait en bas, au cottage. Il se dressait juste en bordure du chemin et, en s'approchant, Charlie vit que les morceaux de planches, naguère cloués sur le tronc pour servir de marches, avaient disparu. Il n'en restait plus trace; c'est comme s'ils n'avaient jamais existé, ces bouts de bois.

Aurait-il donc escaladé cette montagne rien que pour voir un arbre? Qu'avait-il de spécial, cet arbre? Il se sentit pris d'une forte envie de fuir, de courir, de foncer jusqu'au pied de la montagne aussi vite que ses jambes pourraient le lui permettre. Mais il n'en fit rien. Il demeurait en contemplation devant l'arbre et pensait à Evan. Ce qu'il avait pu le haïr et le mépriser, ce garçon ! Sale, crasseux. Il empestait, même. Jamais il ne se baignait dans le lac quand les autres gosses y nageaient ; il attendait sur la rive, prêt à les bousculer et à les repousser dans l'eau ou à voler leurs vêtements. Teigneux, *méchant...*

Et durant toutes ces années, jamais, pas un seul instant, il n'avait pensé à Evan. Etrange aussi, cela, vraiment étrange. Il aurait dû se détacher dans ses souvenirs, Evan, surgir au premier plan avant tout le reste. Et plus étrange encore : que lui-même ait voulu revenir ici, se retrouver là.

Alors va-t'en, pars, descends, quitte la montagne...

Mais il demeurait assis sous le hêtre, renversant la tête pour fixer la branche tordue, sans bouger, crispé, contractant les muscles de sa mâchoire. Il avait froid, et pourtant il sentait la sueur couler sur sa peau, mouiller sa chemise.

— Quelle stupidité ! lança-t-il d'une voix forte. Idiot, complètement idiot ! Rester là comme une statue à regarder un... *un arbre !...*

Encore une fois, il voulut rire, mais en vain. Il avait l'impression que la montagne l'enserrait, se refermait sur lui. *Dingue,* totalement dingue... monter au sommet de cette satanée montagne verte pour contempler un arbre minable avec une branche tordue. Une branche tordue... une pierre dans sa main...

Il tressaillit tout à coup, l'esprit en alerte, pris d'une folle inquiétude. Qu'est-ce que ça voulait dire ? Pourquoi penser à une *pierre* ? Et il se souvint. Le dernier jour de l'été. Le dernier jour d'un long mois de malheur. Le dernier jour à avoir peur d'Evan, peur d'être tourmenté, brutalisé, terrorisé par Evan. Mais on ne pouvait pas partir comme ça, tout simplement, sans rien faire. Trop de haine s'était accumulée ; il fallait qu'elle sorte, qu'elle éclate. Alors il prit une pierre, une grosse pierre aux bords tout déchiquetés, et il grimpa sur la branche tordue qui surplombait le chemin. Il pouvait entendre son père qui l'appelait au pied de la montagne ; sa voix se répercutait en échos à travers bois dans l'air frais du matin. La voiture familiale était déjà bourrée de bagages et ils l'attendaient. Une fois prêt à faire quelque chose, son père n'aimait pas attendre, et il pouvait entendre la voix de sa mère à présent, haute et claire, « Chaar-lie ! ».

Mais le son des voix s'estompait dans sa tête, parce que autre chose envahissait son esprit, requérait toute son attention. Voici qu'Evan arrivait en trottant le long du chemin ; sa grosse tête bringuebalant d'une épaule à l'autre, ses cheveux noirs tout emmêlés lui tombant sur le front. La pierre vola vers lui et soudain tout devint *rouge* !

— Maman, où est Papa ? dit le petit Chuckie. Veux aller à la pêche. Papa a promis que moi et lui on irait à la pêche.

— J' veux aller à la plage, Maman, dit Susan pour la cent cinquantième fois. La famille de Mary Ann est allée à la plage. Pourquoi on peut pas...

Nancy tendit brusquement le bras, posant sa main sur la bouche de l'enfant.

— Attends, n'est-ce pas ton père que j'entends ?

— J' crois pas, j'ai pas entendu...

— *Sssh !*

Tous entendirent alors, venant de la montagne, les appels affolés, désespérés, qu'il lançait d'une voix aiguë, haut perchée, bizarrement enfantine : *Papa ! Maman ! Attendez ! Me laissez pas ! Partez pas sans moi !*

Des appels heurtés, saccadés, chaotiques ; il courait, semblait-il, dévalait la montagne en une course éperdue, se ruant en aveugle à travers fourrés et taillis, comme pour échapper à quelque terrible chose qui le poursuivait. Et comme le bruit se rapprochait, Nancy eut aussi l'impression qu'il pleurait, qu'à ses cris se mêlaient des sanglots...

A walk on the mountain.
Traduction de Philippe Kellerson.

LE DERNIER CHAPITRE

par Richard O. Lewis

Je crois qu'il n'est pas un journaliste — mort ou vivant — qui n'ait un jour ou l'autre rêvé d'écrire le Grandiose Roman américain, un chef-d'œuvre qui l'arracherait à la foire d'empoigne et provoquerait la jalousie de ses collègues écrivains. Et je ne fais pas exception à la règle.

L'une des raisons pour lesquelles je n'avais pas encore écrit ce chef-d'œuvre était banale — comme la plupart des autres auteurs optimistes exerçant aussi le métier de journaliste, je passais trop de mes heures de loisir dans la Taverne de Tuffy à discuter de la politique nationale et étrangère, du droit de protester, des blondes par rapport aux brunes, et d'autres sujets capitaux. Tout cela au lieu de me cramponner à ma machine à écrire pour taper dessus pendant des heures avec acharnement.

Mais la raison majeure, me répétais-je, était que je n'avais franchement rien de renversant à communiquer. Je ne voyais donc pas l'utilité de gaspiller du papier et des rubans de machine. Mon cerveau cependant s'obstinait à travailler et à chercher, guettant l'idée géniale qui mériterait un effort particulier. Le roman s'écrirait pratiquement d'un seul jet.

Lorsque l'épisode final de l'affaire Mike Kelson explosa littéralement à la une des journaux importants du pays, je commençai à m'interroger. N'était-ce pas précisément le fait que j'attendais ? Plus j'y songeais, plus je me persuadais que je tenais enfin l'événement souhaité. En bref, l'histoire était la suivante :

Victime des taudis, Mike Kelson avait choisi la voie du crime — ou plutôt il y était entré tout naturellement dès le premier jour où il avait été capable de marcher dans les rues. A trente ans, il comptait de multiples arrestations à son palmarès, plusieurs inculpations pour des délits mineurs, et une condamnation à plusieurs années de prison.

Puis était survenue la nuit fatale où, accomplissant sa ronde, le policier McClasky perçut ce qu'il décrivit comme « un cri de douleur » provenant d'un massif touffu d'arbustes. Pistolet au poing, il s'était rué dans cette direction. En approchant, il entendit un bruit de bagarre, et quand enfin il atteignit les lieux, il vit un homme couché dans l'herbe, la poitrine percée d'un trou d'où le sang coulait à flots. Penché sur l'inconnu, il y avait ce Mike Kelson, la main serrée sur un couteau dont la lame dégoulinait de sang.

Personne évidemment n'avait cru à la version de Mike selon laquelle il traversait le parc ce soir-là lorsque des gémissements s'étaient élevés de ce bosquet. Pensant qu'il s'agissait d'un chiot égaré, il était allé s'en assurer, et il avait découvert une jeune fille à demi nue allongée sur le sol cependant qu'un homme s'apprêtait à lui trancher la gorge avec un poignard. Personne non plus n'avait admis la thèse de Mike prétendant qu'il s'était élancé pour intervenir et que l'homme se serait alors tourné vers lui, l'arme brandie. La fille en aurait profité pour rassembler ses effets et déguerpir tandis que, au cours de la lutte, c'était l'homme qui avait reçu la lame en plein cœur.

Or, Mike avait un casier judiciaire chargé et la victime, un certain Bertram C. Mackless, était un citoyen respectable. Conséquence — la chambre à gaz pour Mike.

Mais deux jours après que son exécution eut été annoncée dans les journaux, hystérique et en larmes, l'inconnue sanglotait au commissariat en racontant son histoire. Elle avait quinze ans et s'appelait Mary Heg-thorne. Elle menait auprès d'une tante sévère une exis-tence protégée. L'homme l'avait, en la menaçant de son conteau, entraînée au milieu du bosquet où il l'avait violée. Elle était convaincue que, pour ne pas être dénoncé, il l'aurait tuée si l'autre homme ne s'était interposé en sautant sur l'agresseur. En hurlant, la jeune femme avait réuni ses affaires et s'était enfuie dans la nuit. Toujours en état de choc, elle était partie avec sa tante faire un voyage en Europe d'où elle venait seulement de rentrer. La honte lui avait scellé les lèvres, et elle n'avait parlé à personne de son épreuve. Elle n'avait rien lu sur le procès de Mike Kelson, rien su de sa condamnation à mort jusqu'au jour où elle était tombée sur un article résumant l'affaire et relatant le long parcours menant à la chambre à gaz. Et après deux jours de crise nerveuse, elle s'était présentée à la police.

C'était toute l'histoire. Mike Kelson, un mauvais gar-çon, sur le mauvais côté de la route, du mauvais côté de la loi, jusqu'à ce geste héroïque par lequel il avait sauvé la vie d'une jeune fille. Mais, ironie des choses, c'était ce geste qui l'avait précisément conduit à la chambre à gaz au lieu de lui faire décerner une médaille.

Je me mis donc à la tâche, groupant grâce aux archives des divers journaux tous les articles traitant de l'événe-ment et des personnages concernés. Et je m'enfermai dans ma chambre pour tracer les grandes lignes d'un plan, martelant les touches de la machine à écrire à en être saisi de crampes atroces entre les épaules. J'allai jusqu'à ne plus mettre les pieds dans la Taverne de Tuffy.

La rumeur se répandit : j'étais en train d'écrire un livre. Mes confrères me considérèrent aussitôt avec une sorte de dégoût, comme si j'étais une chose abjecte récemment rejetée de la planète Mars. Si vous avez jamais écrit, ou tenté d'écrire un bouquin, vous imaginez ce que je veux dire — les regards en coulisse qui vous accompagnent, les discrets coups de coude dans les côtes dont on se gratifie quand j'ai les talons tournés. Ecrire un bouquin, *lui* ? Ha ha !

Vous devinerez également ce que je ressentis lorsque, après une période prolongée consacrée au labeur le plus rude de ma vie, le livre soudain se transforma en cendres entre mes mains. Des foutaises minables qui ne valaient pas seulement le papier sur lequel je les avais écrites. Je n'avais fait que ressasser en les concentrant quelques articles de journaux, rassemblant dans un bouquin ce que tous les autres avaient déjà lu. C'était d'une banalité à périr, totalement dénuée de nerf !

Je me mis immédiatement à sombrer dans le gouffre sans fond du désespoir. Mais je ne pouvais pas renoncer. Il fallait que je termine mon œuvre afin de faire mes preuves vis-à-vis de tous ces clowns du bureau. Faute de quoi, ils m'accableraient de leurs quolibets chaque fois que je serais dans leurs parages.

Je n'allai pas noyer mon chagrin chez Tuffy. Non, au contraire, fait exceptionnel dans mon existence, j'affrontai de face l'adversité, et je la combattis soir après soir jusqu'à ce que je parvienne à déceler la faille. Mike Kelson n'était qu'une marionnette. Je n'avais pas fait de lui un personnage sympathique avec lequel le lecteur pouvait s'identifier. L'histoire dans son ensemble manquait d'un impact émotionnel. Je l'avais écrite avec ma tête sans y mettre le cœur. Il fallait en réalité insister sur l'erreur judiciaire, bien sûr, et surtout, laisser deviner au lecteur ce que Mike avait enduré au cours de ces derniers jours vécus dans la cellule des condamnés à mort, attendant une aide, quelqu'un qui comprendrait où était la vérité, sachant que chaque heure ne faisait que le rapprocher davantage de la chambre à gaz. Ce qu'il me fallait à moi, c'était un ultime chapitre qui frapperait, qui serait chargé d'émotion.

Bien que l'idée m'en rendît nerveux, je savais précisément ce que je devais faire pour obtenir le climat qui convenait à ce chapitre final...

Le lendemain matin, je débarquai de bonne heure au

bureau. Je me dirigeai aussitôt vers le box vitré occupé par J. T. Tallman, le rédacteur en chef.

— Ecoute, J. T., il me faudrait deux semaines de vacances. Payées, naturellement, ajoutai-je comme il me dévisageait, sourcils haussés au-dessus de ses petits yeux rougis.

— Tu es en vacances payées depuis tes débuts ici, observa-t-il.

— C'est important, insistai-je, ignorant l'insulte. Je suis en train d'écrire un livre.

— Je sais, le Grandiose Roman américain.

Son ton me déplut.

— Ce sera peut-être le cas. Ou peut-être pas. Tout dépendra de l'assistance que tu m'accorderas.

Je lui expliquai alors ce que je désirais. Quand ce fut terminé, j'eus l'impression de l'avoir convaincu que mon état mental était bien tel qu'il le soupçonnait depuis longtemps.

— Tu es dingue! s'écria-t-il en pestant. De toute manière, je ne peux pas faire cela!

— Autrement dit, tes fanfaronnades à propos de tes relations influentes, toutes ces grosses légumes auprès de qui tu te pavanais en faisant le guignol, c'était de la frime!

Il me scruta longuement, la cigarette au coin des lèvres et l'œil gauche mi-clos à cause de la fumée.

— Tu ne fais pas le poids, m'obstinai-je. C'est du bluff.

Et cela marcha. S'il est une chose que J. T. ne laisse pas passer, c'est un défi. C'est probablement la raison pour laquelle il est un des meilleurs de sa profession dans la région.

Deux jours plus tard, je me retrouvai seul dans une cellule de la section des condamnés à mort d'une prison d'Etat. Je disposais de carnets et de crayons, je portais un uniforme gris frappé du numéro matricule 242403. Dans la cellule, il y avait un w.-c., un lavabo, des gobelets en carton, un lit et une chaise. En principe, seuls J. T. Tallman, le directeur de la prison Warden Simms et les gardiens des cellules connaissaient ma présence, cependant que Tallman et Simms en gardaient la raison secrète. J'avais pris l'engagement de ne jamais révéler, quand j'aurais été libéré, que j'avais été emprisonné en ce lieu. Je n'étais là que pour mesurer ce que l'on y ressentait. Pour enregistrer l'impact émotionnel...

Ce que je commençai à faire presque immédiatement. Il régnait sur l'endroit un silence de mort, de caveau funéraire. La longue plainte basse, presque inaudible, qui provenait de la cellule située après la mienne, semblait rehausser le silence plutôt que le rompre. Le prisonnier devait être ce Bostwell sur qui le directeur m'avait fourni quelques renseignements. L'homme touchait à sa fin. D'ici cinq jours exactement, il couvrirait les dernières et interminables centaines de mètres qui conduisaient à l'oubli.

Seuls tous les deux dans cette rangée, nous étions retranchés du reste de la prison — et du reste du monde — par une grande porte d'acier fermant le couloir. Nous étions isolés dans un étrange espace séparant les vivants des morts.

Je me mis à l'ouvrage, décrivant sur le papier tout ce qui m'entourait, tout ce que je pouvais voir. Je m'efforçai de me mettre dans la peau d'un condamné et de définir mes sentiments personnels.

Après un moment, je fus saisi d'angoisse et je me rendis compte que j'avais envie de fumer. J'avais sur moi un demi-paquet de cigarettes, mais pas d'allumettes. Les condamnés n'avaient pas droit aux allumettes, enfin à rien qui pût leur permettre d'enflammer leur literie ou leurs vêtements. Il n'y avait d'ailleurs dans la cellule rien d'autre avec quoi on aurait pu se blesser, ni verre, ni rebords tranchants, rien. Même les chaussures étaient en feutre souple ! Quelle ironie ! Un homme condamné à mort ne peut, de ses mains, mettre fin à ses jours. Il doit attendre la date exacte, l'heure précise. Sa vie n'est plus à lui, elle appartient à l'Etat.

Je déchirai le bout d'une cigarette, déchiquetai le tabac

que je me fourrai dans la bouche, et je repris la rédaction de mes notes. Durant mon séjour, je ne devais bénéficier d'aucun privilège, et je réalisai que vivre une semaine entière sans fumer serait pour moi une épreuve.

Quelques minutes plus tard, le cœur au bord des lèvres, je crachai les brins de tabac dans la cuvette des w.-c. et me rinçai la bouche.

Entendant s'ouvrir la porte métallique, je m'approchai des barreaux de ma propre porte. Dans le couloir, un employé poussait un petit chariot sur lequel il y avait deux plateaux de nourriture. D'instinct, mon œil se porta sur mon poignet — pas de montre. Mais comme j'avais déjà absorbé le petit déjeuner et le déjeuner avant d'être incarcéré, je conclus que c'était le dîner que l'on apportait. Je n'avais pas très faim.

Un plateau fut glissé par l'ouverture horizontale de ma porte. En le prenant, je croisai le regard du policier McClasky, celui qui, le soir tragique, avait appréhendé Mike Kelson, celui que j'avais impitoyablement éreinté dans certains de mes derniers articles. S'il me reconnut, il n'en laissa rien paraître. J'emportai mon plateau jusqu'à mon lit sur lequel je m'assis et je me mis à manger. Ce n'était ni bon ni mauvais. C'était neutre, quelque chose pour vous maintenir en vie jusqu'à ce que l'État y mît fin. Une bouchée de purée de pommes de terre arrosée de jus de viande incolore coula de ma fourchette en carton. Pour une raison incompréhensible, ma main tremblait.

Finalement, je m'allongeai sur le lit qui n'était ni dur ni souple — c'était simplement un élément sur lequel détendre son corps en attendant le repos éternel. Je restai ainsi un long moment, le regard vrillé sur le plafond jaune, regrettant de ne pouvoir fumer.

Oui, mes articles à propos du policier McClasky n'avaient pas été flatteurs. Je l'avais accusé d'être incapable de faire la différence entre l'appel d'une fille jeune et effrayée et ce « cri de douleur » qu'il avait dénoncé. Je l'avais accusé de ne pas accorder assez de crédibilité à la version de Mike, pas assez en tout cas pour entreprendre sur-le-champ un début d'enquête. A la vérité, j'avais pratiquement reproché à ce McClasky d'avoir expédié ce Mike Kelson à la chambre à gaz — et voilà qu'il était à présent mon gardien. Je ne savais s'il avait ou non à cause de mes papiers quitté les forces de la police urbaine pour se réfugier ici, dans la prison d'Etat. Peut-être avait-il tout bonnement eu envie de changer d'emploi. Mais c'était vraiment sans importance. C'était du passé.

Pourtant, j'étais intérieurement un peu tracassé...

Je me retrouvai brusquement assis droit sur le bord du lit, la nuque parcourue de picotements. Le cri qui m'avait arraché à un sommeil agité était inhumain, tel un cri de bête. L'écho dans le couloir se répercuta à plusieurs reprises, et chaque fois plus violent que le précédent.

Des mots s'élevèrent, suraigus :

— Au secours, je vous en supplie ! A l'aide, quelqu'un ! Il ne faut pas que je meure ! Je ne l'ai pas tué ! Je suis innocent !

Puis, les hurlements reprirent jusqu'à ce que la porte d'acier s'ouvrît, livrant passage au gardien de nuit. Un homme frêle le suivait, une sacoche noire à la main — le médecin, sans doute. Ils pénétrèrent dans la cellule de Bostwell que j'entendis les implorer.

Après le départ du gardien et du médecin, les cris peu à peu firent place aux gémissements monotones qui les avaient précédés.

C'était donc cela, les dernières centaines de mètres ! Sachant que la mort approchait rapidement et qu'aucun pouvoir terrestre ne pourrait la stopper, il restait l'espérance, la supplication, les cris insensés qui s'adressaient à des sourds... Et Bostwell avait encore quatre nuits à vivre, quatre nuits que peuplerait son hideux cauchemar.

La nuit d'après, les hurlements et les prières furent encore pires. A vous glacer l'échine ! A vous exaspérer les nerfs ! Une fois de plus, la scène se poursuivit jusqu'à l'intervention du médecin et du gardien.

210

La troisième nuit, les cris recommencèrent, des hurlements de bête torturée de façon intolérable, accompagnés d'un martèlement constant, comme si l'on cognait à poings nus sur le battant de la porte, sur les barreaux et les murs. Les cris aigus qui perçaient l'être jusqu'à l'âme continuèrent même après l'intervention du docteur. J'entendis ensuite une sorte de frottement.

Je quittai ma couchette pour m'approcher de la porte — et je vis passer le gardien et le médecin traînant entre eux un Bostwell toujours glapissant. Je ne distinguai pas le visage du condamné. Sa tête était courbée vers le bas, et ses pieds raclaient le sol. Dans le dos de sa chemise trempée de sueur, il y avait un numéro. Ce n'était plus un homme, maintenant, mais un simple matricule, le 22220.

La porte du couloir claqua en se refermant, coupant court aux cris. Je m'assis en tremblant sur le lit. Bostwell qui avait encore deux nuits à vivre avait complètement craqué. Je m'interrogeai sur ce que l'on allait lui faire. Allait-il subir des soins médicaux particuliers?

Ce soir-là, je ne dormis pas. Je restai assis sur le bord de ma couche, glacé de sueur et mourant d'envie de fumer. Je mâchonnai quelques brins de tabac qu'ensuite je crachai par terre. Telle était donc l'épreuve par laquelle était passé Mike Kelson, dans le terrible désespoir de savoir que personne vraisemblablement ne viendrait à son secours.

Oui, je tenais ce que j'étais venu chercher, le véritable impact émotionnel, le dernier chapitre touchant à Mike Kelson.

Soudain, je réalisai que je souhaitais m'en aller au plus vite. S'ils ramenaient Bostwell, je ne pourrais pas supporter de l'entendre hurler pendant deux nuits supplémentaires. S'ils le gardaient ailleurs, il ne servait à rien de demeurer ici à me tourner les pouces pendant les quatre jours de mon incarcération volontaire.

— Dites au directeur Simms que j'aimerais être libéré

aujourd'hui, déclarai-je au gardien qui me glissa le plateau du petit déjeuner.

Sur sa figure s'inscrivit une expression d'ahurissement.

— Oui, je devais séjourner ici une semaine, continuai-je, mais je veux sortir immédiatement. Dites-le au directeur, il comprendra.

Une demi-heure plus tard, il revint, un ballot de vêtements sous le bras, et déverrouilla la porte de ma cellule.

— Suivez-moi, m'ordonna-t-il.

Raflant mes notes et mes crayons, je me ruai sur ses talons, heureux de quitter les lieux. Je commençais à éprouver une sacrée frousse et cela ne me plaisait pas du tout.

Mais lorsque la porte se rabattit sur moi, je me rendis compte qu'on m'avait bouclé dans la cellule précédemment occupée par Bostwell et que les vêtements apportés par le gardien n'étaient qu'un uniforme propre. Le fait était significatif.

— Ce ne sera pas nécessaire, fis-je en pivotant sur moi-même. Dès que vous verrez le directeur...

— Il est absent. En vacances.

— Eh bien, il a sûrement un remplaçant. Transmettez-lui le message, je veux sortir. Ou bien téléphonez à J. T. Tallman, le rédacteur en chef de la *Gazette*.

— Je ne suis pas autorisé à communiquer les messages des prisonniers, c'est contre le règlement, riposta-t-il en se détournant.

— Hé, écoutez-moi ! hurlai-je.

C'était appeler dans le vide. La porte métallique claqua derrière l'homme, et le silence pesa.

Je restai longtemps assis sur le bord du lit. Des pensées s'entrechoquèrent dans ma tête à un rythme bientôt affolant.

Au bout d'un moment, faute d'avoir mieux à faire, je changeai de vêtements sans me hâter. Finalement, je m'assis avec la chemise posée sur les genoux, le regard vague. C'était la fin de la semaine. Peut-être le directeur ne s'était-il absenté que pour le week-end et rentrerait-il ce soir ou demain. De toute manière, J. T. viendrait probablement bientôt vérifier comment je supportais l'épreuve. En fait, je n'avais pas à m'inquiéter. Je pris la chemise — et un tremblement me secoua, au point que le vêtement tomba par terre. Sur le dos de la chemise, de grands chiffres noirs formaient le numéro 22220.

Je bondis de ma couche pour me ruer sur la porte. Le couloir, tout le quartier des cellules était désert et muet comme une tombe. Je n'avais personne à interpeller. *Et l'on m'avait remis l'uniforme d'un homme qui était condamné à mourir dans les quarante-huit heures à venir!*

Les jambes en coton, je regagnai ma couchette. Qu'était-il arrivé à Bostwell? Où était-il? Etait-il mort sous le choc ou quelque chose de ce genre? En tout cas, pourquoi m'avait-on attribué son numéro? On ne change pas le matricule d'un prisonnier! Chacun reçoit un numéro à son entrée et il a le même en sortant. Quelqu'un avait commis une erreur... Oui, c'était cela, une erreur. Quelqu'un avait confondu les chemises.

Je ne sais combien de temps je demeurai ainsi prostré avant d'entendre s'ouvrir et se refermer la porte au bout du couloir. Je me levai d'un bond et je vis McClasky survenir avec le chariot du déjeuner. McClasky! C'était la clé du mystère! Cela m'horripilait de lui réclamer une faveur après ce que j'avais écrit sur lui, mais...

— Ecoutez, McClasky, fis-je quand il s'immobilisa devant les barreaux de ma cellule, vous me connaissez, n'est-ce pas? Je suis Bill Hendricks, de la *Gazette*. J'ai écrit des articles sur vous à propos de l'affaire Mike Kelson. Je... oui, d'accord, je ne vous ai pas présenté sous un jour très favorable, mais... vous me connaissez tout de même, n'est-ce pas?

Il poussa le plateau par la fente et son regard croisa le mien. Il avait des yeux d'un gris opaque, énigmatiques.

— Je n'ai jamais entendu parler de vous avant, jamais

de ma vie ! affirma-t-il calmement. Pour moi, vous n'êtes que le matricule 22220. Un simple numéro.

Il s'éloigna rapidement, me laissant médusé, le plateau entre les mains.

— Ho, McClasky ! criai-je finalement. Il faut que vous préveniez le directeur...

Le battant d'acier se rabattit vivement sur l'homme, comme pour contenir le silence derrière lui.

Je n'avalai pas mon repas. Posant le plateau sur le lit, je m'assis à côté. McClasky mentait. Il me connaissait certainement ! Et ce numéro sur ma chemise, ce n'était pas une erreur, McClasky était au courant pour le matricule, et il n'ignorait pas que l'on m'avait donné la chemise de Bostwell...

Les coudes sur les genoux, j'appuyai ma tête entre mes mains — et je sentis mes cheveux se hérisser sur ma nuque, comme animés d'une volonté qui leur était propre. Non, tout de même, McClasky n'aurait pas... simplement à cause de quelques malheureux papiers ! Non ! De toute manière, il ne s'en sortirait pas ainsi ! Et pourtant...

Ces articles l'avaient peut-être réellement ulcéré, blessé dans son orgueil. Le directeur était absent. Quand tout serait terminé, l'affaire serait enregistrée dans les archives comme une regrettable erreur, et McClasky serait sévèrement réprimandé.

Seulement, moi, je n'y gagnerais rien !

D'un seul coup, je me dressai et m'avançai vers la porte. Agrippant les barreaux, je tentai de les secouer. Je criai en direction de la porte d'acier, au bout du couloir — et l'écho me revint, ironique.

J'arpentai la cellule. Je ne pouvais pas grand-chose avant que McClasky ne reparût pour emporter les assiettes vides. Alors, je lui cracherais le morceau, je lui dirais que j'avais compris ce qu'il manigançait.

Il ne revint que pour apporter le dîner, et il n'était pas seul. Un gardien massif l'escortait. Ensemble, ils déverrouillèrent ma porte, le gardien entra, se chargea de mes vêtements sales et du plateau.

— Ecoutez, fis-je, il faut que vous...

Je réalisai aussitôt que l'homme ne me prêtait aucune attention. Et je me mis à lui bourrer les bras de coups de poing tout en glapissant :

— Ecoutez-moi ! Il faut absolument que vous alliez voir le directeur ou son remplaçant...

Il gagna la porte sans manifester la moindre intention de m'entendre. Il m'avait d'ailleurs déjà entendu ! Je me comportais ainsi que l'avaient fait avant moi Bostwell, et Kelson, et tous les autres. Il en avait l'habitude. Les condamnés lui criaient toujours après, en le frappant. *Cela relevait du travail de routine !*

Je m'écroulai sur le lit en sanglotant et je perçus le claquement de la porte métallique qui m'enfermait à nouveau dans le silence.

Ah cette porte d'acier ! Au-delà, il y avait le monde extérieur, un univers qui ne se souciait pas de ce qui m'arrivait. Il fallait absolument que je parvienne à transmettre un message au-dehors.

Je restai longuement assis, l'esprit tourbillonnant — et enfin, une idée me vint. Minable, certes, mais elle avait des chances de capter quelque part l'attention de quelqu'un. J'allais écrire mon histoire sur un feuillet de mon carnet, à propos du livre sur lequel j'avais travaillé, de la manière dont Tallman et Simms s'étaient arrangés pour m'introduire dans le carré des condamnés à mort afin que je puisse en définir l'ambiance, de la façon enfin dont, je ne sais comment, une erreur avait été commise. Je terminerais mon texte par un appel au secours. J'en ferais deux copies, l'une que je coincerais sous les assiettes sur le plateau, et dans les cuisines, quelqu'un tomberait dessus. L'autre exemplaire, je le remettrais au gardien du matin, comptant sur la curiosité qui le pousserait à lire.

Saisissant un de mes carnets, je l'ouvris à une page blanche et je cherchai un crayon. Avec frénésie. Et d'un geste violent, je flanquai mon carnet par terre avant de m'écrouler sur la couchette où mes crayons avaient disparu. Le gardien les avait raflés en même temps que mes vêtements sales. Un condamné à mort n'avait droit à rien de ce qui pouvait lui permettre de se blesser. Sa vie appartenait à l'Etat !

Cette nuit-là, mon sommeil fut agité, encombré d'une succession de cauchemars que je ne tenterai pas de décrire. Et traversé de cette plainte pitoyable qui venait de quelque part au tréfonds de mon être. Je ne parvenais pas à la freiner. C'était en un sens le seul moyen réconfortant de libérer le trop-plein des émotions qui se développaient en moi.

Il ne me restait à la réflexion qu'une façon de faire passer mon message au-delà de cette porte — le gardien de jour. J'enfoncerais quelque chose dans sa tête de fouine, même si je devais pour cela user de toute la force de mes poumons !

J'étais prêt depuis des heures quand il se présenta. Et dès que j'entendis s'ouvrir la grande porte, je me plaquai contre les barreaux de ma cellule.

— Ecoutez-moi, hurlai-je quand il s'avança dans le couloir, poussant son chariot. Je suis Bill Hendricks, de la *Gazette*. Je ne suis pas Bostwell. Allez en avertir le responsable de la direction...

— Du calme, mon vieux, dit-il, pinçant son nez pointu tout en empoignant le plateau. Vos ennuis seront bientôt terminés. Vous aurez de la compagnie cet après-midi.

— De la compagnie ? répétai-je en prenant machinalement mon plateau et en reculant jusqu'au lit sur lequel je m'affalai.

Soudain, mes soucis s'envolèrent. Posant le plateau, je me mis à parcourir la cellule de long en large. D'un coup de pied, j'expédiai la chemise que je détestais, celle qui portait le numéro 22220, et j'éclatai de rire. C'était le directeur qui allait venir, ou J. T., pour savoir comment j'allais. Ils ne manqueraient pas l'un et l'autre d'être surpris ! Et McClasky, lui, aurait une foule d'explications à fournir !

Il y avait longtemps que je n'avais rien mangé et le petit déjeuner ne m'inspirait aucun appétit, mais je vidai le gobelet de café épais et tiède.

A midi, lorsque McClasky me glissa mon plateau, je le lui restituai aussitôt avec les mots qui convenaient sur l'usage qu'il pouvait en faire. Je pouvais patienter. Je savais précisément ce que je ferais sitôt de retour en ville. J'irais chez Tuffy pour engloutir quelques verres de bière, puis je me mettrais en quête du steak le plus énorme qui soit, et je terminerais mon repas avec un bon cigare.

Il s'écoula, me sembla-t-il, des heures avant que la porte ne s'ouvrît bruyamment. Des pas résonnèrent dans le couloir. Je réunis précipitamment mes carnets de notes et me levai, prêt à m'élancer — mais la porte de ma cellule s'écarta soudainement.

Je me trouvai devant un homme de haute taille, mince, revêtu d'une longue robe à col blanc. Une exclamation de surprise horrifiée m'échappa.

— Venez vous asseoir près de moi, suggéra l'inconnu d'une voix grave et réconfortante.

Nous nous posâmes l'un en face de l'autre sur le lit — il n'y avait pas de chaise dans la cellule, c'eût été trop dangereux !

— Maintenant, mon brave garçon, y a-t-il quelque chose que vous souhaitez me confier ?

On y était enfin ! Je lui racontai toute l'histoire, du début à la fin.

— Voilà pourquoi vous devez aller tout répéter au directeur.

Il hocha la tête :

— Il est actuellement absent, mais je suis certain qu'il rentrera ce soir... N'avez-vous rien d'autre à me dire ? ajouta-t-il après un silence.

— Non, si ce n'est que le retour du directeur ce soir me rend bougrement heureux !

Il héla le gardien et s'éloigna. Parvenu aux barreaux, il se tourna vers moi.

— Je tiens à vous informer que vous pouvez réclamer ce qui vous plaira pour votre dîner de ce soir. Dans les limites du raisonnable, naturellement. C'est la coutume et...

Tout en moi se liquéfia. Le prêtre dut noter que mon visage était devenu livide.

— Soyez courageux, mon fils, fit-il, apaisant. Demain matin, nous serons à vos côtés pour vous soutenir tout au long du chemin.

Les jointures de mes mains qui étreignaient les barreaux blanchirent, et ma tête s'inclina sur mes bras. *Il n'avait pas cru un mot de mes explications !*

Je risquai une nouvelle tentative fébrile lorsque McClasky m'apporta le plateau du soir. L'homme me dévisagea comme si j'avais déjà cessé d'exister. Je projetai le plateau contre le mur et regardai les mets dégoulinant dessus.

Assis sur la couchette, je m'efforçai de maîtriser le tremblement qui me secouait. Le directeur devait rentrer ce soir. Je demeurai affalé là pendant ce qui me parut être une éternité avant de réaliser que le retour du directeur ne me serait nullement favorable puisqu'il ne saurait pas ce qui m'arrivait !

D'un seul coup, je fonçai sur la porte. Il fallait que je le prévienne ! Je me mis à crier, à hurler en direction de la barrière d'acier, tentant de la transpercer — et mes cris se répercutèrent dans l'indifférence du couloir. Je cherchai un objet, quelque chose qui me permettrait de faire du bruit. Il n'y avait rien. J'essayai d'arracher un barreau. Je cognai dessus à coups de poing. Il fallait que quelqu'un m'entendît quelque part...

Au bout d'un siècle ou presque, la porte au fond du couloir s'ouvrit à la volée. Le gardien de nuit survint, accompagné d'un homme mince chargé d'un sac noir. Ils déverrouillèrent la porte de ma cellule et, dès qu'ils furent entrés, je me jetai sur le gardien en glapissant :

218

— Allez me chercher le directeur ! Dites-lui que je ne suis pas son prisonnier...

Une aiguille s'enfonça dans mon bras nu. La seringue devait contenir une drogue puissante car, au bout de quelques secondes, les visages m'apparurent brouillés. Les deux hommes me soutinrent jusqu'à mon lit sur lequel ils m'abandonnèrent dans la brume qui me submergea. J'entendis vaguement claquer le battant qui me séparait de réalité et de l'espoir.

Je ne dormis pas vraiment. Tandis que je flottais dans un espace où le temps ne comptait pas, l'ironie des choses me revint sous forme d'ondes qui me torturèrent de manière incroyable. Je m'étais fait enfermer ici afin d'expérimenter les dernières émotions de Mike Kelson, de ressentir ce qu'il avait vécu lorsque, après avoir fait l'unique geste héroïque de son existence, il avait lui-même écrit le dernier chapitre de cette vie-là. Et j'étais justement en train de faire une expérience identique et réelle, celle qui constituerait l'ultime chapitre de ma propre vie. Tout cela parce que j'avais voulu, pour la première et dernière fois, faire quelque chose de valable...

Le lendemain matin, ils vinrent me chercher très tôt. Trois gardiens escortant l'homme en robe noire. Je criai et je me débattis, mais ils m'extirpèrent avec énergie de la cellule, me traînèrent littéralement dans le couloir. J'avais entendu parler d'hommes qui faisaient face à visage découvert au peloton d'exécution, d'autres qui montaient sur l'échafaud sans avoir la tête encapuchonnée, qui défiaient jusqu'à la dernière seconde leur bourreau. J'étais fait d'un matériau moins solide. Les autres me tirèrent sur toute la longueur du couloir, me firent franchir la porte métallique pour pénétrer dans une pièce chichement éclairée. Dans la pénombre, je distinguai une rangée de visages flous. Des spectateurs. Des témoins du fait que l'Etat avait, à l'heure promise et avec un grand cérémonial, accompli les ordres de la société.

On me conduisit de force dans une sorte de cellule, ou

plutôt de caisson à l'intérieur d'une salle plus spacieuse, dont la porte fut refermée sur moi. J'avais les jambes en coton et, en gémissant, je m'effondrai à genoux. Je pus alors sentir l'odeur de gaz. Le gaz ! Non, c'était un effet de mon imagination. Le gaz n'aurait pas d'odeur. Il s'insinuerait lentement à l'intérieur de mon corps...

Je retins mon souffle et constatai que j'avais totalement perdu le contrôle de mes nerfs. Un violent tremblement me secouait. Les yeux clos, j'attendis, m'efforçant de faire le vide dans mon esprit.

Quand je soulevai à nouveau mes paupières, je m'aperçus que le battant de la porte était entrouvert. Médusé, je me redressai sans hâte, et je titubai vers la sortie. Cramponné au chambranle, je franchis le seuil.

La salle extérieure était maintenant brillamment éclairée et je revis les visages alignés. Il y avait un fonctionnaire qui avait posé sur la chaise près de lui un grand manteau noir. Il y avait là aussi McClasky, et le directeur Simms, et J. T. Tallman. Tous grimaçaient tels des singes. Tous sauf J. T. qui, lui, riait à gorge déployée.

Avais-je saisi cet impact émotionnel que je recherchais ?

Certainement ! Grâce à J. T. et à ses amis aussi influents que clownesques.

Et allais-je à présent terminer le Grandiose Roman américain ?

Sûrement ! Dès que je me serais calmé et que mes mains ne trembleraient plus...

The final chapter.
Traduction de Simone Huinh.

FAITES-LE AVEC DES FLEURS...

par Mary Linn Roby

Walter Morton promenait un regard satisfait sur son modeste mais impeccable jardin ceinturé de murs. Le *Nenisternum canadense,* visiblement, prospérait ; les menues fleurs blanches, les feuilles vertes et lisses se déployaient sous ses yeux, lui semblait-il, avec une vaniteuse coquetterie, comme pour mieux attirer l'attention sur les petites nappes de baies noires, pareilles à des raisins, qui pendaient en dessous d'elles.

Guilleret, fredonnant un petit air, Walter alla inspecter les *Iriglochin maritima.* La semaine dernière, il avait craint de les voir mourir. Jusqu'à présent, il s'était vainement obstiné à déverser de l'eau de mer dans le marécage miniature qu'il avait préparé pour elles ; ces pauvrettes ne parvenaient pas à « prendre ». S'il réussissait à leur assurer une pleine croissance, elles feraient partie de ses « produits » les plus demandés ; Walter en était convaincu.

— On dirait qu'on se requinque, pas vrai, mes chéries ? fit-il en examinant les pétales en fer de lance.

Le *Thlastiaivense* venait bien, lui aussi. Walter le contempla, méditatif, pesant le pour et le contre. Peut-être pourrait-il en préparer quelques caisses aujourd'hui même. Dans ses lettres, M. Brand, de Portland, Oregon, se montrait fort pressant. Mais Walter ne souffrait pas d'être bousculé dans ses activités ; elles excluaient toute précipitation ; il l'avait souvent laissé entendre à ses clients.

Après avoir aspiré de bonnes goulées d'air frais et s'être abondamment exposé aux rayons du soleil, il fit demi-tour et se retira dans sa douillette et confortable petite demeure. De toutes les maisons meublées qu'il avait louées, il croyait bien que c'était celle-ci qu'il préférait. Les gens de la ville se révélaient avenants mais discrets, sachant garder leurs distances, et l'on pouvait aisément entretenir avec eux des rapports de pure forme, sans plus. Walter songeait parfois qu'il aurait pu être agréable d'avoir plus d'amis. Cependant, le jardinage représentait pour lui une occupation à plein temps ; ce n'était pas un simple hobby. Et puis il y avait l'emballage, l'expédition, la correspondance ; tout le travail d'investigation et de sélection. Par ailleurs, Walter retirait une ample satisfaction de ses relations avec ses clients. Il rendait chaque jour des services — des services d'une inestimable valeur — et cela suffisait à le contenter. En outre, il appréciait la routine, aimant creuser régulièrement le même sillon.

Se souriant à lui-même, Walter sortit le lait du réfrigérateur et en versa un peu dans un bol pour son chat. Il s'efforçait d'observer tous les jours autant que possible le même programme : douche à six heures, ensuite petit déjeuner, et sortie dans le jardin pour un rapide tour d'inspection : retour à la maison pour faire un peu de ménage, puis nouvelle sortie pour un travail soutenu avant que le soleil ne tape trop fort ; pause thé à onze heures ; après quoi le moment était venu, comme à présent, de préparer quelques colis de façon à pouvoir les expédier par la fournée de treize heures.

S'étant rendu à sa resserre de rempotage, Walter y sortit du papier d'emballage et un grand carnet d'adresses. La caisse de *Sapponaria vacaria* se trouvait déjà sur la table. Un long voyage l'attendait, jusqu'au Michigan, et Walter craignait que les fleurs rouge pâle ne se fanent un tantinet avant d'arriver à destination. Mais, toute réflexion faite, cela n'avait pas grande importance, du moment que le compartiment, à la base de chaque plante, était dûment garni de graines rondes et noires.

Walter confectionna, de ses doigts experts, un superbe colis, puis consulta son carnet. Oui, voilà : M. Albert Andrews, et l'adresse.

Walter marqua une pause, le temps de jeter un coup d'œil à la coupure de presse collée sur la page opposée. Cette coupure, il l'avait prélevée dans un quotidien de New York qu'il recevait tous les jours. En fait, c'était fou le nombre d'histoires intéressantes que l'on pouvait récolter dans la presse ; des histoires prometteuses, offrant la perspective de nouveaux débouchés. M. Andrews avait fait l'objet d'un petit article fort substantiel. On y apprenait que M. Andrews, après avoir passé une bonne partie de sa vie adulte auprès d'un oncle fortuné, après avoir veillé sur lui en qualité de valet supérieur, en quelque sorte, venait de recevoir sa part d'héritage sous la forme d'une barque et d'une paire d'avirons, tandis que le reste du patrimoine, estimé à plusieurs millions de dollars, était dévolu, jusqu'à la fin de ses jours, à une cousine d'âge plus que mûr dont l'éclatante condition physique était bien connue. A sa mort, l'argent devait revenir à M. Andrews.

« Quelque chose me dit que, dans la course au grand âge, cette cousine, si mûre soit-elle, est de taille à battre M. Andrews de plusieurs longueurs, les doigts dans le nez. » Voilà ce qu'avait pensé Walter en lisant cet article. Il connaissait ce genre de spécimen humain. Il était si sûr de ne point se tromper qu'il avait sur-le-champ glissé dans une enveloppe une de ses brochures en couleurs pour l'expédier sans délai à M. Andrews, sitôt l'adresse relevée dans un des nombreux et volumineux annuaires dont il estimait la possession indispensable.

La réponse de M. Andrews se révéla plus qu'encourageante. Sa commande et son chèque arrivèrent trois jours après réception de la brochure. Walter souriait à ce souvenir en inscrivant l'adresse correcte en larges caractères d'imprimerie sur la caisse soigneusement empaquetée.

A travers la vitre immaculée de l'unique fenêtre de la resserre, les rayons du soleil venaient frapper Walter au niveau de l'épaule, le pénétrant d'une douce chaleur. Il se sentait bien, serein, détendu. Il disposait d'une appréciable marge de temps avant l'heure de l'expédition. Pourquoi ne pas rompre la routine pour une fois en s'offrant une bonne pipe ?

Appuyé au mur, fredonnant à nouveau en sourdine, Walter savourait la fumée tout en feuilletant nonchalamment son carnet. Il lui arrivait parfois de se demander, en songeant à tous les drames humains dissimulés dans ces pages, s'il ne devrait pas écrire un livre lorsqu'il aurait pris sa retraite.

Prenez le cas de Mme Soames, par exemple. Sa photo surplombait le titre : « DIVORCE EN VUE DANS LA HAUTE SOCIETE ». C'est son visage qui avait attiré l'attention de Walter, l'expression de ses yeux. On la voyait à côté d'un homme et d'une femme plus jeune, et dans le regard capté par le photographe, Walter lisait la haine ; un physionomiste averti ne pouvait s'y méprendre. L'article, rédigé par un échotier en renom, frôlait le diffamatoire.

« Selon la rumeur, Shirley Soames ne trouverait pas la perspective d'une séparation aussi séduisante que M. Soames, lequel a été fréquemment aperçu en ville en compagnie de l'éblouissante Evelyn Eyre, qui accorde actuellement à des tentatives d'incursion sur la scène et à l'écran une partie du temps qu'elle passe d'ordinaire à dépenser la fortune de Papa. On se souvient que Shirley Soames fut dans le passé une beauté célèbre du monde cosmopolite. »

Suivaient quelques développements, mais Walter n'avait pas estimé nécessaire de les lire. Il n'était pas obtus ! Un simple coup d'œil à la photo apportait la certitude d'être en présence d'une femme désespérée et prête à tout.

La brochure une fois reçue, Mme Soames fut un peu lente à réagir, mais elle finit quand même par commander une caisse de *Kalmia latifolia,* appelé parfois laurier de montagne. Il y avait une autre petite coupure de presse sur cette page ; Walter se souvenait encore combien la nouvelle l'avait comblé d'aise. Miss Eyre s'était noyée, à peine deux semaines plus tard, alors qu'elle prenait part, avec M. Soames, à une sorte de pique-nique de plage. Elle avait apparemment été victime d'une crampe paralysante, à quelques mètres seulement du rivage. L'article signalait que Mme Soames était de la fête, parmi les nombreux participants.

Walter continua de feuilleter son carnet. Autre cas intéressant : celui de Malcolm Doak, l'homme qui ne pouvait se marier tant que sa mère vivrait. Walter avait lu un article le concernant en partie dans un de ces magazines féminins à potins, courrier du cœur et cancans. Lecteur boulimique, Walter faisait sa pâture de n'importe quoi, du moment qu'il pensait pouvoir y puiser une information utile à la bonne marche de son affaire.

M. Doak avait été interviewé par le magazine, en même temps que plusieurs autres hommes, tous célibataires, à propos des raisons qui l'avaient poussé à demeurer dans cet état d'extra-conjugalité. C'était une interview enregistrée au magnétophone, à bâtons rompus, relativement débridée mais fort révélatrice ; probablement plus révélatrice aux yeux de Walter qu'à ceux de la plupart des personnes présentes à cette table ronde.

C'est ainsi que M. Doak avait beaucoup ri et plaisanté, mais, sous le faux enjouement et la pseudo-franchise, Walter sut discerner un fond tragique.

— J'imagine qu'il me serait tout simplement impossible de quitter ma mère, avait-il déclaré. Je suis sûr qu'elle ne supporterait pas de se trouver en concurrence avec une autre femme.

Et M. Doak de rire, et l'interviewer de rire à son tour. Il s'agissait d'un de ces articles où tout est consigné, jusqu'aux réactions physiques des personnes concernées.

— Allons, trêve de plaisanterie, un peu de sérieux, monsieur Doak, l'avait gentiment admonesté l'interviewer.

M. Doak exposa donc quelques raisons, tout à fait plausibles, l'incitant à rester célibataire, sans plus parler de sa mère. Mais Walter, subodorant que la première réponse était la bonne, lui envoya une brochure.

M. Doak avait témoigné de l'intérêt pour *Solanum tuberosum*, une vulgaire pomme de terre irlandaise. Vulgaire à ceci près que les tubercules — Walter en envoyait toujours plusieurs — faisaient l'objet d'une culture spéciale ; ils étaient directement exposés aux rayons du soleil. Walter n'avait pas manqué, bien entendu, de joindre au colis un avertissement signalant que ce type de pomme de terre était impropre à la consommation. Malheureusement, quelqu'un devait avoir négligé cette mise en garde, car il avait lu peu après un écho relatant les funérailles de la mère de M. Doak. Des funérailles superbes, confinant au grandiose. Walter se représentait sans peine M. Doak en train de déclarer avec un sourire triste à ses amis que rien ne pouvait être trop beau pour sa mère.

Walter vida sa pipe et ferma son carnet. Venant d'entendre sonner à la porte d'entrée, il fronçait les sourcils. Il n'appréciait pas les visiteurs. Sa chère routine s'en trouvait fâcheusement interrompue. De plus, il avait toujours évité le contact direct avec les gens ; cela le mettait mal à l'aise. C'est pourquoi cette affaire de vente par correspondance lui convenait si bien ; nul besoin de rencontres face à face. Mais cela n'excluait pas des contacts personnels à distance, fort plaisants et enrichissants, à tous points de vue.

Walter alla ouvrir. C'était la police. *Deux* policiers, en fait.

Walter leur sourit et les pria d'entrer. Ce n'était pas sa

première rencontre avec des représentants de la loi. Toujours souriant, apparemment accueillant et serein, il les introduisit dans son living-room immaculé.

— Voyons voir, monsieur Morton, dit le plus massif des deux en s'insérant dans le fauteuil favori de Walter. Il semblerait que vous ayez mis sur pied une entreprise d'horticulture avec vente par correspondance, si je comprends bien.

Il consultait ses notes avec un faux air de myope, comme s'il avait peine à déchiffrer, ou à croire ce qu'il lisait.

— C'est exact, dit Walter, très calme.

Il saisit sur une table basse un coffret en bois de pommier pour offrir des cigarettes.

— Je vois que vous exercez dans cette ville depuis deux ans, poursuivit l'inspecteur. Et que vous louez cette maison.

— C'est exact, acquiesça Walter, circonspect.

Le policier qui l'interrogeait leva les yeux. Il se tenait penché en avant, peu à l'aise dans le fauteuil trop exigu pour lui.

— Où habitiez-vous au juste avant de venir ici ? demanda-t-il.

— Oui, où habitiez-vous avant ? renchérit l'autre policier, très grand et très mince, qui arborait une expression maussade.

Walter tassa délicatement sa cigarette sur le rebord du cendrier en argent.

— Pourquoi ne me dites-vous pas tout simplement ce qui vous amène, messieurs ? esquiva-t-il. Peut-être serais-je alors mieux à même de vous aider ?

Le plus volumineux des deux inspecteurs parut sur le point de s'emporter, mais, après avoir échangé un coup d'œil avec son collègue, il lâcha, presque benoîtement :

— Dites-moi, monsieur Morton, vous est-il arrivé d'envoyer des fleurs à Pittsburgh ? A un nommé — voyons voir — oui, un nommé John Proutie ?

Il y eut un long silence.

— Vous n'êtes pas dans l'obligation de répondre à ces questions, déclara l'inspecteur efflanqué, mais cela simplifierait certainement les choses.

— J'essaie seulement de m'y retrouver, rétorqua Walter. Proutie, Proutie. Le nom me dit vaguement quelque chose, c'est certain.

— Vous ne tenez pas un fichier ? fit le gros, nettement agacé.

Walter eut un rire ingénu.

— Vous allez trouver que c'est absurde, dit-il, mais non, non, je n'en ai pas. Oh, j'ai des papiers qui traînent par-ci par-là, mais j'ai bien peur d'être terriblement négligent.

Il leur adressa un regard inquisiteur à travers ses verres épais.

— Mais enfin, ajouta-t-il, vous n'avez pas un mandat de perquisition, n'est-ce pas ?

— Non, pas *pour l'instant,* jappa l'inspecteur efflanqué. Mais nous pourrions en obtenir un sans délai.

Walter fixa le plafond.

— Proutie, murmura-t-il, l'air absorbé. Non, je ne pense pas connaître quelqu'un de ce nom-là.

Le gros inspecteur le transperça d'un regard aigu et prolongé, plissant les yeux, comme s'il examinait un insecte au microscope. C'était une des choses que Walter n'appréciait guère chez les policiers. Que ce fût en Californie ou en Nouvelle-Angleterre, ils avaient tous la même qualité de regard, la même façon de vous scruter.

— Il nous a été signalé, laissa pesamment tomber le gros, que M. Proutie a reçu la semaine dernière une caisse pleine de *Solanum nigrum.* C'est une petite fleur blanche à fruits noirs.

— Cette plante ne m'est pas inconnue, admit Walter d'un ton pincé.

— On l'appelle aussi morelle noire, précisa l'efflanqué, la mine sinistre.

Walter se racla la gorge.

228

— J'aimerais quand même bien savoir pourquoi vous me posez toutes ces questions, dit-il.

— Très bien, monsieur. Ce M. Proutie travaillait pour une grosse agence de publicité. Il devait avoir de l'avancement — tout au moins selon nos renseignements — et il ne l'a pas obtenu. C'est un homme d'environ quarante-cinq ans, et ce mécompte l'a profondément affecté. Il s'est livré à une enquête et il a découvert que l'homme qui l'avait supplanté s'était arrangé pour que circulent des rumeurs dévoilant certains aspects fort peu reluisants de sa vie privée. Et voilà.

— Eh bien ! dit Walter, toujours pincé, il se peut que la vie privée de ce monsieur vous préoccupe, mais, moi, elle m'indiffère. Ne connaissant pas M. Proutie, sa réputation ne saurait guère m'intéresser.

— On a trouvé une de vos brochures dans son appartement, dit l'efflanqué, parmi ses affaires.

— Ses affaires. Mais je croyais qu'il...

Walter n'acheva pas sa phrase.

— Oui, monsieur Morton — qu'il quoi ?

— Ainsi, cet homme est mort ?

— Oui, monsieur Morton. Il a tout bonnement consommé quelques-unes des baies noires du *Solanum nigrum* que vous lui avez expédié. On l'a transporté d'urgence à l'hôpital pour essayer de le sauver, mais c'était trop tard. M. Proutie a juste eu le temps d'avouer avoir envisagé d'assassiner l'homme qui avait obtenu le poste à sa place ; mais, finalement, il y a renoncé et a choisi de se suicider.

Walter les regarda à tour de rôle, un peu hébété.

— Eh bien ! finit-il par articuler, c'est tout à fait désolant.

— Pour notre part, nous trouvons que c'est très intéressant, répliqua le policier enfoncé dans le fauteuil.

— Dites-moi, monsieur Morton, vous faites uniquement commerce de plantes vénéneuses ?

— Qu'est-ce qui vous fait penser cela ?

Le policier sortit une brochure de sa poche et se mit à lire une série de noms latins.

— Toutes vénéneuses, conclut-il triomphalement.

— Je cultive bon nombre de choses, dit Walter, demeurant dans le vague. Lorsqu'une plante est vénéneuse, je joins une notice de mise en garde.

— Et les prix que vous pratiquez ! grommela le volumineux inspecteur. Cinq cents dollars par-ci, trois cents par-là. Elles sont bien onéreuses, ces plantes, monsieur Morton.

— Je n'apprécie guère ce que vous semblez insinuer, déclara Walter, glacial. (Il se leva.) Je suis un bon citoyen et je m'efforce de gagner ma vie en faisant de mon mieux. Je cultive des plantes et je les vends. Je cultive ce que la clientèle désire et je demande un prix qui trouve preneur. Y a-t-il une loi qui s'y oppose ?

Les deux inspecteurs se regardèrent, semblant se consulter.

— Il y a des lois concernant l'expédition de plantes par voie postale, déclara l'un d'eux.

— Jamais je n'ai sciemment violé une loi, répondit Walter. Si j'étais vous, j'y regarderais à deux fois avant de poursuivre plus avant cette affaire.

Le grand efflanqué le foudroya du regard.

— Vous aidez certaines personnes à en tuer d'autres ! explosa-t-il. Comment pouvez-vous avoir le front de...

— A présent, je crains d'avoir à vous prier de vous retirer, dit Walter en se dirigeant vers la porte. J'ai du travail à faire.

Ils partirent ; mais il savait qu'ils n'allaient pas tarder à revenir. Walter vivait un moment qu'il avait toujours eu en horreur. Les préparatifs étaient pourtant simples. Ayant loué la maisoin meublée, il lui suffisait de fourrer quelques vêtements dans une valise et de détruire ses dossiers.

Walter s'attarda un bref instant dans la chaude lumière de l'été pour contempler le jardin chatoyant. Le quitter lui coûtait vraiment beaucoup. Toutefois, cet arrachement nécessaire avait son bon côté. Changer de cadre, voir de nouveaux sites, cela ne manquait pas d'intérêt. Et justement il avait lu tout récemment que, pour la culture du *Jatropha Manihot,* rien ne valait la Floride.

The helpful horticulturist.
Traduction de Philippe Kellerson.

DANS LA PEAU DU RÔLE

par Robert Bloch

Vous me demandez l'impossible, messieurs. Je ne
saurais dire quel a été le plus grand Hamlet.

En cinquante ans de carrière dans la critique dramatique, je les ai tous vus — Barrymore, Gielgud, Howard,
Redgrave, Olivier, Burton, et une bonne douzaine d'autres. J'ai vu la pièce dans ses différentes versions, intégrale
ou plus ou moins condensée, en costume moderne, en
uniforme militaire. Il y a eu un Hamlet noir, un Hamlet
femelle, et qu'il y ait eu récemment un Hamlet hippie ne
serait pas pour me surprendre ; mais je ne puis prétendre
désigner la plus grande interprétation du personnage, ni la
version la plus valable ou la meilleure présentation de la
pièce.

En revanche, si vous désirez connaître la prestation la
plus mémorable dans *Hamlet,* c'est autre chose...

Le tintamarre des turbulentes années vingt n'est plus
guère à présent qu'un murmure à nos oreilles, mais moi
dans le temps, je l'ai entendu, haut et clair. Dans ma
jeunesse, je me suis trouvé au centre même du tohu-bohu
— à Chicago ; le Chicago de Hecht et MacArthur, de
Bodenheim, Vincent Starett, et tutti quanti. Ce n'est pas
que je voyageais en aussi reluisante compagnie ; je n'étais
qu'un critique théâtral de rechange dans un journal de
seconde zone, mais je voyais les pièces, les acteurs, et dans
cette période qui précéda la grande dépression il y avait

beaucoup à voir. Shakespeare constituait la roue de secours par excellence, et même le produit de base, pour les acteurs-vedettes qui circulaient avec leurs propres troupes à répertoire — Walter Hampden, Fritz Leiber, Richard Barrett. C'était Barrett, bien entendu, qui jouait Hamlet.

Si son nom ne dit plus grand-chose aujourd'hui, ce n'est pas surprenant. Durant plusieurs années, il n'avait éveillé qu'un faible écho dans l'arrière-pays, où des tragédiens de second ordre plantaient leur tente pour une représentation d'un soir « au bord de la route » ; mais un beau jour Richard Barrett finit par percer, par connaître une certaine réussite ; et à Chicago, il fit vraiment du bruit.

Il n'avait pas la voix de Hampden ou la présence de Leiber, mais ces qualités ne lui étaient pas indispensables ; Barrett avait d'autres atouts. Il était grand, élancé, doté d'un beau profil, et, bien qu'il eût nettement dépassé la trentaine, il avait, en collant, la grâce déliée d'un éphèbe sortant de l'adolescence. A l'époque, les acteurs du genre Barrett fascinaient les personnes du sexe opposé ; elles en raffolaient. A Chicago, les femmes aimèrent passionnément Richard Barrett.

Cela, je l'ai constaté de visu lors de ma première rencontre avec lui.

A franchement parler, en le voyant dans *Hamlet,* je n'avais pas été emballé par son jeu, loin de là. Pour moi, Barrett, comme on l'a dit à propos de John Wilkes Booth, c'était plus un acrobate qu'un acteur. Physiquement, il campait un Hamlet superbe ; par son aspect et sa plastique il conférait une vérité visuelle fort convaincante à ce rôle souvent interprété par des acteurs d'âge mûr, à brioche et empâtés. Mais sa façon de restituer le texte était purement émotive, dépourvue d'intelligence profonde, sacrifiant allégrement le côté cérébral du personnage ; il déclamait quand il aurait dû exprimer la réflexion, il larmoyait bruyamment quand il aurait dû murmurer. Dans le papier que je lui consacrai, je dois avouer que, sans aller jusqu'à le traiter de minable cabotin, je laissai entendre qu'il eût été plus à sa place sur une estrade foraine que sur la scène.

Naturellement, ces remarques peu obligeantes ne plurent pas du tout à ces dames. Elles écrivirent des lettres indignées au rédacteur en chef, réclamant mon scalp ou d'autres portions de mon anatomie par retour du courrier, mais mon patron, au lieu de me signifier mon congé, me suggéra d'aller interviewer Richard Barrett en personne. Il espérait, bien entendu, obtenir ainsi quelque histoire à rebondissements qui contribuerait à faire augmenter le tirage du journal.

Pour ma part, je n'espérais pas grand-chose, sinon que Barrett ne m'expédierait pas son poing à la pointe du menton.

Rendez-vous pris, nous nous rencontrâmes chez Henrich pour déjeuner ; si je devais me faire esquinter la mâchoire, je désirais au moins pouvoir inscrire un bon repas sur ma note de frais avant de ne plus être en mesure de rien avaler. En fin de compte, il s'avéra que mes craintes n'étaient pas fondées. Richard Barrett m'accueillit fort bien, fut on ne peut plus aimable et se révéla d'une intarissable volubilité.

Tout au long du repas, je fus submergé par le flot de ses paroles, chaque phrase amenant une nouvelle vague. A l'apéritif, j'eus droit à un exposé sur le fantôme du père de Hamlet. En croquant mes crudités, je l'entendis parler d'abondance de la pauvre Ophélie. Pour accompagner l'entrée, il me servit une généreuse tranche de son opinion concernant Claudius et Gertrude, agrémentée de quelques considérations sur Polonus. Le dessert ayant été couronné d'une bonne giclée d'élucubrations à propos d'Horatio, café et cigares furent dégustés et savourés au sein d'un discours sur Rosencrantz et Guildenstern.

Après quoi, ne s'arrêtant pas là, le grand (par la taille) acteur shakespearien se cala douillettement dans son fauteuil et entreprit de soumettre à son examen la psychologie d'Hamlet lui-même. Que pensais-je de la vieille querelle, me demanda-t-il. Etait-il exact que le Prince de Danemark, le mélancolique Danois, était fou ?

A cette question, je n'étais nullement préparé à répondre. Tout ce que je savais, parvenu à ce stade, c'était que Richard Barrett lui-même était carrément dérangé ; il lui manquait plus d'une case.

Tout ce qu'il disait avait un sens, mais il en disait trop, beaucoup trop. L'incroyable intensité de l'intérêt qu'il témoignait pour Hamlet, sa concentration totale sur le sujet, excluant toute autre préoccupation, voilà qui indiquait une fixation fanatique de l'esprit.

J'imagine que la folie, pour tous les acteurs, est une sorte de risque professionnel. « Incarner » le personnage, « se perdre » dans le rôle, cela peut être dangereux, et, de tous les rôles jalonnant l'histoire du théâtre, Hamlet est certainement le plus complexe et le plus éprouvant. On y a vu des acteurs préférer s'arrêter en plein succès plutôt que de s'exposer à une grave dépression nerveuse en respectant leur contrat. Il est aussi arrivé que certains interprètes atteignent un état si alarmant que l'on doive les entraîner en coulisse au beau milieu d'une scène. D'autres se sont même suicidés. *Etre ou ne pas être,* en l'occurrence, n'est plus une simple interrogation sans conséquence.

Richard Barrett était obsédé par des questions qui dépassaient le rôle lui-même, allaient bien au-delà.

— Je connais votre opinion sur mon travail, me dit-il, mais vous vous trompez. Vous vous trompez complètement. Si seulement je pouvais vous faire comprendre... (Il me fixa du regard et j'eus l'impression que ce regard me traversait pour aller se perdre au loin très loin — dans l'espace et dans le temps.)

— Quinze ans, murmura-t-il. Voilà quinze ans que je joue le rôle. Que je le joue ? Que je le vis ; en fait, je l'ai toujours vécu depuis les premiers jours de mon adolescence. Et pourquoi pas ? Hamlet lui-même n'était qu'un adolescent mal dégrossi — nous le voyons parvenir à maturité sous nos yeux à mesure que la pièce se déroule. C'est le secret du personnage.

Barrett se pencha vers moi.

— Quinze ans. (Ses yeux s'étrécirent.) Quinze ans à courir le cachet dans des trous perdus ; de la vermine dans les loges, et de la vermine dans la salle, aussi. Pauvres spectateurs. Que savaient-ils des terreurs et des triomphes qui ébranlent l'âme de l'homme ? Hamlet, c'est une chambre close, fermée à double tour, contenant tous les mystères de l'esprit humain. Pendant quinze ans j'ai cherché la clef. Si Hamlet est fou, alors tous les hommes sont fous, parce que tous autant que nous sommes nous recherchons la clef qui ouvrira la porte, révélant la vérité derrière le mystère. Shakespeare le savait quand il a écrit le rôle. Je le sais à présent quand je le joue. Il n'y a qu'une seule façon de jouer Hamlet — non pas comme un rôle, mais comme une réalité.

Je hochai la tête. Il y avait une espèce de logique tordue derrière ce qu'il disait ; un fou peut garder une apparence de raison et savoir distinguer un épervier d'une scie, bien que le bec de l'épervier et les dents de la scie soient également acérés.

— C'est pourquoi, maintenant, je suis prêt, dit Barrett. Après quinze ans de préparation. Je suis prêt à offrir au monde l'Hamlet définitif. Le mois prochain, je démarre à Broadway.

A Broadway ? Cet empathique et gesticulant histrion ? Allant jouer Shakespeare à Broadway dans le sillage d'Irving, Mansfield, Mantell et Forbes-Robertson ?

— Ne souriez pas, murmura Barrett. Je sais que vous vous demandez comment il pourrait être possible de monter pareille affaire, mais tout est arrangé. Je ne suis pas le seul à croire au Barde ; il y en a d'autres. Peut-être avez-vous entendu parler de Mme Myron McCullough ?

Question oiseuse ; tout le monde à Chicago connaissait le nom de cette richissime veuve devenue l'un des mécènes les plus en vue après avoir hérité de la coquette fortune de son magnat industriel de mari.

— Elle a eu la bonté de s'intéresser à ce projet, me confia Barrett. Avec son appui...

Il s'interrompit, levant les yeux vers la silhouette qui s'approchait de notre table ; une souple silhouette, aux courbes voluptueuses, n'ayant aucun rapport avec celle de la plus que mûre Mme Myron McCullough.

— Quelle agréable surprise... commença-t-il.

— Tu parles, coupa l'arrivante. Après le lapin que tu m'as posé pour déjeuner.

Elle était jeune et elle accrochait l'œil, indiscutablement ; peut-être même un peu trop, vu l'abondance du maquillage et le caractère extrêmement succinct de la jupe orange.

A sa mine renfrognée, Barrett opposa un air faussement enjoué en faisant les présentations.

— Miss Goldie Connors, dit-il, ma protégée.

Dans ma tête, ce nom fit plus ou moins tilt, et puis, comme elle relevait la lèvre supérieure pour m'accorder un sourire contraint, j'aperçus une lueur à gauche, près de la commissure — une dent en or.

J'en avais entendu parler par quelques confrères, de cette dent en or. Elle était bien connue de ces messieurs de la presse, et de ces messieurs de la police, et de ces messieurs qui gravitaient autour de Capone, et de bien d'autres, pas nécessairement des messieurs, ayant eu le plaisir de jouir de la compagnie de Goldie Connors. A Chicago, Goldie Dent d'Or avait acquis une certaine réputation dans un certain monde ; et ce n'était pas en tant que protégée.

— 'chantée, fit-elle, 'spère que j' dérange pas.

— Assieds-toi donc, dit Barrett en lui offrant un siège. Je suis désolé pour ce contretemps. J'avais l'intention de t'appeler.

— Tu parles. (Goldie lui décocha, comme on disait

237

alors, un « méchant regard ».) T'as dit que t'allais me faire répéter…

Barrett se tourna vers moi, rentrant son sourire.

— Miss Connors envisage une carrière théâtrale. Je pense qu'elle a certaines possibilités.

— Des possibilités, non mais ! explosa Goldie, pivotant pour lui faire face. Tu as promis ! T'as dit que tu me donnerais un rôle, un bon rôle. Dans l'genre de — comment l'appelles-tu déjà — Ophélie ?

— Bien sûr. (Barrett lui prit la main.) Mais ce n'est ni le lieu ni l'heure…

— Alors tu ferais bien de t'dépêcher d' les trouver, le lieu et l'heure ! J'en ai marre d'être menée en bateau, marre, t'as compris ?

Je ne sais ce que comprit Barrett, mais pour ma part je compris que j'étais de trop. Je me levai et m'inclinai.

— Si vous voulez bien m'excuser. On m'attend au bureau. Merci pour l'interview.

— Navré que vous ayez à nous quitter. (Barrett n'était pas navré le moins du monde ; il était grandement soulagé.) Pensez-vous avoir la matière d'un article ?

— Je pondrai quelque chose, répondis-je. Mon rédacteur en chef en fera ce qu'il voudra ; le reste dépend de lui. Lisez le journal.

J'écrivis effectivement un papier, où je soulignais en particulier le souci fiévreux de vérisme qui semblait animer Barrett. BARRETT PROMET A BROADWAY UN « VRAI » HAMLET ; tel était mon titre, mais il ne convint pas au patron.

— La vieille McCullough, déclara-t-il, c'est ça votre sujet !

Là-dessus, il remania l'article et lui donna un nouveau titre : Mme MYRON McCULLOUGH FINANCE LES DEBUTS DE RICHARD BARRETT A BROADWAY.

C'est cette mouture que l'on imprima et que lut Richard

Barrett. Il ne fut pas le seul ; le papier fit son petit effet. Mᵐᵉ McCullough déplaçait de l'air à Chicago ; on en parlait beaucoup.

— Je vous l'avais bien dit, fit le rédacteur en chef. C'est le bon Dieu. Bien. Barrett, à ce que je sais, termine demain soir. Il doit faire ensuite une semaine à Milwaukee et de là partir directement pour New York.

« Alors, allez immédiatement l'agrafer à l'espèce de pension où il réside. Voici l'adresse. Je veux une suite où vous développerez ses projets pour Broadway. Et puis, surtout, essayez de savoir comment il s'y est pris pour embobeliner la vieille dondon au point de l'amener à cracher pour son spectacle. Tout à fait le tombeur de ces dames, à ce qu'on dit. Tâchez donc de me dégotter tous les affreux détails.

L'aspect miteux de la bâtisse où Barrett avait élu domicile me surprit quelque peu. C'était une sorte de résidence pour « théâtreux » aux abords du quartier nord, le genre d'endroit où des ringards itinérants et des artistes de variétés de second ordre trouvaient le gîte et le couvert. Mais Barrett se trouvait probablement à court d'argent en arrivant à Chicago ; sa situation n'avait dû s'améliorer que depuis sa rencontre avec Mᵐᵉ McCullough. J'étais là pour découvrir les tenants et les aboutissants de cette rencontre avec l'opulente bienfaitrice — tous les affreux détails.

Je ne les obtins pas. En fait, je n'obtins aucun détail d'aucune sorte, car je ne parvins pas plus loin que le vestibule où donnait la porte de sa chambre. C'est là que j'entendis les voix ; dans ce terne vestibule sentant le renfermé, le vieux, le moisi (l'odeur de l'échec, pensai-je, des espoirs déçus).

La voix de Goldie Connors :

— Qu'est-ce que ça veut dire, qu'est-ce que tu manigances ? J'ai lu l' journal, tous ces trucs sur tes grands projets pour New York. Et pendant ce temps-là, tu m' fais lanterner et tu te défiles en prétendant que l'affaire peut pas encore se faire, parce que t'attends des rentrées qui viennent pas...

— Allons, je t'en prie ! (La voix de Barrett, nerveuse, tendue.) Je voulais te faire une surprise.

— Ça, tu peux l' dire ! En me plaquant, oui. C'est ça, ta surprise. Me planter là pour te carapater avec cette vieille peau pleine aux as avec qui tu fais l' joli cœur en douce.

— Laisse-la en dehors de tout ça !

Goldie répondit par un ricanement aigu ; j'imaginais les éclairs lancés par la dent en or.

— Pardi, c'est ça qu' tu voulais — la laisser en dehors de tout ça, pour qu' je n' sache rien et qu'elle ne sache rien non plus, qu'elle ignore tout de moi. Sinon ta petite combine pourrait s'effondrer en moins d' deux, hein ? Eh bien ! permets-moi de te dire une bonne chose, monsieur Richard Hamlet Barrett ! Ce rôle, tu l'as promis, et maintenant tu vas m' le donner.

La voix de Barrett se fit implorante.

— Goldie, tu ne comprends pas ! Il s'agit de Broadway ; c'est la chance de ma vie, celle que j'attends depuis toujours. Je ne peux pas risquer de confier à une actrice sans expérience...

— Alors tu vas risquer autre chose, tu vas voir. J'irai la trouver sur-le-champ, moi, ta grande dame, et j' lui raconterai tout c' qui s'est passé entre toi et moi, en long et en large ! Voilà c' que tu risques !

— Goldie...

— Quand tu partiras demain soir, j' pars avec toi — avec un contrat signé en poche, pour mon rôle à Broadway. Et ça, c'est définitif, c'est mon dernier mot, t'as compris ?

— Bon. Bon, très bien. Tu as gagné. Tu l'auras, ton rôle.

— Et pas un p'tit machin de rien du tout, hein ? Un rôle qui s' tienne, un vrai.

— Mais oui, un vrai rôle. D'accord, c'est juré.

C'est tout ce que j'entendis ; et je ne savais toujours rien de plus cinq jours plus tard, après que Barrett eut quitté Chicago.

Ce jour-là, au cours de l'après-midi, la patronne de cette piteuse pension décela, dans le triste vestibule dont j'ai parlé, au sein des senteurs habituelles, une odeur supplémentaire. Son odorat la guida jusqu'à la porte de l'ex-chambre de Barrett. Elle y pénétra et son regard fut attiré par la vieille malle de tournée, assez délabrée, de Barrett. Il avait apparemment résolu de l'abandonner en partant la veille et s'était efforcé de l'enfoncer sous le lit où elle se trouvait presque dissimulée. La bonne dame entreprit de la dégager et, curieuse, fit sauter la serrure et l'ouvrit.

Ce qui s'offrit à sa vue la fit hurler, puis appeler la police.

Ce qui s'offrit à la vue des policiers fut vite connu des salles de rédaction, et, ainsi averti, je me précipitai à la pension.

Là, le contenu de la malle s'offrit à ma propre vue : le corps d'une femme décapitée. La tête manquait. Comme je contemplais ce spectacle, effaré, la requête de mon rédacteur en chef me revint en mémoire.

— Les affreux détails, murmurai-je.

Le sergent de la criminelle présent me lança un regard intrigué. Il s'appelait Emmett, Gordon Emmett. On se connaissait.

— Qu'est-ce que tu as, qu'est-ce qu'il y a ? fit-il.

Je le lui expliquai.

Nous nous trouvions déjà à mi-chemin de la gare quand j'eus terminé mon topo et nous étions montés dans le train de huit heures pour Milwaukee quand il eut fini de me questionner.

— Cinglé, marmonna Emmett. Faut qu'un type soit cinglé pour faire ça.

— Il est fou, dis-je. Sans l'ombre d'un doute. Mais il y a

plus que de la folie là-dedans. Il y a aussi de la méthode. C'était la chance de sa vie, n'oublie pas, l'occasion unique, celle qu'il guettait avec acharnement depuis de longues années. Pour lui, pas question de la laisser passer. Alors, à ce facteur, ajoute un moment d'irrépressible démence, un délire meurtrier…

— Possible, lâcha Emmett. Mais comment le prouver ?

Question qui nous hantait toujours à dix heures, quand nous arrivâmes à Milwaukee. Une vraie nuit d'hiver et pas de taxi en vue. Je parvins quand même à en héler un au coin d'une rue.

— Théâtre Davidson, dis-je. En vitesse !

Il devait être dix heures et quart lorsque, dans une ruelle glacée, nous stoppâmes devant l'entrée des artistes. A peine cinq mintues plus tard, après avoir chapitré le gardien et contourné discrètement le plateau, nous étions installés en coulisse, sur le côté, vers l'avant-scène.

La représentation avait commencé à huit heures et quart pile. Une salle comble assistait à présent, attentive, captivée, à la première scène de l'acte V.

On voyait le cimetière — la tombe béante, les deux fossoyeurs, Horatio et Hamlet lui-même ; un Hamlet au regard brillant et brûlant, aux pommettes colorées par la fièvre, dévoré d'un feu intérieur, avec une sorte de puissance passionnée dans la voix. Au premier abord, j'eus peine à reconnaître Richard Barrett, tant son interprétation s'était transformée. Il semblait avoir enfin réussi à insuffler une vie intense au personnage, à l'incarner pleinement ; on était vraiment en présence du Prince de Danemark, et il était vraiment fou.

Le premier fossoyeur sortit un crâne de la tombe ouverte et le fit rouler vers Hamlet, qui s'en saisit et l'éleva en pleine lumière.

— Hélas, pauvre Yorick, dit-il. Je l'ai connu, Horatio…

Le crâne tourna lentement dans sa main et les feux de la rampe illuminèrent les mâchoires ricanantes où l'on vit étinceler une dent en or…

242

Alors nous intervînmes.

Emmett tenait son assassin ; et sa preuve.

Et moi ? Moi, j'avais vu la plus mémorable des prestations dans *Hamlet* ; celle de Goldie...

The plays's the thing.
Traduction de Philippe Kellerson.

PÉTARADE

par Michael Brett

Je croyais que, pour dormir, le meilleur moment se situait entre sept et neuf heures. Mais si l'on est insomniaque, toute heure est bonne pour sommeiller.

Je suis moi-même insomniaque et je considère que ma femme en est grandement responsable — il y a dix-huit ans qu'elle ronfle. Seulement, pendant les quinze années précédentes, j'avais déjà du mal à dormir. Aurement dit, ses ronflements ne sont pas entièrement responsables de mes insomnies.

Trente-trois ans d'union avec la même épouse. Vous l'aimez. Vous êtes habitué à elle. Il vous arrive de la regarder comme vous examineriez votre bras — et vous vous demandez parfois comment une personne peut vivre aussi longtemps avec une autre. Pourtant, cela arrive tout le temps.

Rien ne reste identique. Il fut une époque où j'étais capable de jouer au handball trois heures durant. A présent, si je cavale après un taxi, il me faut cinq bonnes minutes pour récupérer mon souffle. Lorsque j'ai épousé ma femme, c'était quelqu'un. Elle me répétait souvent : « Bradley, tu as l'air d'une statue grecque. » Aujourd'hui, elle se contente de rire aux éclats, de pointer son doigt vers mon ventre en me déclarant que je ressemble à une ruine grecque. Que faire ? Ainsi va la vie.

Certains jours, un imprésario de théâtre doit demeurer

chez lui sans se préoccuper de gagner un dollar. C'était le cas ce jour-là. Le bureau n'était pas assez chauffé. Un vent frisquet chassait d'énormes flocons de neige pour les entasser contre les vitrines des magasins de l'autre côté de la rue. Les gens marchaient serrés les uns contre les autres et, aux carrefours, traversaient avec prudence.

Les affaires allaient comme cette journée — mal. J'avais fait passer deux auditions à des groupes. Ce matin, c'était un groupe de folk-rock avec chant et guitare, trois jeunes gaillards barbus et une jeune fille dont les cheveux descendaient jusqu'à la taille. Ils parlaient de parcourir une falaise dans une voiture roulant à 220 à l'heure et dans un monde qui n'était pas si confortable. Rien de nouveau, quoi. Je leur promis de leur téléphoner si un contrat se présentait. J'eus l'impression qu'ils étaient prêts à se coucher dans la rue pour y mourir. J'en fus déprimé.

Une heure plus tard, j'eus droit à un groupe psychédélique, deux gars et deux filles avec des guitares électriques, ainsi qu'une sorte d'échalas à l'air de chien à longs poils ébouriffés, un personnage efflanqué avec la figure barrée de favoris. Celui-là projetait sur le groupe des flashes de couleur. Il m'en fit une démonstration et je protestai :

— Epargnez-moi les éclairages.

— Oh je vous en prie, monsieur Bradley ! intervint une des filles. Notre spectacle dépend d'un effet d'éclairage psychédélique.

— C'est bon, mais rappelez-vous que l'immeuble est aussi vieux que moi. L'installation électrique n'est pas excellente, alors ne me faites pas sauter les plombs !

Ils émirent des sons avec les guitares, les filles se trémoussèrent, les lumières tour à tour or, rouge et bleu me donnèrent la migraine.

— Ce n'est pas mal, affirmai-je. Laissez-moi noms, adresses et numéros de téléphone.

— On aurait besoin de boulot dans l'immédiat, monsieur Bradley, me déclara l'éclairagiste. On nous avait retenus à Manitoba.

« Alors, pourquoi en êtes-vous partis ? me dis-je. Moi, j'ai autant besoin d'un groupe psychédélique que d'un trou dans le crâne. » Mais après tout, ils n'étaient pas dénués d'intérêt et je promis.

— Je vous ferai signe dès qu'il y aura quelque chose.

— Monsieur Bradley, il faut vraiment qu'on travaille, insista une des filles.

— C'est le cas de tout le monde, mon petit. Je verrai ce que je peux faire.

— On travaillerait pour rien, s'interposa l'éclairagiste. Nous venons d'arriver en ville et la vie y paraît plutôt difficile.

En d'autres termes, ils étaient fauchés. Mais j'avais vu et entendu pire qu'eux. Et je connaissais un type qui pourrait les employer dans la boîte dont il était propriétaire dans le Village. Je lui passai un coup de fil et il me répondit que les affaires étaient moches. Il avait besoin d'animateurs et d'attractions, mais ne pouvait s'offrir le luxe de les payer autrement qu'en les nourrissant.

— Quoi ? Je n'ai jamais rien entendu de pareil !

— Je les nourris et je ne les paie pas, c'est comme ça !

La main sur le micro du combiné, j'expliquai au groupe :

— Insensé ! Il est d'accord, mais il se contentera de vous nourrir sans vous verser de cachet.

— Marché conclu, approuva l'éclairagiste. La bouffe, c'est déjà quelque chose.

Après leur départ, je tentai de calculer ce que serait ma commission dans l'affaire. Dix pour cent de quatre sandwiches au jambon... A ce rythme-là, j'aurais tôt fait d'être ruiné à mon tour.

Je consacrai le restant de ma journée au téléphone pour parvenir à régler quelques petites affaires, un magicien pour Kent dans l'Ohio, une chanteuse pour une boîte d'Atlantic City, un comique pour une représentation de salon à Las Vegas.

Je promis à deux types qui téléphonèrent pour des

246

attractions que je penserais à eux — mais j'oubliai leur requête sitôt le combiné raccroché. Le premier avait un petit night-club du genre guinguette sur la route et si je lui envoyais une chanteuse, il la harcèlerait sans arrêt. Il la suivrait à la trace, la pincerait un peu partout, moyennant quoi elle aurait des bleus çà et là et viendrait ensuite pleurer dans mon giron. A fuir à tout prix !

Quant au deuxième gars, Phil Kwenk, c'était autre chose. Il possédait le Kwenk's Blue Room, un bouge situé dans une ancienne ville minotière des bords de l'Hudson, tout en haut de l'Etat de New York. Les moulins ont tous été fermés et la ville est morte — les gens qui y vivent sont des aigris. On ne peut pas le leur reprocher. Quand on habite quelque part, on finit par s'attacher à cet endroit. On peut répugner à déménager. Il paraît que c'est ça, le progrès et l'automatisation. Je me souviens d'un temps où l'on n'avait pas besoin de cela pour être heureux.

En bref, Kwenk avait l'habitude d'embaucher un orchestre de trois musiciens, ou parfois un chanteur de charme, mais j'avais renoncé à lui adresser des professionnels quand j'avais appris que ses clients menaient la vie dure à mes artistes. Ils émettaient des cris d'oiseau pendant que le chanteur faisait son numéro, ou lançaient des pétards tandis que l'orchestre jouait — des trucs aussi drôles que ça. Je me répétais qu'ils se comportaient ainsi parce que la ville n'existait plus et qu'ils n'avaient plus d'espoir. Cela se pouvait bien, après tout. Ou alors les clients de Kwenk étaient des dingues. Ils avaient la manie de démolir la boîte tous les trois mois. Quoi qu'il en fût, je n'envoyais plus mes artistes chez Kwenk. Après tout, un agent théâtral se doit de protéger un peu ses clients contre les cinglés de ce monde.

La journée s'écoula. Quatre heures à ma montre et il faisait déjà nuit. Généralement, je traîne au bureau jusqu'à cinq heures. Aujourd'hui, le chauffage ne semblait pas fonctionner normalement : j'avais aussi froid qu'au-dehors. Je rangeai mes paperasses et mes dossiers. Je ne risquais pas de rater une affaire en rentrant chez moi avec une heure d'avance. Je m'offrirais un verre, je chausserais mes pantoufles, je me ferais réchauffer quelque chose pour dîner. Il y aurait peut-être un programme valable à la télévision, pour changer.

J'attrapais mon chapeau et mon pardessus quand la sonnerie du téléphone tinta. C'était ma femme qui voulait me rappeler qu'ayant ce soir-là son bridge hebdomadaire avec ses amies, elle m'avait préparé de la viande froide et des œufs durs.

— Mais n'oublie pas de faire ensuite ta vaisselle. Et de la ranger. Ne me laisse pas la pagaille, et si ça ne t'ennuie pas, monsieur Bradley, ne t'endors pas sur le divan. Et ne laisse pas partout des cendriers pleins de mégots de tes cigares puants.

— D'accord, d'accord, promis-je avant de raccrocher.

Pour les cigares, elle n'avait pas tort. Trente-trois ans de vie commune, deux enfants, trois petits-enfants, mais elle m'appelle encore sèchement monsieur Bradley. Et quand nous n'étions pas mariés, elle me combattait telle une tigresse.

Un bruit précéda l'entrée dans mon bureau d'une fille à la silhouette élancée. Vingt ans environ, brune au visage fin, avec d'immenses prunelles et des cheveux parsemés de flocons de neige. Elle avait quelque chose qui m'était familier.

— Monsieur Bradley ? s'enquit-elle.

— C'est bien moi, oui.

Elle loucha sur sa montre et me fixa avec inquiétude.

— Je croyais que le bureau fermait à cinq heures...

— Habituellement, oui. Mais aujourd'hui, j'ai un rendez-vous d'affaires. Vous désirez me parler ?

— Oui. Je m'appelle Janet Rawls et je chante, monsieur, bredouilla-t-elle. J'espérais... que vous pourriez m'entendre.

— Eh bien... il est tard. Revenez demain matin quand vous serez reposée, mademoiselle. Vous cherchez à entreprendre un métier difficile et il faut mettre toutes les chances de votre côté. Vous débarquez ici vingt minutes avant la fermeture alors que tout le monde ne pense qu'à rentrer chez soi. Vous n'auriez pas la meilleure part en chantant maintenant, insistai-je, parlant avec le ton de l'expérience. Allez, je vous verrai demain.

— Monsieur Bradley, excusez-moi de m'être présentée à l'heure où vous partiez, fit-elle en se détournant pour s'immobiliser sur le seuil et poursuivre. Voyez-vous... il me serait très difficile de revenir demain matin.

Je ne lui en demandai pas la raison. Elle en avait vraisemblablement une. Ou alors simplement, cela ne lui était pas commode. A mieux y regarder, elle avait l'air d'un agneau, avec de grands yeux et la peau sur les os. Sous l'éclairage qui venait du couloir, on eût dit une silhouette surgie du passé. Elle me surprit. Je me rendis compte alors qu'elle me rappelait ma femme vingt-cinq ans plus tôt. Or, à l'époque, je me serais précipité chez moi pour retrouver ma femme. Ce soir, je n'éprouvais pas grande envie de rentrer. Oui, il m'arrive de m'attarder au bureau sans autre motif que celui de ne pas retourner à la maison.

Elle était très jeune, ma visiteuse, et jolie. Ce soir, de plus, l'idée de la viande froide préparée par ma femme, des « monsieur Bradley » dont j'étais gratifié chez moi à longueur de journée, de la neige grise et minable, des gens frileux qui avançaient pliés en deux pour s'opposer au vent piquant, tout cela me rendait triste.

— Miss Rawls, dis-je, accepteriez-vous, en dînant avec lui, de rendre très heureux un vieil homme qui en a bien besoin ?

Après réflexion, elle m'offrit un sourire chaleureux :

— Je ne vous trouve pas si vieux ! Vous avez l'air très distingué avec vos cheveux gris. Vous êtes même bel homme, et je serai ravie de dîner avec vous.

— Un énorme steak, une salade fatiguée à point et des pommes de terre à l'eau, c'est un menu qui vous tente ?

Elle acquiesça, la mine ravie.

Je l'emmenai donc dans un établissement où les boxes sont capitonnés de cuir, avec une tête d'élan naturalisée pour décorer le mur. Les boissons comme la cuisine y sont excellentes, et les portions copieuses.

Janet Rawls attaqua son steak avec la voracité d'une bande de piranhas. Elle faisait plaisir à contempler. Pendant que nous dégustions un café, elle me parla d'elle-même. Née dans une petite ville de la Nouvelle-Angleterre, où son père était chauffeur de grande maison, elle avait émigré dans une ville plus importante afin d'y étudier l'art dramatique et le chant. A la mort de son père, l'argent lui avait vite fait défaut. Jugeant qu'elle avait une bonne voix, un professeur l'avait encouragée à aller me voir.

— Demain matin, je vous ferai passer une audition, lui promis-je.

— Je sais que c'est abuser de votre bonne volonté... mais puis-je me faire entendre ce soir ?

« Pourquoi pas ? » me dis-je. Chez moi, personne ne m'attendait.

— D'accord, acceptai-je, et nous retournâmes à mon bureau.

Je me mis au piano. La petite avait une voix convenable, pour les fêtes de patronage, mais certainement pas assez pour le commerce du show-business. Dommage ! Cela m'attrista parce qu'elle était sympathique. J'eus envie de l'aider. Et à cet instant, je me souvins d'un tenancier de boîte qui avait une dette à mon égard. Il engageait parfois une fille pour tenir son piano et créer un fond musical dont personne ne se souciait.

Seulement la petite ne jouait pas de piano. Je lui exprimai mes regrets.

— Merci pour tout, me dit-elle en me dévisageant d'un œil hésitant. Monsieur Bradley... m'autoriseriez-vous à passer la nuit ici ?

— Dans mon bureau ?

— Si j'ai tant insisté pour chanter ce soir, c'était parce que, si vous m'aviez appréciée, je vous aurais réclamé une avance et j'aurais pu prendre une chambre à l'hôtel.

Je lui tendis vingt-cinq dollars qu'elle refusa en me remerciant.

— Ce n'est qu'un prêt, protestai-je.

— Non, je vous remercie, fit-elle, la larme à l'œil. Il ne me faut qu'un endroit où coucher cette nuit.

Son orgueil était déconcertant.

— Vous allez geler, ici ! La nuit, on coupe le chauffage, et il fait très froid, dans ces locaux !

— Ça m'est égal... Je vous en prie !

— Très bien, restez si vous voulez.

J'allai lui chercher un radiateur électrique et je lui recommandai :

— N'ouvrez la porte à personne. Une jeune fille seule dans les parages...

— Je vous suis reconnaissante, monsieur Bradley. Et ne vous inquiétez pas, je ne vous chiperai rien.

— Prenez ce que vous voulez. Mon bureau, mon classeur, le calendrier offert par une compagnie d'assurances, mais rendez-moi service — laissez-moi les cendriers. Je les ai volés dans un hôtel et je les adore !

— Moi, c'est vous que j'adore, monsieur Bradley ! s'écria-t-elle en riant.

C'était vraiment quelqu'un, cette Miss Rawls.

Il y avait vingt-cinq ans, dix ans de cela, j'étais un tigre. Ce soir, je me contentai de lui dire « allez vous coucher », et je retournai chez moi pour me mettre au lit.

Quand elle rentra, ma femme me réveilla.

— Qu'est-ce qui t'arrive ? s'étonna-t-elle. Voilà que tu ris et souris dans ton sommeil !

— Ah ne me gâche pas mon bonheur ! Je rêvais qu'une jeune et belle fille sommeillait sur le divan de mon bureau.

— Comme si c'était possible ! Tu parles comme un vieil idiot. Il n'y a pas plus stupide qu'un vieil idiot ! persifla-t-elle.

Et je me rendormis.

Le lendemain matin, Miss Rawls avait soigneusement fait le ménage et mis de l'ordre. Elle avait même frotté les fenêtres rendues opaques par la crasse.

— Ça vous plaît ? s'enquit-elle, rayonnante.

Par téléphone, je demandai qu'on nous montât du restaurant situé au rez-de-chaussée deux petits déjeuners. Le café se révéla fort, et les pâtisseries danoises parfaitement fraîches.

Miss Rawls me déclara qu'il me fallait une secrétaire.

— Je n'en ai pas besoin et j'ai toujours occupé seul mon bureau.

— Je tape à la machine, je peux répondre au téléphone. Je ne rechigne pas à la besogne et je suis efficace. Ici, il vous faut de l'efficacité.

— Une jolie fille comme vous dans les parages... ma femme me tuerait !

— Certainement pas !

C'était agréable d'avoir cette petite dans mon environnement et je cédai :

— D'accord, on va faire un essai, à titre purement temporaire !

— Ah je vous adore, monsieur Bradley ! s'exclamat-elle en riant.

Son exubérance juvénile était contagieuse. Tout en déclarant « maîtrisez-vous, Miss Rawls », je me rendis compte que j'étais enchanté.

A la fin de la journée, je compris qu'elle représentait pour moi comme pour mes affaires un intérêt. Elle me débarrassa de presque toutes les corvées. Elle répondit à des lettres, au téléphone, affirma à plusieurs gêneurs que j'étais absent de mon bureau.

Au bout de la semaine, je me demandai comment je m'étais jusqu'ici débrouillé sans elle. Elle ajoutait à mon existence confort, joie et grandeur. Près d'elle, je me sentais rajeunir de vingt ans. De l'avoir dans les parages déclenchait dans ma vie un renouveau.

Ce fut une catastrophe quand elle tomba amoureuse de Dean Conrad. C'était un chanteur et mon client le plus important — mais aussi un salopard.

Il y a dans le monde beaucoup plus de Janet Rawls que de Dean Conrad, mais ceux qui sont comparables à mon chanteur profitent des créatures sans méfiance telles que Janet Rawls. Ce gars était une pourriture. Il tirait vanité des multiples truands qu'il comptait parmi ses amis. Il méprisait les femmes et s'en servait avec la cruauté d'un trafiquant d'esclaves. Il avait un caractère épouvantable et ne se gênait pas pour cogner éventuellement sur ses petites amies. Je me demandais parfois s'il méritait qu'on l'aidât à se tirer d'affaire lorsque ses rognes lui causaient des ennuis. Malgré cela, sa popularité s'étendait d'année en année.

Un imprésario qui en a long à dire sur la moralité et la conduite de ses clients s'aperçoit vite qu'il n'a plus de clients. Néanmoins, après sa première sortie en compagnie de Dean Conrad, je pris Janet à part pour lui parler de son admirateur. Elle me remercia en rétorquant que mon anxiété à son sujet lui paraissait gentiment désuète, et qu'elle était désormais assez grande fille pour veiller sur elle-même. De plus, précisa-t-elle, Dean s'était comporté envers elle en parfait galant homme. En l'évoquant, ses yeux brillèrent et son teint se colora.

Trois mois plus tard, alors qu'il la tenait en haleine avec une promesse de mariage, je le coinçai pour lui dire qu'elle méritait mieux. Il éclata de rire :

— Bradley, elles méritent toutes mieux ! Elle va vous donner sa démission. Je dois entreprendre une tournée à travers le pays, et je l'emmènerai comme secrétaire personnelle... Hé oui, il m'en faut une ! ricana-t-il, clignant de l'œil.

— Vous n'avez besoin que de vous-même ! persiflai-je.

— Je me demande... si vous n'en pincez pas pour elle, vous aussi ! enchaîna-t-il, arborant un de ses célèbres sourires. Vous êtes un peu vieux pour elle.

— Laissez-lui sa chance, Dean.

— L'ennui avec vous, Bradley, est que vous ne marchez pas avec votre époque. Voyons, si je lui disais adieu après la tournée ? Tenez-en compte, il faut qu'elle apprenne les choses de la vie et je suis un professeur de premier ordre. Allons, à vous entendre, on croirait que je lui propose un destin pire que la mort, Bradley. Mettez-vous un peu à la page !

— Vous êtes un salaud de premier ordre, oui !

— On déchire notre contrat quand vous le désirerez... Mais retenez bien ceci — ce que je fais me regarde. Vous, occupez-vous de vos affaires et laissez-moi aux miennes.

Il était plus de cinq heures quand je retournai à mon bureau, et Janet en était déjà partie. D'après la note qu'elle avait posée sur mon sous-main, Kwenk avait téléphoné.

Je m'assis pour réfléchir à Dean Conrad et à Janet. Lui s'amusait, et de ce petit jeu, elle sortait perdante. Je pris le message mentionnant Kwenk — et il me vint une idée. C'était insensé, mais ça pouvait marcher. Je téléphonai à Kwenk et, l'entretien terminé, j'appelai Dean Conrad pour m'excuser de m'être conduit en vieil homme indiscret. Et je le priai d'oublier l'incident.

— N'en parlons plus, fit-il.

Je lui demandai alors de m'accorder une faveur.

— Chez Kwenk ? s'étonna-t-il. Vous voulez que je fasse mon tour dans une boîte appelée Kwenk's Blue Room ? Je n'en ai jamais entendu parler et vous savez que ce genre de bastringue ne m'offrira jamais un cachet à ma taille.

— Ecoutez, j'ai une dette envers lui. Tout ce que j'attends de vous, c'est que vous vous rendiez chez lui en voiture, que vous montiez sur scène et, après une ou deux chansons, vous pourrez filer. Rien de plus. Je ne vous le demanderais pas si ce n'était pas important pour moi. Et je vous revaudrai cela, je vous le promets.

— Bon, c'est entendu.

C'était le jeudi. Conrad se présenta chez Kwenk le

vendredi soir. Et le samedi matin, la police me convoqua. J'allai me présenter devant le lieutenant de police Sam Pechard qui m'expliqua ce qui était arrivé. L'assistance ne s'était réveillée que pour accueillir Dean Conrad. Lorsque celui-ci avait attaqué sa seconde chanson, il avait été salué par des cris d'oiseau. Sur quoi, il s'en était pris à l'un des clients qui vociféraient et l'avait assommé avec une bouteille de bière. Exaspéré par ce geste, un barbu s'était dressé dans la foule, avait balancé un pétard, déclenchant ainsi parmi les spectateurs un barrage d'autres pétards. Profitant du tapage et de l'excitation générale, quelqu'un avait d'un coup de feu abattu Conrad. Dans la panique qui avait suivi, les clients s'étaient enfuis dans la nuit. Jusqu'à présent, aucun témoin ne s'était présenté, et le lieutenant était convaincu qu'il n'y en aurait pas.

— Cette mort est une grande perte, monsieur Bradley, remarqua-t-il. Ma femme était folle de ce gars.

— Comme beaucoup de gens, en effet.

— J'imagine ce que vous pouvez ressentir.

— Ah ça m'étonnerait! ripostai-je, cependant qu'il secouait la tête d'un air compréhensif.

Il partait lorsque Kwenk s'amena.

— Navré que ça se soit produit chez moi, monsieur Bradley.

— Personne n'aurait pu prévoir une chose pareille. Mais cela n'arrangera pas la réputation de votre maison.

— C'est certain, cela fera tache sur ma boîte. Je vais vous dire quelque chose : je suis persuadé que c'est un de mes rivaux qui a monté le coup pour me démolir.

— Non!

— J'en jurerais! D'accord, avec ce faible éclairage, on ne distingue pas grand-chose, mais j'ai vaguement regardé le barbu qui a lancé le premier pétard. Je connais tous mes clients et celui-là n'était pas un habitué. Or, il aurait bien pu manigancer l'affaire. Mes concurrents sont au courant des méthodes de mes clients et ils auraient fort bien pu embaucher ce barbu. Personne n'a vu celui-ci tirer un coup

L'HOMME
QUE J'AVAIS ASSASSINÉ

par John Arre

Moi, Craig Robertson, me jugeant sain de corps et d'esprit, entends que l'on prenne connaissance de ce que je vais relater dans le cas — mais seulement dans le cas — où, lors de mon décès, certains détails conduiraient à envisager une mort violente ou anormale, voire quelque peu suspecte.

J'ai toute raison de croire qu'il en sera ainsi.

La semaine dernière, je participais pour la première fois à une réunion d'anciens élèves de ma vieille université. Si mélodramatique que ceci puisse paraître, c'est là que le passé a soudain surgi devant moi. Au cours de la dernière soirée de cette réunion, quelques dizaines d'entre nous se pressaient dans le bar de l'hôtel où nous étions descendus et, juché sur un tabouret, je dégustais mon whisky-soda, gagné par cette ambiance joyeuse. C'est à peine si je remarquai l'homme qui venait de s'installer sur le tabouret voisin, jusqu'au moment où il m'adressa la parole.

— Craig ! Craig Robertson !

Cette voix me surprit, de même que les yeux de l'homme qui m'avait retrouvé. Son visage avait pris de l'âge et n'était guère reconnaissable, mais il avait toujours les mêmes cheveux d'un blond roux, la même voix et les mêmes yeux au regard provocant. En vérité, ce sont ses

257

yeux que je reconnus. Ils étaient non seulement insolents, mais durs, implacables, sans pitié.

Il se méprit sur mon expression d'étonnement alors que nous nous serrions la main, et se présenta gaiement.

— Nick, Nick Murdock. Voyons, ne me dis pas que tu as oublié ?

— Mais non, je n'ai pas oublié, Nick, dis-je en m'efforçant de me montrer aimable. Comment pourrais-je jamais oublier !

Je n'exprimais que la vérité. Comment aurais-je été *capable* d'oublier ? Après tout, vingt ans auparavant, j'avais assassiné cet homme.

Pendant vingt ans, j'avais essayé de me convaincre que j'avais seulement failli le tuer, tout en sachant que ce n'était pas vrai. Nick Murdock était mort. Pourtant, il était là à mes côtés, son beau visage lisse exprimant la dureté et l'énergie brutale qui étaient déjà les siennes dans sa jeunesse.

Je ne m'étais jamais procuré un annuaire des anciens élèves et n'avais jeté qu'un coup d'œil distrait sur la liste des invités présents. Mais si j'avais remarqué son nom, il ne me serait pas venu à l'esprit qu'un homme mort pouvait se trouver parmi mes anciens camarades.

Si Nick vivait actuellement, il serait mon aîné de deux ans ; mais, pendant les mois qui précédèrent et suivirent la guerre de Corée, il existait souvent, entre les élèves d'une même classe, des différences d'âge de plusieurs années.

J'aurais pu avoir l'occasion de l'apercevoir plusieurs fois de loin, sur le campus : toutefois, avec une population universitaire d'environ vingt mille jeunes gens qui fréquentaient des écoles éloignées les unes des autres, nous aurions pu tout aussi bien ne jamais nous rencontrer.

— Alors, raconte-moi un peu ta vie, Craig.

Ma gorge semblait paralysée et je dus faire un effort pour causer de choses et d'autres, répondre aux questions de Nick. Je lui résumai brièvement mon existence. J'avais été soldat en Corée, m'étais marié, ma femme et moi avions trois enfants. Ayant décroché un doctorat en philo, j'enseignais actuellement l'histoire de l'art dans l'Etat d'Indiana.

Quant à lui, à l'en croire, il avait trop voyagé un peu partout pour avoir eu l'occasion de se marier. La photographie l'intéressait et il s'était spécialisé avec succès dans les photos de presse. Il avait parcouru une bonne partie du monde et venait d'arriver du Vietnam.

La conversation avait un tour si normal que je me serais aisément laissé persuader que cette nuit remontant à vingt ans n'avait été qu'un rêve.

Il me demanda des nouvelles de mes parents et je lui dis qu'ils allaient bien. Je le questionnai à mon tour :

— Et les tiens ? Comment va ton frère ?

Il parut surpris.

— Jerry ? Tu ne sais donc pas que Jerry est mort il y a des années ?

L'anxiété me ressaisit. Je devinai ce qui allait suivre.

— Mort ? dis-je d'une voix un peu tremblante. Tu veux dire tué à la guerre ?

Nick secoua la tête.

— Il n'a pas atteint l'âge d'être soldat. Il s'est tué accidentellement. Cette maudite tente que j'avais plantée derrière la maison... elle a pris feu.

Ainsi, cette terrible nuit d'automne ne s'était pas passée en rêve.

J'avais vraiment tué, mais je n'avais pas tué Nick Murdock. J'avais assassiné son jeune frère, Jerry. Je découvrais maintenant, des années après le drame, que je m'étais trompé de victime. Non seulement j'avais perpétré un meurtre, mais j'avais fait mourir un garçon totalement innocent.

— Dis donc, tu te sens bien ? me demanda Nick.

— Il fait très chaud ici, répondis-je. Ne t'en fais pas. Ça va passer.

— Tu as peut-être besoin d'air.

— Non, non, je me sens mieux. Je suis désolé au sujet

de Jerry. L'accident est sans doute arrivé après notre départ de la ville?

Il acquiesça d'un mouvement de tête, l'air pensif.

— A peu près à la même époque, je crois. Oui, à la même époque.

Je me forçai, à contrecœur, à prononcer la question qui s'imposait :

— As-tu jamais découvert la cause de l'incendie?

— Pas précisément. Mais te souviens-tu de tous les appareils fonctionnant à l'essence que j'avais mis sous la tente, Craig?

— Il y avait plusieurs lampes, un réchaud et le poêle.

— C'est exact, presque dix litres d'essence. Les appareils à essence peuvent être dangereux, comme tu le sais. Il vaut mieux ne pas les bricoler, si on ne s'y connaît pas. Or, le gosse ne s'y connaissait guère. Apparemment, il aura voulu régler le poêle et l'aura renversé... ou laissé tomber.

La sueur me perlait au front et mes mains étaient moites. J'entendais à peine Nick qui continuait de parler. Je me rappelais ce qu'il avait fait à ma sœur, Ellen, et ce que, moi, j'avais fait à son frère.

Je me dois d'insister sur un point important. Si j'ai commis cet acte, c'est poussé à bout par la plus odieuse provocation. Evidemment, il fut un temps dans ma vie où j'étais capable de tuer, mais je ne suis pas un tueur-né. Quand je me trouvais en Corée, je devais me forcer pour bien viser et appuyer sur la détente. Aujourd'hui, tout acte de violence me répugne. Si un homme a jamais été délivré de l'instinct de tuer, je suis cet homme.

Il est impossible d'en dire autant de Nick Murdock.

Nick était le gosse le plus déchaîné que j'aie connu, un vrai bagarreur et un vrai gagneur, le genre de gars qui aimerait mieux mourir que de perdre. Qu'il s'agisse d'insultes ou de combats, personne ne l'a jamais battu pour de bon. Tous ses adversaires ont dû payer par la suite, et payer chèrement, sans aucune exception.

Je me rappelle que, une fois, un autre gosse avait réussi

à le terrasser et lui cognait la tête contre une pierre pour qu'il s'avoue vaincu. A la longue, le gosse fondit en larmes, apeuré par sa propre conduite et par son impuissance à faire céder Nick. Finalement, Nick réussit à desserrer l'étreinte et ce qui suivit fut presque un massacre. J'ai toujours pensé que c'était uniquement un coup de chance si Nick n'avait pas tué le gosse.

Il avait des admirateurs, en particulier son frère Jerry qui l'idôlatrait, mais il n'avait pas l'étoffe d'un vrai chef. Il était trop solitaire ; il observait les règles qu'il s'était fixées, se moquant de toutes les autres, sûr de soi et indépendant. Ce n'était pas étonnant si les autres gosses éprouvaient pour lui un respect mêlé de crainte.

Une des grandes passions de Nick, c'était sa tente. Elle était magnifique, mesurait trois mètres cinquante de côté, et n'avait pas dû être facile à se procurer pendant les années de guerre. Elle lui avait été offerte pour son seizième anniversaire, au printemps ; il l'avait tout de suite plantée dans le bois derrière la maison des Murdock et s'y était installé pour vivre et même pour y dormir chaque soir. Pendant la journée, les gosses comme Jerry et moi étions autorisés à la visiter et à l'admirer en présence de Nick ; autrement, nous avions l'ordre de nous en tenir à bonne distance.

Au début de l'automne, Nick dut revenir dans la maison, mais l'été suivant il atteignit ses dix-sept ans et il se jura de passer tout l'automne puis l'hiver sous sa tente. Après tout, dit-il, il était déjà assez âgé pour s'engager dans les Marines, et c'est ce qu'il comptait faire au terme de ses études au lycée, le printemps suivant. Aucun de nous ne doutait qu'il serait le plus implacable Marine que ce corps eût jamais compté dans ses rangs.

Ce fut cet été-là que ma sœur Ellen se mit à fréquenter Nick.

Ellen était une fille très enviée, car les Murdock avaient de la fortune. Ils étaient, en quelque sorte, « la première famille » de la ville. Ils possédaient les deux industries principales du pays — une conserverie et une fabrique de machines à coudre — et habitaient une imposante maison de style Queen Ann, bâtie très en retrait au milieu de quatre hectares de pelouse et de bois.

En revanche, ma famille occupait un modeste pavillon de quelques pièces, aux murs peints en blanc. Mon père avait un poste d'ingénieur chargé de l'entretien chez M. Murdock.

Vous comprendrez donc pourquoi tous les regards étaient fixés sur Ellen et sur Nic. durant cet été. Elle était sa petite amie, la seule jeune fille « comme il faut » qu'il eût jamais fréquentée, et tout le monde le savait. C'était la fille qu'il lui faudrait quitter quand il s'engagerait dans les Marines, au printemps suivant, et, si elle avait de la chance, celle qu'il épouserait et avec qui il vivrait à son retour.

Mes parents — je m'en souviens — étaient à la fois fiers de leur fille et inquiets à son sujet. Ils élevaient leurs enfants d'une façon très puritaine, mais Ellen avait tendance à se rebiffer. Des rumeurs couraient forcément sur son compte comme sur celui de Nick, et ces bruits ne manquaient pas de provoquer des disputes de gosses entre mes copains et moi.

On les voyait ensemble, ma sœur et Nick, jour après jour, tous les soirs. Ils s'asseyaient côte à côte à la pâtisserie, se promenaient la main dans la main dans le petit parc, s'éclipsaient tous les deux au cours des réunions. Une nuit, au début de septembre, Ellen ne revint pas de son rendez-vous avec Nick.

La voix vibrante de colère de mon père me réveilla en pleine nuit. Il téléphonait chez les Murdock et parlait à Nick. Nick déclara qu'Ellen et lui s'étaient disputés pour un motif futile et qu'elle l'avait quitté furieuse. Il ignorait absolument où elle pouvait se trouver.

Mon père appela la police et le lendemain matin il parla encore une fois à Nick. Ma sœur ne revint pas chez nous ce jour-là, ni la nuit suivante.

Le lendemain, on retrouva son corps dans la rivière.

Quand se répandit la nouvelle qu'elle était enceinte, toute la ville comprit ce qui s'était passé.

Nick Murdock, l'aventureux et indomptable Nick, ne l'aurait pas épousée. Il ne voulait pas, à dix-sept ans, s'encombrer d'une femme et d'un enfant. Et Ellen n'aurait jamais osé avouer à ses parents ce qui était arrivé. Elle eût préféré mourir plutôt que de leur révéler la vérité... et elle était morte.

Pour moi, Nick était responsable du malheur.

Avant le drame, je n'avais jamais réalisé tout ce que ma sœur était pour moi et je le découvrais maintenant. Je découvrais aussi ce qu'on peut ressentir en entendant son père pleurer, en voyant sa mère vieillir, se tasser et vous regarder avec des yeux noyés de chagrin.

J'avais soif de vengeance. Quel garçon de quinze ans n'aurait pas réagi comme moi ? Je m'imaginais torturant Nick Murdock. Je me voyais tirant sur lui, le coupant en morceaux, l'étranglant. Je ne cessais, jour et nuit, de rêver de le faire souffrir et mourir lentement dans les tourments, pour le punir de ce qu'il avait fait.

En novembre, j'appris que nous allions quitter la ville. Mes parents étaient incapables de supporter plus longtemps leur détresse et le scandale provoqué par la mort d'Ellen. Mon père, pour sa part, ne voulait plus travailler chez M. Murdock. Il avait trouvé un autre emploi dans le sud de l'Etat, et c'était là que nous devions nous rendre.

J'étais satisfait, sauf sur un point. Ce changement allait m'éloigner de Nick et toute possibilité de vengeance s'en trouverait retardée indéfiniment.

Je me rappelle très bien le jour du déménagement. Il faisait un froid vif, car l'automne venait rapidement. Le Thanksgiving Day (1) était proche et des feuilles mortes jonchaient le sol en nappes rousses. L'entreprise de

_____

(1) Thanksgiving Day (Jour d'action de grâces). Fête célébrée aux Etats-Unis le 4e jeudi de novembre. (N.d.T.)

déménagement avait été retardée et n'arriva que dans l'après-midi. Il faisait presque nuit quand les hommes eurent terminé leur travail, et mon père décida que nous coucherions dans un motel à la lisière de la ville et qu'on se mettrait en route le lendemain de bonne heure.

Après un dîner tardif dans la salle du motel, je résolus de faire un tour dans la vieille ville, pour la voir encore une dernière fois. A cette heure avancée, les rues étaient désertes et la nuit s'annonçait glaciale. Je ne tenais à rendre visite à personne. J'avais déjà dit au revoir à mes copains et le souvenir d'Ellen occupait toutes mes pensées.

La route que je suivais en retournant au motel longeait en partie la maison des Murdock.

Peut-être avais-je projeté, sans en être pleinement conscient, de passer de ce côté. Si je pouvais seulement, avant mon départ, faire quelque chose, quelque chose pour venger ma sœur...

Je traversai en silence la vaste pelouse de la propriété des Murdock, m'efforçant d'éviter les feuilles mortes pour ne pas faire le moindre bruit. Quelques lumières brillaient dans la maison, mais je ne vis personne. Je fis le tour du bâtiment et là, à l'arrière, se dressait la tente.

La tente était à peine visible dans l'obscurité. Mais en me rapprochant aussi silencieusement que possible, je distinguai une lueur qui provenait du rabat de toile servant à masquer l'ouverture.

Je m'approchai encore plus près. Si j'allais y trouver Nick ? Que ferais-je ? Que *pouvais*-je faire à celui qui avait causé la mort de ma sœur ?

Parvenu à l'entrée de la tente, je regardai par une petite fente au bord du rabat. J'y voyais très mal : de vagues formes noires et, près du sol, une faible lumière. Le rabat n'avait pas été complètement attaché. Deux cordonnets, près du bas, le maintenaient fermé. Je me baissai et les détachai très facilement.

Sans faire le moindre bruit, je pénétrai sous la tente. Maintenant, j'y voyais plus clair : je distinguais une table, sur laquelle était posé un réchaud, et plusieurs lampes éteintes. Sur un des lits de camp se trouvait le sac de couchage de Nick, et quelqu'un était pelotonné au fond, immobile.

La clarté provenait d'un poêle à essence posé sur le sol vers le milieu de la tente. Sa hauteur était d'environ cinquante centimètres et il émettait un très léger sifflement. Il devait contenir environ cinq litres de combustible.

Je ne sais combien de temps je suis resté là, debout, le regard fixé sur le sac de couchage, haïssant Nick et pensant à ce qu'il avait fait à ma sœur, à mes parents et à moi ; pensant aussi à ma résolution de le faire expier et aux moyens d'y parvenir un jour.

Soudain, mes rêves de vengeance me parurent enfantins et futiles. En réalité, je n'aurais jamais assez de cran pour accomplir ce que je voulais faire. Je n'étais qu'un gosse de quinze ans, plein d'amertume et sans force ; le moment était venu de sortir de la tente, de revenir au motel et d'oublier Nick Murdock. Je me retournai pour partir.

A cet instant, ne pensant absolument à rien, je m'emparai du poêle et le jetai violemment à terre, tout près du lit de Nick.

L'effet fut explosif et aveuglant. A l'instant même où les flammes jaillirent par-dessus le lit, j'opérai une volte-face et me précipitai hors de la tente. J'avais fait à peine une douzaine de pas lorsque j'entendis des hurlements et sentis derrière moi le souffle brûlant de l'incendie. Les arbres paraissaient animés par des reflets ardents. La lueur rouge du brasier et les cris semblaient me pousser vers la nuit.

Je me retrouvai marchant sur la route, d'où j'apercevais devant moi les lumières du motel. Je me répétais *que ce n'était pas arrivé, qu'il ne s'était rien passé.*

Depuis cette nuit-là et pendant des années, j'ai tenté de me persuader que je n'avais pas réellement assouvi ma vengeance, que je n'avais vraiment fait du mal à personne et que cette nuit n'avait été qu'un cauchemar, mais l'oubli n'était jamais venu. Quelques jours après notre arrivée dans notre nouvelle demeure, ma mère reçut une lettre d'une de ses amies. Je l'entendis dire à mon père : « Il s'est passé un drame affreux chez les Murdock... » Je n'écoutai pas la suite. Je me hâtai vers ma chambre, me jetai sur mon lit, où je restai couché, couvert d'une sueur froide.

Cela n'est pas arrivé ! Il ne s'est rien passé !

Et pourtant, c'était arrivé. J'avais commis un meurtre en même temps qu'une erreur. Et maintenant, après toutes les années passées, je me trouvais assis dans un bar à l'ambiance détendue, dégustant un whisky à côté de celui que j'avais cru tuer, parlant du bon vieux temps et de nos anciens amis. J'avais beau tenter de détourner notre conversation de la mort de Jerry, Nick insistait pour y revenir, comme s'il était aussi obsédé que moi par cette lointaine nuit d'automne.

— Tu sais comment était Jerry, dit-il, nos têtes proches l'une de l'autre. Le vrai type du petit frère, je suppose. Il voulait toujours faire la même chose que moi, tu t'en souviens ?

— Oui, je m'en souviens.

— Et moi, son grand frère, j'étais toujours prêt à le rabrouer. Il tenait à dormir avec moi sous cette maudite tente et je persistais à refuser. Quand mes parents avaient été tentés de lui céder, je les avais mis en garde au sujet des lampes à essence et des autres appareils, en les avertissant que l'endroit n'était pas fait pour un gosse tel que Jerry. Evidemment, ce n'était qu'une excuse, afin de ne pas l'avoir dans les jambes. Mais, étant donné ce qui s'est passé, j'avais mille fois raison.

— Oui, dis-je d'une voix sourde, tu avais raison.

— Il faisait assez froid cette nuit-là, poursuivit-il comme si je n'avais pas répondu, et ma mère avait insisté pour que j'emporte un poêle dans la tente, si j'étais décidé à y rester. Alors, juste avant la fermeture des magasins — c'était un vendredi et ils restaient ouverts assez tard —, je me suis rendu en ville pour en acheter un. A mon retour, je l'ai rempli d'essence et je l'ai placé sous la tente afin de la réchauffer. Puis, je suis rentré dans la maison.

« Nous pensions que Jerry était monté se coucher, et peut-être l'avait-il fait. Mais je crois qu'il avait jugé l'occasion propice et, s'étant glissé dehors, il s'était installé sous la tente. Il comptait y dormir avec son grand frère. Pour une fois peut-être, son grand frère ne lui dirait pas de ficher le camp. Pour une fois peut-être... »

Nick me fixa de ses yeux bleus et froids. Son visage n'exprimait absolument rien.

— Quand j'ai entendu ses cris, je suis resté un instant comme pétrifié dans la salle de séjour. Puis, je me suis élancé par la porte de derrière et je l'ai vu s'échappant en flammes de la tente embrasée... Craig, depuis cette époque-là, j'ai vu des hommes mourir par le feu. Je les ai vus brûler vifs pendant la guerre, dans le Pacifique, en Corée et au Vietnam. J'ai même pris des photos d'hommes en flammes. Mais mon propre frère, mon petit frère...

Par bonheur, un de ses amis passait à ce moment et Nick se détourna pour bavarder avec lui. J'avais extrêmement chaud et j'étais à court de souffle, comme si une crise cardiaque m'avait frappé. Je commandai une deuxième tournée et, pour moi, un grand verre d'eau.

Après avoir repris sa place au comptoir du bar, Nick prit son verre sans dire un mot et je pensai avec soulagement qu'on en avait fini avec la mort de Jerry, mais je me trompais.

Nick regarda dans son verre, comme s'il cherchait quelque révélation dans les petits cubes cristallins, et se mit à rire doucement.

— Tu as dû me haïr terriblement, dit-il.

Stupéfait, je le regardai.

— Que veux-tu dire ?

— Tu le sais bien. Tu n'as pas oublié, pas plus que moi. Tu te souviens très bien du bruit qui courait, selon lequel j'étais responsable de la grossesse de ta sœur — et que j'avais refusé de l'épouser.

Je sentis dès ce moment entre nous une tension singulière.

— C'est de l'histoire ancienne, dis-je. Cela s'est passé il y a tant d'années.

— Mais tu as certainement dû me détester, insista-t-il. Si j'avais été à ta place, j'aurais essayé de te faire payer pour ce qui était arrivé à Ellen. Craig, sais-tu ce que j'aurais fait ?

— Nick, franchement, cela m'importe peu.

— Mettre le feu à la tente était une des choses possibles. Peut-être aurais-je été tenté d'y faire brûler vif Nick Murdock. Evidemment, Jerry Murdock aurait pu être brûlé par erreur. Mais j'aurais peut-être estimé que la vie d'un frère contre celle d'une sœur était un échange équitable.

— Tu es fou ! m'exclamai-je. Tu parles comme un insensé ! Cela remonte très loin.

— Il semble que c'était hier, n'est-ce pas ?

Son attitude était toujours aisée et amicale, et il souriait même légèrement. Il sortit son paquet de cigarettes. Je refusai celle qu'il m'offrait. Il en prit une et l'alluma.

— Dis-moi donc une chose, reprit-il. Comme tu viens de le faire remarquer, c'est de l'histoire ancienne. Alors, par simple souci de la vérité, dis-moi : as-tu tenté de me tuer cette nuit-là, pour régler nos comptes ?

Je m'efforçai de rire.

— Après tant d'années, tu me demandes...

— Oui, après tant d'années, en effet, et si tu ne veux pas répondre nettement, dis-moi ceci : comment savais-tu que j'avais mis un poêle à essence sous la tente ?

— Mais, tu viens toi-même de dire...

Je m'arrêtai net, en me rappelant que c'était *moi* qui avais parlé du poêle le premier. Il avait, par la suite, précisé qu'il l'avait acheté la nuit même de l'incendie. Sauf par un concours de circonstances très improbable, je ne pouvais avoir eu connaissance de ce détail.

— Eh bien, dis-je avec embarras, j'ai simplement supposé…

— Tu n'as rien supposé du tout.

— Nick, ce n'est pas sérieux. Après tout ce temps passé, comment peux-tu t'attendre à ce que je me souvienne exactement de l'équipement…

— Je suis on ne peut plus sérieux, Craig, dit-il, en remuant les morceaux de glace et continuant à sourire. J'ai réfléchi mille fois à tout ce qui pouvait avoir un lien, même ténu, avec cette nuit-là, et je pense que tu as fait exactement ce que j'aurais fait moi-même. Je crois que tu t'es glissé sous la tente et que tu…

— Je me fous de ce que tu peux penser, l'interrompis-je sèchement. Je n'ai pas tué ton frère, et si c'est là ce que tu crois, eh bien…

Entraîné par mon exaltation, j'ai prononcé à ce moment les mots les plus stupides de toute ma vie. J'ai dit la seule chose que je n'aurais jamais dû dire :

— Tu ne peux rien prouver.

Nick me regarda vivement et son sourire s'effaça. Je remarquai pour la première fois qu'il transpirait autant que moi. Son visage était luisant.

— C'est juste, dit-il au bout d'un moment. Je ne puis rien prouver. Pas plus que tu ne pourrais prouver que c'est moi qui avais mis ta sœur dans cet état. Mais toi et moi n'avons nul besoin de prouver quoi que ce soit, n'est-ce pas, Craig ?

Je le dévisageai sans pouvoir trouver de réponse. Ses yeux bleus et cruels avaient quelque chose de fascinant.

Soudain, il s'écarta de moi en riant :

— Mon vieux, si tu voyais la tête que tu fais !

— Tu m'as pour ainsi dire accusé de…

— Quand on te mène en bateau, tu ne t'en rends pas compte ? Tu ne comprends donc pas la plaisanterie ?

— Une plaisanterie ! C'est là ta façon de plaisanter !

Si je n'avais pas été si ému, je l'aurais frappé.

— Tu n'as jamais eu un grand sens de l'humour, reprit-il avec un petit rire. Mais, ainsi que tu me l'as dit, comment pouvais-je m'attendre à ce que tu te souviennes exactement de tout l'équipement de la tente ? Et si je croyais que tu as tué Jerry, je ne serais pas idiot au point de t'avertir de mes soupçons, n'est-ce pas ?

Il vida son verre et descendit de son tabouret.

— Eh bien, je te reverrai un de ces jours, Craig, je te reverrai ; tu n'auras pas encore vingt ans à attendre.

Il me fit un large sourire.

— Oui, mon vieux, tu peux m'en croire.

Je n'ai pas revu Nick depuis ce jour. Peut-être m'avait-il « mené en bateau » comme il le disait, mais je n'en crois rien.

Non, j'ai changé au cours des années, et maintenant je ne pourrais absolument pas tuer un homme ; Nick Murdock, lui, n'a pas changé.

Nick peut.

Not the killer type.
Traduction de F. W. Crosse.

L'ULTIME BOBINE

par John Lutz

Comprenez-moi bien, Spiedo n'est pas un mauvais bougre ; disons simplement qu'il est un tantinet ballot, même quand il n'est pas camé. Je me rappelle le soir où tout a commencé : assis sur la plage, nous regardions le Pacifique déferler sur la côte californienne et se briser en millions de bulles blanches. Spiedo commençait à descendre de son paradis artificiel ; le dos voûté, les genoux remontés jusqu'au menton, les bras autour des genoux, il contemplait l'océan.

— Joli, non ? dis-je, le regard perdu dans la même direction imprécise.

Spiedo haussa les épaules. La brise nocturne agitait sa barbe.

— Si tu t'en tiens aux apparences, oui. C'est pareil pour beaucoup de choses : tu trouves ça joli jusqu'au moment où tu réfléchis à ce qu'il y a derrière. Cet océan grignote le rivage, il le dévore... il mâche la Californie ! Si tu regardes de près, tu verras les dents !

Je n'accordais pas beaucoup d'attention à ce genre d'inepties. Spiedo tenait souvent cette sorte de langage quand il redescendait sur terre, et il voyait toujours des dents aux endroits les plus invraisemblables. Parfois, il lui arrivait — sans raison — de se croire attaqué ; il frappait le premier et ça faisait mal à celui qui écopait. Certains jours, Spiedo était comme ça : moche, efflanqué et hargneux.

271

J'avais rencontré Spiedo à Frisco ; il créchait à un endroit appelé Zodiac Manor, une vieille baraque occupée par deux douzaines de hippies et visitée par les flics une fois par semaine. Ayant décidé que le coin ne nous plaisait pas, nous avions pris nos cliques et nos claques pour nous installer du côté de Los Angeles. Mais nous recommencions à avoir la bougeotte.

Sur la plage déserte, quelque chose de blanc planait au-dessus du sable et piquait vers nous en zigzaguant. Sur le moment, ça nous fit sursauter ; il n'y avait pourtant pas de quoi, puisque c'était simplement une feuille de journal pliée en deux. Lorsqu'elle passa devant nous, Spiedo abattit violemment son pied sur la feuille, la clouant au sol comme s'il voulait lui faire mal. Il la considéra un moment, puis il souleva son talon et se remit à contempler l'océan. La feuille de journal se déploya comme une voile gonflée par le vent et reprit son vol plané avec un bruit de papier froissé.

Spiedo se massa rêveusement le cuir chevelu, comme s'il se faisait un shampooing.

— J'ai un coup à te proposer.

— Je suis tout ouïe.

— Une collection de timbres et de bibelots.

— Pourquoi pas ? dis-je, conciliant.

Spiedo se renversa en arrière dans le sable, sous le regard des milliers d'étoiles étincelantes.

— King Murdoch, ça te dit quelque chose ?

— Et comment ! Le pirate de cinéma... Un fossile.

— C'était un acteur coté, autrefois, reprit Spiedo. Il avait toutes les filles qu'il voulait. Tout le pognon qu'il voulait, aussi.

— Et alors ?

— Alors il a investi tout son fric dans une collection de timbres et de bibelots, des petites choses faciles à écouler. Et il est parti hier pour l'Europe.

— Comment le sais-tu ?

— Le journal m'a renseigné.

272

Voilà ce qui me fait dire que Spiedo est un tantinet ballot — mais un tantinet seulement. Il avait lu cette feuille de journal au clair de lune, alors que moi je croyais qu'il se remettait de son « trip ». Il y avait toujours une moitié de Spiedo qui agissait de façon imprévisible.

— Si je comprends bien, dis-je, tu veux profiter de son absence pour voler ses timbres et ses bibelots.

Il acquiesça.

— Tout juste. On cherche où il habite, on entre et on se sert. Comme pour le politicien à qui on a volé tout son whisky, à Frisco.

Je me souvenais de ce cambriolage-là, et de quelques autres.

— Je ne sais pas, dis-je, pensant au couteau que Spiedo trimbalait en permanence à son mollet.

— Allons, c'est décidé, trancha-t-il. Demain soir, nous nous lançons dans cette distrayante et lucrative expédition. C'est une occasion unique, mon pote !

L'excitation de Spiedo me gagna.

— D'accord, dis-je. Nous nous renseignons demain sur l'adresse et nous y allons.

— Regarde là-bas, Graham, dit-il soudain en levant la tête.

Il m'indiquait du doigt quelques lumières qui brillaient au large.

— Un fumier qui se la coule douce à bord de son yacht, gronda-t-il. Un fumier qui a cinq comptes en banque, alors que la plupart d'entre nous n'ont rien ! Ça me donne envie de dégueuler !

— Qu'est-ce qui te dit que ce n'est pas tout simplement un bateau de pêche ? demandai-je.

— Je le *sais* ! dit-il, le visage éclairé par la lune.

Au bout d'un moment, il soupira, déplia sa maigre carcasse et épousseta ses vêtements, les doigts raidis.

— En attendant, dit-il, cherchons un autre endroit pour dormir. Il y a des choses qui bougent dans ce sable.

Je me levai à mon tour et nous remontâmes la plage en

direction de notre guimbarde. La brise marine, dans notre dos, plaquait nos chemises contre la peau et nous poussait doucement en avant.

Nous découvrîmes sans mal l'adresse de King Murdoch par l'intermédiaire d'une agence de tourisme. On nous montra même un cliché de l'endroit : une immense propriété isolée, perdue au fin fond de la vallée. Vous auriez dû voir la tête de Spiedo quand il vit la photo. Pas de doute, la baraque devait bien valoir son quart de million de dollars ! Un tas de haies et de grands arbres — qu'on ne se serait pas attendu à voir pousser là — formaient une sorte de clôture. Au total, c'était l'endroit idéal pour le projet que nous avions en tête. Je me pris à penser que, finalement, l'opération avait peut-être des chances de réussir.

— Et si jamais il y a un gardien ? demandai-je à Spiedo en sortant de l'agence.

— Un gardien ?

— Ouais, un type chargé de surveiller la maison en l'absence de King Murdoch. On ne s'envole pas pour l'Europe en abandonnant une piaule pareille.

Nous nous dépêchâmes de traverser au vert.

— Tu ne connais pas ces gens-là, m'assura Spiedo. L'argent n'a pas la même valeur pour eux que pour le commun des mortels. D'ailleurs, Murdoch n'est pas parti en avion mais en bateau à vapeur.

Je me sentis encore mieux. Cette précision achevait de me tranquilliser.

— D'autre part, reprit Spiedo en avançant par petits bonds sur le trottoir, la maison est tellement grande qu'il lui faudrait une douzaine de gardiens pour nous surprendre en flagrant délit.

Ce soir-là, après avoir pompé l'essence d'une autre voiture, nous prîmes notre tas de ferraille — dont le réservoir était aux trois quarts plein — et nous dirigeâmes vers la vallée. Je revois le paysage tel qu'il m'apparut alors

274

à travers le pare-brise : les nuages bas que les rayons du soleil couchant teintaient de pourpre et les collines ondoyantes qui se succédaient au loin, toutes de couleurs différentes. Je me rappelle avoir pensé que c'était beau. Bon sang, je peux vous assurer que je regrette aujourd'hui le voyage !

Mais ce soir-là, je me sentais bien, fichtrement bien. Le sang courait dans mes veines et mon cerveau crépitait comme un feu d'artifice.

La bicoque de King Murdoch aurait difficilement pu être plus isolée — et elle était plongée dans l'obscurité. Un petit mur en briques, couvert de lierre et surmonté d'une espèce de grille en fer, courait tout autour de la propriété. Spiedo gara la voiture à l'abri d'un bouquet d'arbres et éteignit les phares ; après quoi, nous examinâmes plus attentivement la baraque. C'était une maison à un étage, bâtie sur un petit promontoire ; les pignons paraissaient drôlement hauts sur le fond complètement noir du ciel. L'œil aux aguets, nous attendîmes jusqu'à minuit passé.

— Rien ne bouge, dit enfin Spiedo en se caressant la barbe. Autant y aller maintenant.

Je descendis de voiture sans répondre, en laissant la portière entrouverte de quelques centimètres. J'avais remarqué que Spiedo portait son long couteau à la ceinture alors qu'il le fixait d'habitude à son mollet. Lors de nos précédents cambriolages, nous étions toujours tombés sur des maisons désertes ; mais Spiedo ne se séparait jamais de son couteau. Je savais qu'au fond, il souhaitait se trouver un jour nez à nez avec quelqu'un... et c'était là ce que je redoutais.

Nous traversâmes la pelouse enténébrée, lui devant et moi derrière. Sans la moindre hésitation, nous escaladâmes vivement le petit mur, puis la grille, et nous sautâmes de l'autre côté. Spiedo haletait. Malgré l'obscurité, je pus constater qu'il souriait.

— Comme une grosse fraise qui attend d'être cueillie, dit-il.

L'un derrière l'autre, nous nous dirigeâmes vers la sombre silhouette de la maison et nous montâmes sur une terrasse donnant sur un vaste patio. Je distinguai à peine, sur notre gauche, la surface noire et vaguement luisante d'une immense piscine. Le plongeoir qui la surplombait ressemblait à un échafaudage.

Spiedo jeta un rapide coup d'œil alentour et, à l'aide du manche de son couteau, brisa l'un des carreaux de la porte-fenêtre. Il passa le bras à travers la vitre cassée et libéra le loquet. Nous entrâmes à la hâte, comme si nous cherchions à nous abriter de la pluie.

Il faisait aussi noir que dans un four. Tous les deux en même temps, nous sortîmes nos petites lampes de poche, qui projetèrent un mince faisceau lumineux à travers les ténèbres.

— Et maintenant, dit Spiedo d'une voix excitée, cherchons cette collection de timbres.

Il ne jugea pas utile de mentionner les bibelots, puisque nous en voyions déjà quelques-uns à la lumière de nos torches : une douzaine de petites figurines en verre — essentiellement des nains et des animaux difformes — disposées sur une large étagère. Tandis que je suivais Spiedo dans le long hall d'entrée, je ressentis pour la première fois un certain malaise. Quand j'y repense maintenant, avec le recul, je pense que j'étais surpris de voir que tout se passait aussi bien. Ça ne paraissait pas normal.

— Hé ! dit Spiedo, on peut aussi bien allumer. Il n'y a personne à mille kilomètres à la ronde.

Il actionna l'interrupteur de la pièce dans laquelle nous venions d'entrer. C'était une immense salle. D'autres bibelots étaient exposés dans une grande vitrine ; un vieux secrétaire se dressait dans un coin, ainsi que des bibliothèques richement sculptées qui auraient presque touché le plafond d'une pièce de dimensions normales.

— Trouvons d'abord les timbres, dit Spiedo. Ensuite, nous regarderons le reste.

— Les timbres sont en haut, dans un coffre, dit une voix derrière nous.

Cette voix nous cloua littéralement sur place, vous pouvez me croire ! Que se passait-il donc ?

Nous nous tournâmes avec lenteur, et je me mis à trembler de tous mes membres. Vêtu d'un smoking rouge, King Murdoch se tenait sur le seuil ; il arborait ce sourire mauvais que je me rappelais l'avoir vu faire si souvent à l'écran quand j'étais gosse. Il tenait dans sa main droite une longue épée à côté de laquelle le couteau de Spiedo semblait tout juste bon à étaler le beurre.

— Nous... euh... nous jetions simplement un coup d'œil, bredouilla Spiedo.

— Non, dit Murdoch d'un ton amical, vous êtes venus me cambrioler, parce que vous pensiez que j'étais en Europe et que la maison serait déserte. L'appât du « voyage en Europe » attire toujours les gens comme vous.

Spiedo recouvra un peu de son sang-froid :

— Je ne vous suis pas, dit-il. Nous avons frappé à la porte et, comme ça ne répondait pas, nous sommes entrés jeter un coup d'œil. On croyait que la baraque était abandonnée.

— Ne perdez pas votre temps en vains mensonges, déclara King Murdoch avec une emphase tout hollywoodienne. Nous vous attendions.

Je finis par retrouver l'usage de ma voix :

— Nous ?

A cet instant, quelqu'un apparut derrière King Murdoch. Je faillis tomber à la renverse en le voyant : c'était Otto Koph, le célèbre acteur de cinéma spécialisé dans les rôles de généraux nazis. Quatre ou cinq autres personnes entrèrent à leur tour dans la pièce, et je me souvins d'avoir vu à l'écran, longtemps auparavant, leurs figures patibulaires. Il y avait là Basil Kane, le gros Roger Spade et Gorvana — pour nommer ceux que je reconnus en quelques secondes. Gorvana, avec son visage décharné, me déconcerta un peu car elle mâchait du chewing-gum, chose que je ne l'avais jamais vue faire dans les films d'horreur où elle incarnait des vampires.

Otto Koph était vêtu d'une longue robe de chambre noire. Il sortit d'une de ses poches un pistolet qu'il braqua sur nous.

— Ils feront parfaitement l'affaire, ricana-t-il de sa voix gutturale.

Gorvana me dévisagea, un sourire affamé sur les lèvres : on voyait le blanc de ses yeux tout autour des pupilles. Elle n'avait pas besoin de ricaner pour m'effrayer.

Quatre hommes se détachèrent du groupe et s'avancèrent vers nous. Sans nous laisser le temps de lever le petit doigt, ils nous ligotèrent les mains derrière le dos et nous installèrent sur un long divan, en nous attachant les chevilles aux pieds du canapé.

— De quel droit faites-vous ça ? protesta Spiedo d'une voix chevrotante. Qu'est-ce qui se passe dans cette baraque ?

— Disons que nous formons un petit club, répondit King Murdoch avec son fameux sourire sardonique. De temps à autre, nous insérons dans les journaux des petites annonces susceptibles d'attirer les gens comme vous dans une riche demeure déserte.

— Vous voulez dire que toutes les stars de cinéma sont dans le coup ? m'écriai-je, incrédule.

— Oh ! non, non, ricana Murdoch. Ne donnons pas mauvaise réputation à Hollywood. Nous ne sommes que huit à appartenir à ce club — huit célèbres « méchants », si je puis me permettre de le dire.

L'air de rien, il se tourna afin de présenter son meilleur profil.

— Je dois néanmoins préciser qu'à une certaine époque, j'ai tenu d'autres emplois, des rôles romantiques.

— Bon, dit Spiedo, qu'est-ce que vous comptez faire, maintenant ? Prévenir les flics ?

— Ach ! fit Otto Koph d'une voix épaisse. Ce que nous allons faire, c'est jouer à notre petit jeu. C'est la raison d'être du club.

— Quel jeu ? questionnai-je, conscient de trahir mon effroi.

Basil Kane m'observait fixement de ses yeux caves et Gorvana souriait tout en mâchonnant en cadence. Lugubre !

— Vous êtes-vous déjà demandé combien de fois nous avons dû mourir à l'écran ? demanda King Murdoch. A nous huit, nous avons trépassé de mort violente cent quarante-neuf fois, tandis que le héros ou l'héroïne restaient vivants pour toucher la récompense.

— Vous rendez-vous compte, jeune homme, à quel point cela peut être lassant ? renchérit Otto Koph.

— Et alors ? dit Spiedo.

Son insolence me stupéfia.

— Nous avons donc fondé ce petit club, reprit King Murdoch, afin de rejouer devant les caméras certaines des scènes qui nous plaisent le moins... en tenant des rôles légèrement différents, bien entendu.

Je me mis à trembler. Je me rappelais avoir vu plusieurs films de Gorvana — au moins trois — où on lui enfonçait un pieu en plein cœur.

— Hé, assez plaisanté ! protesta Spiedo. Vous n'allez quand même pas faire ça ? C'est impossible !

Mais ils se désintéressèrent de nous et se mirent à parler entre eux avec animation, comme s'ils se trouvaient à l'un de ces cocktails hollywoodiens qu'on voit au cinéma. Plusieurs d'entre eux s'approchèrent du petit bar où Roger Spade préparait des cocktails.

— Lançons les dés sans plus attendre, dit Otto Koph à Basil Kane.

Kane arbora son célèbre rictus de travers.

— Aujourd'hui, je ne participe pas. (Il ajouta d'un ton allègre :) J'ai gagné la dernière fois.

— C'est vrai ! s'exclama un homme dont le visage

m'était familier sans que je puisse pour autant mettre un nom dessus. Nous avons eu droit à la scène de guillotine sous la Révolution française !

Basil Kane eut un large sourire.

— Une séquence extraite de *La Dame de fer*, 1945. Un des films qui m'a rapporté le plus d'argent.

— C'est Waldo Jacobson qui l'a tourné, n'est-ce pas ? s'enquit une voix.

— En effet, répondit Basil Kane. Un excellent metteur en scène.

— Trop sous-estimé, déclara King Murdoch. Il m'a dirigé dans *La Tête qui marche*.

— Assez bavardé, intervint Otto Koph. Lançons les dés.

Il me jeta un regard que je n'oublierai jamais.

Les autres approuvèrent et se dirigèrent vers une petite table couverte d'un tapis vert, disposée au centre de la pièce. Spiedo et moi écoutâmes le cliquetis des dés et le bourdonnement de voix excitées.

Puis, au bout d'un quart d'heure environ, ils revinrent vers nous. Ils souriaient presque tous.

— J'ai gagné, déclara King Murdoch.

Il leva son verre de Martini d'un geste triomphant et pointa l'index vers Spiedo.

— Je choisis le grand. Quant à la scène, ce sera la dernière séquence de *Sang aux Caraïbes* !

— Superbe choix, approuva Otto Koph.

Ils hissèrent Spiedo sur ses pieds, sans tenir compte de ses protestations.

— Les costumes ! s'écria Roger Spade. Allons chercher les costumes de pirates !

Accompagné de l'homme au visage familier, il disparut par une porte à l'autre bout de la pièce.

— Ne t'inquiète pas, chéri, me chuchota Gorvana à l'oreille. Nous ne t'oublierons pas.

Je compris à sa voix brouillée qu'elle était ivre. Tandis qu'elle se redressait, l'un de ses bracelets métalliques en

280

forme de serpent glissa de son poignet décharné et tomba près de moi sur le divan. Je me déplaçai légèrement de façon à camoufler le bijou, puis je regardai les autres entraîner le malheureux Spiedo vers la porte du fond. King Murdoch suivit le mouvement, ne laissant que Gorvana pour me surveiller. Elle faisait des bulles avec son chewing-gum, le regard fixé sur moi ; de mon côté, je frottais l'arête du bracelet en argent contre les liens qui entravaient mes poignets. Combien de fois avais-je vu King Murdoch faire de même, dans ses premiers films ?

La corde était presque sur le point de céder lorsque les autres revinrent dans la pièce. J'interrompis mon manège et demeurai parfaitement immobile. King Murdoch était vêtu d'un flamboyant costume de pirate ; Spiedo, l'air terrifié, portait une tenue du même genre — mais un tout petit peu moins raffinée. Je dois reconnaître qu'avec sa barbe et le reste, il avait tout à fait l'allure d'un vrai pirate.

— Vous souvenez-vous de *Sang aux Caraïbes* ? interrogea King Murdoch. Notamment de cette séquence, à la fin, où je devais tenir en équilibre sur la planche, avec ma ceinture lestée de sacs d'or et mes lourdes bottes qui se remplissaient d'eau ?

Je remarquai alors, avec un tressaillement d'horreur, les sacs — apparemment lourds — accrochés à la ceinture de Spiedo et les grosses bottes évasées qu'il portait.

— A la piscine ! cria King Murdoch.

— A la piscine ! répéta joyeusement Otto Koph.

Il vida son verre d'un trait et le lança dans l'âtre, comme il le faisait dans *Hivers de Russie*.

Spiedo me jeta un regard implorant par-dessus son épaule, comme si je pouvais l'aider, puis les autres l'entraînèrent dans le patio.

— Venez, Gorvana ! — Tel un matamore, King Murdoch fit un ample geste du bras. — Celui-là ne s'échappera pas.

Gorvana me sourit et suivit les autres d'un pas dansant.

Une fois seul, je me remis fébrilement à attaquer mes liens.

Des bribes de conversations me parvenaient de la piscine : « Installez les projecteurs ! » « Cet angle-là me paraît meilleur ! » « Attention, nous n'avons droit qu'à une seule prise ! » Des rires accueillirent cette dernière remarque ; j'entendis ensuite des bruits indistincts, comme si on déplaçait du matériel. Soudain, la corde céda !

Je dénouai frénétiquement les liens qui m'entravaient les chevilles, puis je sortis de la pièce avec précaution et retournai à la porte-fenêtre que nous avions forcée pour nous introduire dans la maison. A l'instant où je me glissais dans la nuit, j'entendis crier : « Moteur ! » Tout en m'éloignant, je risquai un coup d'œil à travers la haie.

Les abords de la piscine étaient brillamment éclairés et les éclats de voix avaient fait place à un silence de mort. En redressant un peu la tête, je vis Spiedo et King Murdoch face à face sur le plongeoir ; Spiedo tournait le dos au bassin et à l'extrémité de la planche. Ils avaient tous les deux une épée à la main.

— Tu as pillé ton dernier navire ! hurla King Murdoch d'une voix claire et vibrante.

Le duel commença, et je m'aperçus que l'épée de Spiedo était en caoutchouc.

Juste avant de me laisser glisser de la terrasse pour regagner la voiture, je lançai un dernier regard en arrière. Spiedo décrivait des moulinets désespérés avec son sabre flexible ; il ne tenait plus sur le plongeoir que par la pointe de ses lourdes bottes. Soudain, en un geste théâtral, King Murdoch se fendit. La pointe de son épée ne fit sans doute que piquer Spiedo, mais celui-ci fut contraint de reculer. Il poussa un hurlement, ponctué d'un *plouf !* sonore. Après quoi, j'imagine que son pesant harnachement et les sacs lestés l'entraînèrent vers le fond, comme une masse de plomb. Tandis que je courais vers la guimbarde, j'entendis de nouveau Murdoch crier quelque chose, puis une salve d'applaudissements éclata.

Parfois, dans mon sommeil, je vois Gorvana se pencher sur moi en souriant et mâchant du chewing-gum ; elle tient à la main un pieu aiguisé et un énorme maillet. Elle brandit le maillet, frappe ! J'essaie de bouger, mais je suis ligoté... *ligoté !* J'entends un bruit horrible, impossible à décrire, suivi d'une salve d'applaudissements enthousiastes mais polis. Puis je me réveille, en nage.

J'ai bien pensé raconter toute l'histoire à quelqu'un — à la police, par exemple — mais je me trouverais du même coup impliqué dans un crime. De toute façon, personne ne me croirait... Personne ! Sauf vous, peut-être...

The final reel.
Traduction de Gérard de Chergé.

L'EXÉCUTEUR

par H. A. Derosso

Ce soir, il n'y en avait qu'un ; d'habitude, il y en avait plusieurs ; et, la première fois, il en avait eu vingt-trois à exécuter. Il avait mentionné ce chiffre à Tomasino, le Guide du peuple ; celui-ci avait répliqué en riant que le hasard faisait bien les choses : le mouvement avait été baptisé Mouvement du 23 avril, en commémoration du premier jour de la révolution. Mais, depuis un certain temps, les quantités diminuaient. Une nuit de la semaine passée, il y en avait eu sept, le chiffre record de ces quinze derniers jours. Cette nuit, pourtant, il n'y en avait qu'un.

Impatient, il attendait à côté du fourgon cellulaire qui devait conduire le condamné jusqu'au lieu d'exécution, sur une colline, non loin d'un point de vue d'où l'on découvrait la mer des Caraïbes, alors dissimulée dans la nuit. Bien que le panorama fût magnifique en plein jour, jamais il ne revenait en ces lieux une fois le soleil levé. Non pas par scrupules, se disait-il, mais tout simplement parce qu'il se sentait ordinairement très fatigué à ces heures-là. C'était la seule et unique raison, s'acharnait-il à se dire ; il ne ressentait plus ni regret ni mal du pays, il était maintenant chez lui à Cielo Azul. Un point, c'est tout.

Il jeta le bout de son cigare et l'écrasa du pied en pensant qu'il avait pris cette habitude au contact du Guide ; autrefois, il ne fumait que des cigarettes. Se le rappeler l'agaça un peu et le mit mal à l'aise. Tomasino faisait déjà l'objet de vives critiques, ici dans la capitale ; en ce moment, le Guide parcourait les provinces méridionales du pays, promettant des terres aux fermiers et de meilleurs salaires aux ouvriers des plantations, colportant son rêve de faire de la république de Cielo Azul une île à jamais débarrassée de la misère et du désespoir. Il est indéniable que les rêves ont leur utilité, mais des voix s'élevaient pour réclamer des mesures concrètes et non des paroles chimériques. Prenons le cas de Laramate : après avoir été l'un des plus ardents partisans de Tomasino de la Luz, il s'était retourné contre lui. Arrêté depuis lors, il attendait son procès en prison. Il serait sans aucun doute condamné à mort, et, une nuit prochaine, il lui faudrait conduire Laramate jusqu'à la colline dominant la mer des Caraïbes, puis le passer par les armes.

Il poussa un soupir et pendant un instant, un très bref instant, il regretta de ne pas être de retour chez lui aux Etats-Unis. Il se souvint qu'il y avait mené une existence minable tandis qu'ici, il avait été promu à une haute dignité : capitaine dans l'armée de Tomasino. On lui témoignait du respect, il inspirait même une certaine frayeur, car il était responsable des exécutions dans la capitale. Il avait donc décidé de devenir citoyen de Cielo Azul. Son avenir dans ce pays semblait des plus prometteurs.

Des bruis de pas résonnèrent sur l'asphalte de la cour ; il entendit le peloton d'exécution, qui suivait d'ordinaire le fourgon en jeep, se mettre au garde-à-vous. C'était enfin le geôlier suivi de deux gardes et du prisonnier. D'ici quelques minutes, tout serait terminé et peut-être verrait-il Maria Alba peu après. A cette pensée, il fut heureux qu'il n'y en eût qu'un cette nuit. La coutume voulait qu'on exécutât séparément les prisonniers, et plusieurs condamnés auraient fait traîner les choses en longueur.

Il fit signe au prisonnier, qui était vêtu d'un costume de bure, de monter dans le fourgon ; il y eut un moment de confusion pour savoir qui devait conduire le camion. Il se souvint alors que Rivera, le conducteur habituel, s'était fait porter malade ; il y avait un nouveau sergent. Mais quel était son nom ? Perez ou Gonzales ? Il désigna du regard un homme jeune et râblé, au visage bouffi, vide d'expression, d'une blancheur cireuse dans la semi-pénombre de la cour.

— Vous, dit le capitaine, quel est votre nom ?

— Gomez, *mi capitan.*

— Savez-vous conduire ?

— *Si,* répondit-il en arborant un large sourire qui découvrit deux rangées de dents très blanches et luisantes.

— Allez-y.

Gomez monta dans le fourgon. Le capitaine se dirigea vers la jeep ; il se glissa derrière le volant et, d'un coup d'avertisseur, donna l'ordre de démarrer ; il suivit le fourgon qui sortit de la cour et s'engagea derrière lui sur la route sinueuse conduisant à la colline.

Il fallait reconnaître une qualité aux habitants de ce pays, pensait le capitaine : la plupart savaient mourir. Pas un seul n'avait dû être ligoté et peu d'entre eux acceptaient d'avoir les yeux bandés. Il y avait même eu deux officiers endurcis de l'armée du dictateur déchu qui avaient crié eux-mêmes l'ordre de faire feu au peloton d'exécution. Un seul prisonnier s'était écroulé à genoux après qu'on l'eut adossé au mur criblé de balles, au-dessous de la lumière électrique. On l'avait fusillé dans cette position, gémissant, geignant. Mais ce fut exceptionnel. On eût dit que les conditions d'existence dans cette île, la misère, l'exploitation, la famine, les brutalités, avaient familiarisé la plupart de ses habitants avec la mort ; ils l'affrontaient avec une quasi-indifférence.

Ce soir, le prisonnier trébucha une fois en marchant vers le mur. Comme irrité par cette faiblesse passagère, il se redressa, et, la tête haute, parcourut les quelques mètres qui lui restaient à faire. C'était un homme frêle, dont les cheveux noirs grisonnaient. Il n'avait pas du tout l'allure d'un militaire, c'était probablement un prisonnier politique, pensa le capitaine en haussant les épaules. Peu lui importaient les raisons pour lesquelles ces hommes étaient exécutés. Son travail consistait à les fusiller, et il s'en tenait là. Il ne connaissait que très rarement le nom des prisonniers et il ignorait celui de cet homme.

Le prisonnier secoua la tête pour refuser le bandeau qui lui était offert. Le capitaine avait toujours dans sa poche de chemise un paquet de cigarettes américaines qu'il réservait aux condamnés ; le prisonnier en accepta une ; le capitaine la lui alluma, puis regagna sa place près du peloton d'exécution ; un instant, il resta le dos tourné au prisonnier pour lui accorder la faveur de quelques bouffées supplémentaires ; puis il fit volte-face et se tint droit comme une statue. Il était fier de la façon dont il hurlait ses commandements dans une langue étrangère.

— *Atencion ! Listo ! Apunten ! Tiren !*

L'écho de la fusillade mourut dans le lointain et fit place au silence, un silence si pesant qu'il engouffra toutes ses pensées, même celles concernant la scène qui venait de se jouer.

Le peloton d'exécution revenait toujours dans le fourgon tandis que le capitaine rentrait seul en jeep. Gomez, le nouveau sergent, l'observait avec un étrange sourire qui disparut dès que le regard du capitaine se posa sur lui.

— C'est tout pour aujourd'hui, dit le capitaine, reconduisez les hommes à la caserne.

Gomez salua.

— *Si, mi capitan.*

Le capitaine grimpa dans la jeep et démarra sans même attendre le fourgon. Il était impatient de s'éloigner au plus vite de cette colline ; dans peu de temps, il verrait peut-être Maria Alba. Il avait fait sa connaissance au *Flor de Oro,* un cabaret de l'Avenida Nacional, et, pour cette raison, elle occupait une place à part dans son cœur. Du temps de l'ancien dictateur, le *Flor de Oro* était réservé aux plus riches des touristes américains. Ça demeurait un établissement très élégant ; il y avait été admis de préférence à d'autres parce qu'il portait un uniforme et était responsable des exécutions. La peur, bien plus qu'une préséance quelconque, lui avait fait obtenir son admission ; cela le fit sourire. Ici, tout était différent de ce qu'il avait vécu aux Etats-Unis ; là-bas, il n'avait été qu'un raté.

Il s'assit dans une alcôve. La musique douce et les lumières tamisées y créaient une ambiance parfaitement intime. Tout serait parfait, si seulement elle se décidait à venir. A nouveau, il regarda sa montre et fronça le sourcil : c'était bien là sa façon d'agir. Elle était agaçante et même irritante, mais, il fallait bien l'admettre, extrêmement séduisante. Les yeux fermés, il songea à son parfum si délicatement suave. Il y songea tant et si bien que celui-ci sembla devenir réel. Il ouvrit les yeux : c'était bien son parfum qu'il respirait. Elle s'était glissée en silence dans l'alcôve et, assise en face de lui, elle l'observait, un léger sourire aux lèvres. Son sourire s'effaça, comme celui de Gomez s'était effacé, à l'instant même où il avait posé ses yeux sur lui. Pourquoi s'était-il rappelé ce détail ? Trop d'exécutions ? Il était impossible que ce fût cela. En estimant le nombre à environ deux cents, il considéra qu'il devait y être devenu insensible. Et pourtant, les hommes du peloton d'exécution ne cessaient de changer. Rivera, par exemple, s'était fait porter malade. Après tout, Rivera était peut-être écœuré par toutes ces exécutions ? Irrité, il chassa ces idées de son esprit.

Il ne pouvait jamais la regarder sans éprouver un battement de cœur. Elle était tellement excitante et troublante. Elle avait les cheveux noirs, les yeux violets et le teint olivâtre qu'ont la plupart des femmes de Cielo Azul, avec en plus un visage arrondi d'une beauté toute particulière.

En admiration devant elle, il ne prêtait qu'une oreille distraite à ses propos ; elle dut se répéter.

— Je disais que le procès de Laramate aurait lieu demain.

— Qui ?

Elle plissa légèrement les yeux.

— Vous ne m'écoutez donc pas ? Le procès de Ramon Laramate. Celui qui a trahi Tomasino.

Il éprouva l'ennui qu'il ressentait toujours chaque fois que quelqu'un soulevait un problème politique. Les habitants de ce pays prenaient la politique très au sérieux ; en son nom, ils se battaient et versaient leur sang. Cela ne ressemblait guère à l'apathie et à l'indifférence générale qui régnaient à cet égard aux Etats-Unis.

— Déjà ? fit-il.

— Il est en prison depuis deux semaines.

— Je n'aurais jamais cru qu'une personne aussi charmante que vous pût se mêler de politique.

— De politique ! fit-elle en écho. Je ne hais pas Laramate pour des raisons politiques.

Il la regarda avec un regain d'intérêt. Une inquiétude vague l'envahit, mais il n'y prêta aucune attention.

— Pourquoi donc haïssez-vous Laramate ?

— Une affaire personnelle : ma sœur. Il ne voulait pas l'épouser ; de désespoir, elle s'est jetée à l'eau et noyée.

Les yeux baissés, elle fixait la table d'un air grave et songeur. Puis elle les releva et le regarda bien en face.

— Si Laramate est condamné à mort, comme c'est à peu près certain, est-ce vous qui l'exécuterez ?

Il haussa négligemment les épaules.

— Je suppose que oui. Je suis responsable de toutes les exécutions qui ont lieu dans la capitale.

Il la regarda d'un air interrogateur.

— Connaissez-vous bien Laramate ?

— Très bien. Nous avons été très intimes.

Il la dévisagea avec froideur et dureté.

— Vous me dites avoir été très intime avec lui. Etait-ce... avant de savoir pour votre sœur ?

— Non, notre liaison n'a commencé que plus tard, bien plus tard. Quand je m'étais déjà juré de le voir mort.

— Mais... mais pourquoi donc ?

— Pour que je puisse le dénoncer devant un tribunal. Pour que je puisse apprendre des choses à son sujet dans le seul but de le faire condamner. Pour qu'il sache bien que c'est moi qui l'ai trahi au moment où il mourra.

— Est-il au courant de vos intentions ?

Elle se mit à rire, d'un rire aigu et métallique, presque inhumain.

— Il croit toujours que je suis amoureuse de lui, dit-elle, et qu'il m'épousera si par miracle il est acquitté.

Elle rit de nouveau.

— Quel plaisir je prendrai demain à son procès !

Etait-il possible qu'elle le haït à ce point ? pensa-t-il. « Je ne voudrais pas être haï de la sorte. » Il la regarda comme si elle était très loin de lui ; une soudaine tranquillité s'empara de lui, il devint incapable de penser à quoi que ce fût. Le rire de Maria Alba se fit grave et rauque, il n'y subsistait plus aucune trace de cruauté ni de férocité ; ses traits s'étaient adoucis, et le sourire séducteur qu'elle lui adressa était riche de promesses.

— Mais en voilà assez, changeons de conversation, il existe des sujets plus agréables, pas vrai *querido* ?

Querido, pensa-t-il, chéri. C'était la première fois qu'il l'entendait prononcer des paroles affectueuses. Son cœur s'emballa.

La jeune femme promena un regard ennuyé autour d'elle.

— J'en ai assez d'ici pour ce soir. Tout ce vacarme, ces conversations bruyantes et cette musique assommante !

Elle caressa des yeux son visage, sa voix se fit très douce.

— Connaissez-vous un autre endroit ? Un endroit où nous serions seuls tous les deux ?

**

Le matin suivant, il fredonna son nom à maintes reprises, en se levant, en se douchant.

Il demeura d'excellente humeur jusqu'à ce qu'il vît le journal du matin annonçant que ce jour même aurait lieu le procès de Ramon Laramate, accusé de trahison et de sédition. Une étrange anxiété le saisit et son sang se glaça comme s'il venait de respirer une bouffée d'air d'outre-tombe. Il chassa cette sensation d'un haussement d'épaules nerveux. Elle haïssait Laramate et elle ne serait certainement pas fâchée qu'il exécutât cet homme. Pourtant, il était curieux de savoir si elle avait effectivement dénoncé Laramate.

Le journal du soir le lui apprit. Sa photographie couvrait la première page ; la rage et la haine convulsaient ses traits au point de la rendre méconnaissable ; elle pointait un doigt effilé, déformé par la proximité de l'objectif photographique, proférant d'inaudibles imprécations. Il en fut quelque peu perturbé. Elle donnait l'impression d'être née dans un milieu aisé et sa conduite lors du procès ne s'accordait guère avec le raffinement de son éducation. Il se souvint alors que Cielo Azul venait de traverser deux années d'extrême agitation ; elle avait dû être témoin de nombreuses atrocités. Il y avait aussi le problème de sa liaison passée avec Laramate, et maintenant elle le dénonçait. Même le journal en faisait la remarque. Elle avait accusé Laramate d'avoir comploté de renverser Tomasino avec l'aide de l'ancien dictateur, aujourd'hui en exil.

— Il faudra que je sois prudent avec elle, se dit-il. Je m'arrangerai pour la rencontrer encore quelques fois, puis je la laisserai tomber. Je ne tiens pas à ce qu'elle me haïsse un jour.

Il rit de ses craintes. Il était capitaine dans l'armée de Tomasino de la Luz. On ne pouvait lui nuire ; il était à l'abri de tout danger. Et pourtant, Laramate n'avait-il pas été l'homme de confiance de Tomasino ? Oui, mais

Laramate avait critiqué le Guide pour son inaction et son incapacité à remettre sur pied l'économie du pays.

Lui, le capitaine, était différent. Il ne s'était jamais mêlé de politique et il n'avait toujours pas l'intention de le faire. C'était en qualité de soldat qu'il s'était engagé auprès de Tomasino et il se cantonnerait dans ce rôle.

Ce soir-là, le geôlier l'avertit qu'il n'y aurait pas d'exécution. Il y avait deux condamnés pour actes de barbarie, mais leur exécution avait été repoussée à la nuit suivante où l'on s'attendait à ce que Laramate fût passé par les armes. Son pourvoi en cassation devait être examiné le lendemain par une haute cour de justice ; mais il ne fallait pas espérer qu'elle changeât la sentence prononcée, Tomasino ayant publiquement déclaré que Laramate était coupable et devait périr.

— Alors, amusez-vous bien ce soir, mon capitaine, dit le geôlier en clignant de l'œil. Demain soir vous gagnerez votre salaire.

Il retourna à son hôtel et endossa un uniforme bien repassé puis il se rendit très tôt au *Flor de Oro,* sur l'Avenida Nacional.

Ce soir-là, elle était d'humeur maussade, peu bavarde. Elle fixait sur lui des yeux sombres et voilés. Après un long silence, elle demanda :

— Y a-t-il la moindre chance que Laramate puisse s'évader ?

— Aucune, la prison est bien gardée. Pas un seul prisonnier ne s'en est échappé depuis que nous en sommes responsables.

Il la dévisagea en plissant les yeux.

— Auriez-vous peur ?

Il ne put s'empêcher d'avoir un léger sourire en disant ces mots.

— Peur ! Mais peur de quoi ?

— Après tout, vous avez dénoncé Laramate. S'il venait à s'échapper, ne chercherait-il pas à se venger de vous ?

Elle agrippa son poignet, y enfonçant si profondément les ongles qu'elle se fit mal.

— Mais vous venez à l'instant de m'assurer que Laramate ne pouvait pas s'échapper.

— C'est vrai. Je voulais juste vous taquiner, *querida*.

Il posa sa main sur la sienne ; elle avait toujours ses ongles fichés dans sa chair.

— Partons d'ici. Allons chez moi.

— Avant de partir, dit-elle lentement, vous devez me promettre une chose.

Un malaise l'envahit. Il chassa aussitôt cette ridicule frayeur. Que pouvait-elle lui faire ? Le dénoncer ? Il ne s'était jamais mêlé de politique : il n'avait jamais proféré une seule parole à l'encontre de Tomasino ; il était plus fidèle au Guide que les natifs de Cielo Azul. Qu'aurait-elle pu lui faire ?

— Vous promettre quoi ?

— Qu'on m'accordera le droit de voir mourir Laramate.

Elle avait l'art et la manière de le prendre par surprise, de le rendre muet ; cela l'exaspérait. Il lui vint à l'esprit que c'était précisément son caractère imprévisible qui en faisait une femme aussi excitante à ses yeux. Mais il aurait parfois souhaité qu'elle fût un rien plus fade et conventionnelle.

— C'est tout à fait illégal : on ne doit admettre aucune personne étrangère aux exécutions. Au début, les criminels de guerre étaient fusillés publiquement, mais un tollé général s'éleva contre nous dans la presse étrangère. Vous savez, les photographies, les descriptions... Tomasino décida donc que toutes les exécutions se feraient en privé. Je suis désolé, mais c'est le règlement.

Elle retira la main de son poignet.

— Très bien, fit-elle en se levant, il faut que je parte maintenant. Bonsoir.

Il allongea le bras pour la retenir. La peur de la perdre lui étreignit douloureusement le cœur.

— Bonsoir ? Oubliez-vous que nous devons aller chez moi ?

Hautaine, méprisante, elle abaissa son regard vers lui ; elle semblait soudain très lointaine.

— J'ai cru que, peut-être, vous m'aimiez. Il est évident que je me suis trompée ; vous refusez de m'accorder la plus petite faveur.

— Maria Alba, dit-il d'une voix implorante.

— Je vous interdis de prononcer mon nom.

Elle s'emporta contre lui dans un brusque accès de rage.

— Ne m'adressez plus jamais la parole ! Bonsoir.

— Je vous en prie ! dit-il en s'opposant à ses efforts pour lui faire lâcher prise. Ne soyez pas fâchée contre moi. Je vous en prie, Maria Alba ! Je ferais n'importe quoi pour vous. Mais ce que vous me demandez est contraire au règlement.

Elle essaya à nouveau de se dégager de son étreinte.

— Non, attendez, dit-il alors. Je vais voir ce que je peux faire.

Elle cessa de se débattre, braquant sur lui des yeux froids et calculateurs.

— Ce n'est pas suffisant. Il faut que je sache, une fois pour toutes, si je le verrai mourir.

Il respira profondément ; son souffle s'étrangla dans sa gorge.

— D'accord. Je vous le promets. Vous le verrez mourir.

*

— Voyons, qu'est-ce qui me prend ? pensa-t-il. Je n'ai jamais été dans un tel état auparavant.

Il semblait affolé et à bout de nerfs ; pour un peu, on eût dit qu'il craignait de voir des ombres menaçantes surgir des profondeurs obscures de la cour. Il alla s'assurer que tout était bien en ordre. Il avait dit à Maria Alba de l'attendre sur le bas-côté de la route menant à la colline. Une fois tout terminé, il ferait jurer au peloton d'exécution de garder le secret. Nul doute qu'ils lui obéiraient : il était leur capitaine, et tous tremblaient devant lui.

En pensant au peloton d'exécution, il avait machinalement tourné les yeux vers eux. Ils s'attardaient autour de la jeep, attendant que le geôlier fît sortir les prisonniers. Le capitaine n'en reconnut qu'un seul : le robuste sergent Gomez. Tous les autres lui étaient inconnus. Ces derniers temps, les changements au sein du peloton étaient devenus extrêmement fréquents. L'enthousiasme frénétique qui avait suivi le renversement du dictateur n'existait plus ; les soldats répugnaient maintenant à servir dans le peloton d'exécution. Etait-ce pour la même raison que son cœur était ce soir en proie à un tel dégoût ? Finissait-il par ne plus supporter ces tueries ? Avait-il perdu le désir d'être responsable des exécutions ? Il pesta entre ses dents, en se disant qu'il n'en était rien.

C'était elle qui le rendait nerveux ; il craignait nullement les conséquences que pourrait entraîner sa présence à cette exécution, si d'aventure on venait à l'apprendre. C'était quelque chose d'autre : il éprouvait horreur et répulsion à l'idée qu'elle voulût à tout prix voir mourir Laramate. « Je n'aurais jamais cru qu'on pût haïr à ce point », se dit-il. Il secoua la tête et décida de rompre avec elle plus tôt qu'il ne l'avait prévu. Il poussa un soupir de soulagement quand enfin parut le geôlier suivi des gardes et des prisonniers. Sans dire un mot, il leur fit signe de monter dans le fourgon. Cette nuit, ils étaient trois. Les deux condamnés pour atrocités ne le regardèrent pas, seul Laramate lui décocha un regard haineux avant de se hisser dans le fourgon.

Il commanda au peloton d'exécution de monter avec les prisonniers, afin de mieux les surveiller, expliqua-t-il. Gomez, le seul homme ayant fait partie du précédent peloton, ne manifesta aucune surprise. Il salua et se mit au volant du fourgon. Le capitaine monta dans la jeep, et, d'un coup d'avertisseur, donna le signal du départ.

Elle l'attendait, cachée dans un fourré bordant la route ; quand il la vit en sortir, il ralentit. Elle n'attendit pas l'arrêt complet de la jeep et grimpa en marche. Il remarqua qu'elle portait un treillis kaki, l'uniforme de l'armée de Tomasino. Un bref instant, il se demanda où elle s'était procuré cette tenue. Elle avait peut-être appartenu aux forces de guérilla de Tomasino, comme ç'avait été le cas de beaucoup de femmes de Cielo Azul. Quoi qu'il en fût, ces vêtements faciliteraient ses allées et venues et lui éviteraient d'être reconnue ; il lui en sut gré.

Elle ne desserra les dents qu'une fois pendant le trajet ; penchée vers lui, elle avait chuchoté avec sauvagerie :

— Je veux qu'il crève le dernier.

— Je vous l'ai promis.

Il l'imaginait déjà éprouvant une joie féroce à voir Laramate suer d'angoisse tandis qu'on fusillait les deux autres condamnés. Plus il la connaissait et plus il prenait conscience de sa cruauté. Un frisson lui parcourut le dos. Encore ce soir, se promit-il, et je ne la reverrai plus.

Il regrettait déjà de s'être autant compromis avec elle.

Parvenu au sommet de la colline, le fourgon s'arrêta dans un gémissement de freins. Cinq des hommes du peloton sautèrent à bas du véhicule tandis que le sixième restait pour garder les prisonniers. Le capitaine descendit de la jeep et se campa sur ses jambes ; le temps semblait les avoir raidies. Il indiqua à Gomez l'ordre dans lequel les prisonniers devaient être exécutés.

Maria Alba était restée assise dans la jeep. Bien que sa présence causât certainement un vif étonnement à tous les hommes du peloton, aucun d'entre eux n'en laissait rien paraître. Le fait de la discipline, pensa sardoniquement le capitaine. Le premier prisonnier sortit du fourgon en chancelant ; le capitaine le soutint par le bras et le dirigea vers le mur criblé de balles, sous la lumière électrique. A mi-chemin les jambes du prisonnier se raffermirent et il se dégagea brutalement de l'étreinte du capitaine.

Il y eut le rituel : le refus du bandeau, l'acceptation de la dernière cigarette. Le capitaine regagna sa place auprès du peloton d'exécution, il resta le dos tourné au prisonnier un intervalle de temps suffisant pour lui permettre de tirer quelques bouffées de plus ; puis il fit volte-face et lança d'une voix claire et forte :

— *Atencion ! Listo ! Apunten ! Tiren !*

Tout se passa à peu près de la même façon pour le second, sauf qu'il n'eut pas besoin d'être soutenu et refusa la cigarette. Quand il fut exécuté, le capitaine chercha des yeux Laramate dans le fourgon cellulaire ; il vit que Maria Alba se tenait à la portière, prête à y monter. D'un geste de la main, elle lui fit signe d'approcher.

Il s'avança vers elle, un étrange frisson avait figé son sang dans ses veines. Il ne parvenait toujours pas à s'expliquer ces brusques malaises. Trop d'exécutions ! pensa-t-il. Une permission lui ferait certainement le plus grand bien, peut-être même pourrait-il aller aux Etats-Unis. Soudain, il ressentit un désir intense d'être à nouveau chez lui, sur sa terre natale ; il maudit en silence sa faiblesse.

Une fois dans le fourgon, Maria Alba lui dit :

— Je désirerais vous parler seul à seul.

D'un mouvement de la tête, il congédia le soldat de faction qui sortit immédiatement. Laramate était assis à l'arrière, il observait le capitaine avec un petit sourire au coin des lèvres qui disparut à l'instant même où celui-ci le regarda. A nouveau, un malaise saisit le capitaine ; il se souvenait d'avoir déjà vu un tel sourire chez Gomez et Maria Alba. En se retournant vers elle, il la vit sortir un revolver de son treillis et le braquer sur lui.

Encore une fois, la stupeur le laissa sans voix. Quelque chose lui dit qu'elle n'aurait jamais plus l'occasion de le surprendre. Laramate s'était prestement levé de son siège pour arracher de son étui le pistolet du capitaine.

297

— Votre uniforme me plaît beaucoup, capitaine, dit-il. Auriez-vous l'obligeance de me le confier ? Allons, dépêchez-vous !

Le capitaine avait toujours la gorge nouée. Il regarda Maria Alba avec douleur et colère. Elle lut dans ses yeux la question qu'il se posait.

— Il n'existait pas d'autre moyen de faire sortir Ramon de prison, dit-elle.

Le capitaine retrouva sa voix.

— Ainsi, vous aviez tout calculé !

Sa voix était rauque, à peine reconnaissable.

Elle fit oui de la tête.

— Mais alors, pour votre sœur, lui avez-vous pardonné ?

— Je n'ai jamais eu de sœur.

— Tout n'était que mensonge ? Même quand vous me déclariez votre amour ?

Elle montra les dents.

— J'étais tout aussi sincère que vous lorsque vous me déclariez le vôtre. Comment faire autrement ? Il fallait bien que je le dénonce pour faire croire que j'étais contre lui ; il fallait bien que je fasse semblant de nourrir une haine implacable à son égard pour que vous m'autorisiez à assister à son exécution.

Elle rit, d'un rire calme et sans joie.

— Eh oui ! son exécution.

Elle rit à nouveau.

— Et alors, ça vient ces habits, capitaine, dit Laramate d'un ton cassant. Je ne me répéterai pas.

« Impossible qu'ils se tirent d'affaire de cette façon », pensa le capitaine en ôtant son uniforme pour endosser les vêtements de bure de Laramate ; ces derniers étaient à sa taille. « Je devine leurs projets, mais ils oublient un petit détail : ces soldats, là-bas, sont mes soldats et je suis leur capitaine. C'est à moi qu'ils obéiront et non pas à eux. Rira bien qui rira le dernier. »

Laramate lui enfonça le canon de son pistolet dans le dos et le poussa hors du fourgon.

— Au mur, hurla Laramate, sous la lumière.

Le cœur du capitaine battit la chamade. Il étouffa un cri de panique. Il lui fallait attendre que Laramate le quitte, pour ne plus être sous la menace de son pistolet. Alors, il lui montrerait de qui le peloton d'exécution recevait ses ordres.

— Nous n'avons malheureusement pas le temps de vous offrir un bandeau et une cigarette, capitaine, j'en suis vraiment désolé.

Laramate s'éloigna tandis que le capitaine demeurait seul sous la lumière aveuglante de la lampe électrique.

— Sergent, hurla le capitaine, abattez ce traître ! Gomez, ne savez-vous pas qui c'est ? Laramate ! Vous ne le reconnaissez donc pas ? Mais pourquoi ne faites-vous rien ? Vous ne comprenez pas ce qui se passe ? Abattez-le tout de suite, Gomez !

Mais Gomez arborait un large sourire, un sourire semblable à celui que le capitaine lui avait vu dans la cour deux jours auparavant ; le reste du peloton souriait également. Ils étaient tous de connivence. D'une façon ou d'une autre, on avait substitué au détachement régulier les hommes de Laramate. Voilà qui expliquait l'absence de Rivera et...

Il jeta un coup d'œil furtif vers Maria Alba et il vit qu'elle l'observait avec un grand intérêt. Du moins ne souriait-elle pas, non plus que Laramate.

Il entendit hurler les ordres qui lui étaient si familiers ; seulement ce fut par une voix plus grave et plus âpre que la sienne ! La voix de Laramate :

— *Atencion ! Listo ! Apunten ! Tiren !*

The executioner.
Traduction de Philippe Héroux.

JE T'AIMERAI TOUJOURS

par Fletcher Flora

Nous habitions une grande maison blanche située sur trois hectares de terrain à courte distance de la ville. Des chênes, des érables et un pin solitaire ornaient le profond jardin devant la maison. A l'arrière, il y avait une grange peinte en rouge. Nous n'élevions pas de bétail, sauf si l'on considère comme tel quelques poules et un coq mais, derrière la grange, s'étendait une large parcelle de terre que nous utilisions en jardin potager pour notre consommation personnelle, le surplus étant vendu au marché. J'aimais y travailler : planter, arroser, récolter, et ne me plaignais même pas d'avoir à sarcler les jours de grosse chaleur car, tout au bout de la propriété, entre deux rives bordées d'arbres et de buissons, courait un ruisseau agrémenté d'un trou d'eau profond où je pouvais me baigner nu quand le travail était terminé. Je me souviens d'avoir entendu mon père dire, très tôt, que j'avais la main verte. Nous cultivions carottes et oignons, radis, petits pois et haricots, des tomates, des pommes de terre, et même du maïs doux, si bien que pendant toute la saison, c'est-à-dire du début du printemps jusqu'aux premières gelées, nous avions toujours quelque chose de bon à aller chercher au jardin. Mon père était fier de son potager et s'en occupait avec amour, mais un jour mon père mourut.

Je ne m'étendrai pas sur sa disparition. A l'époque, j'eus l'impression qu'il était vieux. En fait, il était encore jeune. Il mourut un jour d'hiver et, au printemps, il fallut labourer et semer. Allant toujours à l'école, je me demandai comment j'allais pouvoir y arriver tout seul mais j'essayai tout de même, et ma mère m'aida. Malgré nos efforts, une partie du terrain dut rester en friche pendant deux saisons. Il y eut de tout en quantité suffisante pour nous deux mais très peu de surplus pour le marché.

Vêtue d'une paire de jeans délavés et d'une chemise d'homme échancrée dont elle roulait les manches, ma mère travaillait tête nue au jardin, ne se cachant pas du soleil qui dora sa peau et l'embellit un peu plus. Son corps mince et juvénile de même que ses cheveux coupés court sur la nuque lui donnaient une silhouette alors très à la mode. Dans mon esprit, et comme je l'avais d'ailleurs pensé pour mon père, elle avait toujours été vieille. Je suppose que tous les jeunes garçons voient leurs parents de cette façon mais, la découvrant hâlée et si belle, je pris conscience qu'elle n'avait sans doute jamais cessé de ressentir dans sa chair les maux étranges et les désirs indéfinissables que je commençais à éprouver moi-même. Quand mon père mourut, elle ne devait pas avoir plus de trente et un ou trente-deux ans mais elle était fatiguée par le travail et l'inquiétude et, maintenant, je sais qu'elle était très seule. Il lui arrivait rarement de sortir pendant la journée, si ce n'est pour aller faire les courses environ une fois par semaine et je ne me souviens pas qu'elle se soit absentée le soir plus d'une huitaine de fois dans les deux ans qui suivirent la mort de mon père.

Au printemps et en été, nous passions nos soirées assis sur la véranda enclose de moustiquaire qui courait sur tout l'arrière de la maison. Le plus souvent nous parlions de choses sans importance, sans jamais aborder celles, plus secrètes, qui comptaient. En général, et bien qu'attentifs au coassement des grenouilles au bord du ruisseau et même parfois au cri des chouettes dans les arbres au-delà de la grange, nous nous assoupissions doucement. Durant les soirées d'automne puis celles d'hiver, alors que la

301

température passait de fraîche à glaciale, nous restions à l'intérieur près du feu et je faisais mes devoirs pendant que ma mère raccommodait ou bien écoutait les airs d'Irving Berlin sur le phonographe, ou encore lisait *The Side of Paradise* ou *The Beautiful and Damned* ou *The Plastic Age* ou n'importe quel autre roman de l'époque qu'elle avait emprunté à la bibliothèque municipale la dernière fois qu'elle était allée en ville. Nous avions tous les deux envie d'avoir une radio, mais ne pouvions nous le permettre.

Je n'oublierai jamais le second hiver qui suivit la mort de mon père. C'était en 1926-27 et j'avais eu quinze ans au printemps précédent. Je m'en souviens parfaitement car tout sembla arriver d'une façon précipitée, les choses s'accumulant, se bousculant, comme pressées d'en finir rapidement, mais il est probable que cette impression vient du fait que je commençais alors à prêter plus d'attention qu'auparavant aux événements qui avaient lieu en dehors de ma petite vie étroite. Quoi qu'il en soit, je crois qu'une sorte de fièvre imprégna toute cette époque où chacun semblait faire des efforts désespérés pour profiter au maximum de la moindre chose. Ma mère partagea cette fièvre avec des millions d'autres personnes et elle suivit avec un intérêt avide toutes les histoires à sensation, de la mort de Rudolph Valentino, qui eut lieu en août, aux divers scandales découlant du procès intenté par Mme Browning contre son mari. Je me souviens d'elle lisant avec beaucoup d'attention le compte rendu des escapades de « Peaches » et « Daddy » mais ce que je me rappelle le plus nettement c'est la fascination presque obsessionnelle avec laquelle elle suivit l'affaire Hall-Mill et, peu de temps après, l'affaire Snyder-Gray. Il y avait eu meurtre dans les deux cas, tous deux passablement sordides mais le dernier en particulier ne serait pas devenu une sorte de spectacle d'intérêt national s'il n'avait pas impliqué l'éternel triangle romanesque dont l'un des acteurs, le meurtrier, était un vendeur de corsets membre de l'Eglise presbytérienne. En conséquence, l'affaire fut

302

relatée au public par un groupe de notabilités comprenant le célèbre évangéliste Billy Sunday qui obtint de Dieu quelques jours de congé afin d'apporter à cette affaire son attention toute particulière !

Est-ce que tous mes souvenirs datent vraiment de cette époque ? N'oubliez pas que je n'avais que quinze ans. Il est possible que non. Peut-être ont-ils été renforcés par des articles que j'ai lus plus tard. De toute façon, cela n'a pas réellement d'importance car ce ne sont ni l'agitation générale ni le déchaînement des ragots qui permirent à cette période de ma vie de s'implanter si fermement dans ma mémoire. Elle y est définitivement inscrite à cause de deux événements parfaitement calmes et intimes qui eurent lieu pendant cet hiver-là et, aussi, par ce qui résulta de l'hiver suivant.

Le premier de ces événements fut simplement une conversation que j'eus avec ma mère. C'était un soir, peu de temps après Noël, en janvier je crois. Comme cadeau commun, nous avions finalement décidé d'acheter une radio — un modèle incorporé dans un meuble assez travaillé — et j'étais occupé à faire des devoirs d'algèbre pendant que ma mère écoutait un programme musical. Je ne me souviens pas du programme. Peut-être les A & P Gypsies ? Je ne suis pas sûr qu'en janvier 1927 Rudy Valee ait déjà été un favori du public. De toute façon, quel que fût le programme, il se termina et ma mère, éteignant brusquement la radio, se mit soudainement à me parler comme si ses réflexions, portées par la musique, venaient juste d'arriver à une conclusion.

— C'est trop, dit-elle.
— Quoi donc ?
— Le travail. Le jardin et cette maison.
— J'aime bien ici. Ça ne me fait rien de travailler. S'il te plaît, essayons de rester.
— L'assurance que j'ai touchée pour ton père diminue. Si nous ne faisons pas attention, d'ici quelques années nous n'aurons plus rien.

— Ce printemps, je planterai une plus grande surface du jardin.

— Ce ne sera pas suffisant. Quand ton père était là, il avait un emploi en ville et s'occupait du jardin le soir et pendant les week-ends.

— Je suis plus vieux maintenant. Je peux trouver un travail.

— Qu'est-ce que tu peux faire à quinze ans ? Distribuer des journaux ? Ça serait peut-être mieux de tout vendre et louer une petite maison ou un appartement. Je pourrais aller travailler, prendre un emploi de vendeuse et suivre des cours du soir pour apprendre la sténodactylo. Par la suite, je pourrais avoir une bonne place dans un bureau.

— Je ne veux pas partir. Je ne veux pas aller vivre ailleurs.

La conversation s'arrêta là mais je ne pouvais m'empêcher d'y penser et cela me contrariait. L'idée de vendre notre maison m'attristait et me tourmentait. La vérité est que je l'aimais et ne voulais jamais la quitter. Un poète a écrit un jour que les rêves de la jeunesse sont des rêves d'évasion ; je suppose que la plupart des garçons ne pensent qu'à partir et parcourir le monde. Tout ce que je désirais et demandais était de vivre toute ma vie sur ces trois hectares de terre. Ça me convenait parfaitement.

Janvier puis février s'écoulèrent et ce fut au début mars, dans la froidure d'un samedi matin lumineux, que le second événement eut lieu. Je venais de descendre jusqu'à la boîte aux lettres en bordure de l'étroite route goudronnée et, alors que j'étais là, le courrier à la main, je vis dans la courbe du chemin un étranger qui approchait dans ma direction. Je remarquai tout de suite que ce n'était pas un clochard, ou alors c'était un clochard pas ordinaire ! Grand et mince, il portait une casquette de velours côtelé avec des pattes se rabattant sur les oreilles. Il était vêtu d'une chemise de flanelle rouge vif, d'une lourde veste et d'un pantalon de la même étoffe que la casquette. Il était chaussé de souliers confortables aux semelles épaisses. Il tenait un bâton fait d'une branche d'arbre proprement nettoyée et était chargé d'un sac à dos retenu par deux sangles lui passant sous les aisselles. Quelque part sur son chemin, en ce matin froid et lumineux, il avait pris le temps de chercher un endroit où se raser. Il respirait la netteté et le confort ; lorsqu'il se trouva plus près de moi, je vis un jeune visage attrayant au sourire facile et des yeux bruns pétillants. Il s'arrêta, s'appuya sur son bâton et me parla :

— Bonjour, mon gars.

Je répondis poliment à son salut et son regard, au-delà des chênes et des érables, alla se poser sur la maison à l'extrémité de la longue pelouse.

— C'est un endroit charmant, dit-il. Tu habites là ?

L'en ayant assuré, il continua :

— Dans quelques semaines ce sera magnifique : la couleur du gazon, les arbres feuillus, les taches d'ombre et de soleil sur le sol... Dommage que je ne puisse m'attarder pour le voir.

C'est comme ça qu'il parlait. Ce que je veux dire, c'est qu'avec des mots simples il exprimait facilement ce que je ressentais mais ne savais expliquer.

— C'est joli au printemps et en été, ajoutai-je.

— Je suis sûr que ce doit être superbe.

Son regard, embrassant une nouvelle fois l'image offerte, revint se poser sur moi :

— La matinée est bien fraîche et je viens de faire une longue marche. Je me demande si, par chance, il te resterait une tasse de café du petit déjeuner ?

— Ça, je l'ignore. Mais s'il n'y en a plus, je peux en faire du frais.

— Et voilà ! J'ai vu tout de suite que tu avais bon cœur. Je serai très heureux d'accepter ton hospitalité.

Nous traversâmes donc la pelouse, fîmes le tour de la maison et, après avoir franchi la véranda, entrâmes dans la cuisine où régnait une bonne chaleur. Ma mère venait juste de sortir le pain du four et nous fûmes enveloppés d'une odeur délicieuse. Elle se tenait près de la cuisinière lorsque nous arrivâmes. Son visage avait pris un peu de couleur du fait de la chaleur du four et ses cheveux courts étaient ébouriffés, et soudain, avec le sentiment de surprise que j'éprouvais chaque fois que j'en faisais pour ainsi dire la découverte, je trouvai que ma mère était belle. J'allais présenter mon invité et sur-le-champ me sentis stupide lorsque je m'avisai que je ne connaissais même pas son nom. Il vint aussitôt à mon secours :

— Permettez-moi de me présenter. Je m'appelle James Thrush. Je suis un vagabond, pas un clochard cependant. Il y a une grande différence entre les deux, et je crois pouvoir dire qu'elle est très évidente chez moi. Cet obligeant garçon, votre jeune frère si je ne me trompe, m'a aimablement proposé d'entrer pour prendre une tasse de café.

Il avait ôté sa casquette, découvrant une épaisse chevelure brune quelque peu emmêlée sous celle-ci, mais on voyait qu'il avait pris le soin de se coiffer auparavant et aussi que ses cheveux étaient bien coupés. Ma mère le regarda sans grande expression et je pus voir qu'elle se demandait comment elle devait accepter cette référence de sœur aînée : erreur honnête, ce qui la rendait agréable ; ou bien flatterie flagrante, ce qui la rendait blessante ? Après un moment, elle sourit ; c'était un sourire heureux.

— Mais je vous en prie. Je m'appelle Elizabeth Caldwell et voici mon fils Mark.

Il n'épilogua pas sur son erreur, qu'elle eût été sincère ou non. Il dit simplement, d'un air grave, être très heureux de faire notre connaissance. Et je pense que ma mère, dès ce moment, fut convaincue qu'il ne l'avait pas prise pour une sotte.

— Posez votre sac à dos et mettez-vous à l'aise, lui dit-elle. Il ne reste plus de café, mais je vais en faire du frais.

Nous nous assîmes autour de la table de la cuisine pendant que le café passait. Ils burent le leur noir et je pris le mien avec du lait et du sucre ; nous mangeâmes aussi d'épaisses tranches de pain beurré encore chaud. A nous trois un pain entier disparut et James Thrush s'excusa d'être si gourmand, mais ma mère était visiblement heureuse de le voir manger ainsi. Elle appréciait aussi sa propreté, sa façon de se tenir, et la facilité avec laquelle il s'exprimait, employant toujours le mot juste. A vrai dire, il était loin d'être ignorant et, après un moment, il nous raconta que, après avoir servi dans la Force expéditionnaire américaine pendant la dernière guerre, il avait suivi des études en sciences humaines à l'université du Kansas. Depuis, il avait passé la plus grande partie de son temps à parcourir le pays.

— Avec une éducation universitaire, dit ma mère, c'est curieux que vous n'ayez pas préféré vous installer quelque part pour avoir un bon emploi.

— Pour faire quoi ? Le travail de bureau n'est pas du tout mon genre. J'aurais peut-être pu enseigner, mais une salle de classe ne m'attire pas beaucoup non plus.

— Vous ne travaillez donc jamais ?

— De temps en temps, ici ou là, pour couvrir ce que j'appellerai mes frais de voyage. Mais vous savez, pour des raisons totalement différentes, je fais un travail qui occupe tous mes instants. J'écris de la poésie.

— Des poèmes ?

— Oui, je suis poète. Un bon poète, si vous voulez bien excuser ce manque de modestie. Mon sac à dos s'alourdit sans cesse de carnets couverts d'écriture. Croyez-moi, madame Caldwell, écrire des poèmes est un travail. Un travail *très dur*. Malheureusement, cela rapporte peu.

— Est-ce que vous les vendez ?

— J'en vends quelques-uns, j'en donne d'autres. C'est ça, la poésie ! Si vous prenez la peine de chercher, vous me trouverez dans la collection Little Magazines. J'ai publié un livre ; j'en ai d'ailleurs un exemplaire avec moi. Je vous le laisserai avant de partir, en remerciement pour votre hospitalité.

— Je serai très heureuse de le garder, dit ma mère.

Il avait suspendu sa veste au dossier d'une chaise. D'une poche de côté, il sortit une courte pipe noire et le tabac qu'il conservait dans une blague de cuir.

— Est-ce que la fumée vous dérange ?

— Non, pas du tout. J'allais justement allumer une cigarette.

Après la mort de mon père, ma mère s'était mise à fumer, ce qui était, à cette époque, encore très mal vu pour une femme. Je suppose qu'elle avait commencé à le faire pour trouver un dérivatif à son ennui et à sa solitude. D'un paquet qu'elle gardait dans la poche de son tablier, elle tira une cigarette et se pencha au-dessus de la table vers l'allumette que le poète venait de faire craquer sur l'ongle de son pouce.

L'approchant ensuite du fourneau de sa pipe, il tira quelques bouffées pour faire prendre le tabac et nous dit :

— Je pars dès que j'ai terminé ma pipe. Je vous ai importunés suffisamment longtemps.

— Vous ne nous dérangez pas du tout. Ne vous croyez pas obligé de vous presser, dit ma mère.

Au son de sa voix et saisissant dans son regard la révélation d'un désespoir qu'elle n'avait pas su cacher, il me sembla à cet instant que, chose étrange, elle répugnait à le voir partir. En vérité, je ne tenais pas non plus à ce qu'il s'en aille. De toute ma vie, c'était la première fois que je rencontrais quelqu'un qui m'ait plu dès le premier instant, quelqu'un capable de donner l'illusion, en un si court intervalle, qu'il était depuis toujours l'ami sur lequel on peut compter.

— Je dois avouer, dit-il, que je suis tenté de m'attarder. Je vous suis très reconnaissant, à vous et à votre fils, de ce délicieux moment. Il est dommage que je n'aie pas eu le plaisir de faire la connaissance de votre mari.

— Mon mari est mort.

— Oh ! Je suis désolé.

En silence, il tira sur sa pipe pendant quelques minutes.

— Vous habitez une fort jolie maison.

— Oui, mais qui devient parfois un fardeau. Il y a trop de travail pour Mark et moi.

— Vous avez beaucoup de terrain ?

— Trois hectares. Nous avons un grand jardin potager plus bas que la grange. Mark et moi essayons de le cultiver, mais c'est beaucoup trop. Depuis la mort de mon mari, nous n'avons pu en utiliser qu'une partie.

— Cela doit être dur en effet pour une femme et un jeune garçon. Vous auriez besoin d'un homme solide.

— Vous êtes un homme, lâchai-je brusquement.

Les yeux bruns se tournèrent vers moi, les sourcils se haussèrent en une expression de surprise. Son éclat de rire fut gai et communicatif.

— Je l'espère bien ! dit-il. Quoique dans certains milieux un poète soit souvent considéré comme beaucoup moins qu'un homme.

— Vous pourriez rester, continuai-je. Si vous voulez, rien ne vous en empêche.

— Mark, s'interposa ma mère, ne sois pas effronté, s'il te plaît.

— Non, il a raison.

James Thrush pointa le fourneau de sa pipe dans ma direction.

— De plus, je trouve que son idée ne manque pas d'attrait. De toute façon, il va falloir que je m'arrête bientôt quelque part pour trouver un emploi temporaire et augmenter mon pécule. A moins de vivre comme un clochard, ce que je refuse absolument, on ne peut voyager indéfiniment sans argent.

— Mais je n'ai pas les moyens de vous payer, intervint ma mère. Vous seriez bien nourri, je pourrais vous fournir un endroit au sec pour dormir, mais c'est tout.

— Mon travail contre mon hébergement — c'est un échange raisonnable ! Il me sera peut-être possible de gagner un peu d'argent en ville, si je trouve de petits travaux à faire par-ci par-là. Vous savez, mes dépenses sont vraiment minimes. Madame Caldwell, voulez-vous louer un ouvrier agricole pour la saison ?

— Je ne nierai pas que ce serait un grand soulagement pour Mark et moi.

— Dans ce cas, c'est entendu. Voilà ma main pour sceller notre accord.

Gravement, ils se serrèrent la main par-dessus la table puis, se renversant contre le dossier de sa chaise, il se mit à suçoter sa pipe à petits coups répétés avant de se tourner vers moi.

— Tu vois, Mark, il semble bien que, finalement, je verrai vos arbres magnifiques lorsqu'ils seront en feuilles.

Le fait est qu'il les vit.

Afin de respecter les convenances, nous tombâmes d'accord qu'il serait mieux de ne pas le garder à la maison durant la nuit. L'ancienne sellerie dans la grange était inutilisée : nous y transportâmes un lit de camp, lui fournîmes bon nombre de couvertures pour qu'il ait suffisamment chaud pendant les dernières nuits fraîches de mars et même d'avril. Il la meubla de bric et de broc, mit sur les cloisons des photos découpées dans de vieux magazines. Somme toute, il en fit un petit coin confortable. Il prenait ses trois repas quotidiens dans la cuisine avec ma mère et moi ; le soir, après dîner, il était toujours le bienvenu s'il voulait s'attarder avec nous jusqu'à l'heure d'aller dormir. Très souvent, à ma grande satisfaction, il me prenait le torchon des mains pour essuyer la vaisselle à ma place. Il n'alla jamais en ville chercher quelques travaux à faire, ce qui m'amena à penser que ses fonds ne devaient pas être aussi bas qu'il nous l'avait laissé entendre. Je crois qu'il gagna un peu d'argent avec les poèmes qu'il écrivit pendant qu'il était chez nous. De temps à autre, il laissait dans la boîte aux lettres, afin que le facteur la prenne, une longue enveloppe et, à plusieurs reprises quand je rapportais le courrier, je remarquai des lettres qui lui étaient retournées à notre adresse. Les enveloppes étaient libellées de sa main, elles avaient donc dû être jointes aux lettres qu'il avait lui-même envoyées, mais elles étaient moins épaisses, plus légères aussi, ce qui m'incita à croire que les poèmes avaient été retirés et, peut-être, remplacés par un chèque.

James était un bon travailleur. Il prépara le terrain pour les semailles et, plus tard, y planta ce qui devait être mis en terre tôt dans la saison. Bien sûr, ma mère, et moi l'aidions autant que nous le pouvions ; ma mère quand son travail dans la maison était terminé et moi, lorsque je n'étais pas à l'école, mais c'était tout de même lui qui effectuait le plus gros du travail. Lorsqu'il était arrivé chez nous il était mince, gai, buriné par le vent et le soleil ; après quelques temps passé avec nous, le gîte et le couvert assurés, il sembla acquérir en plus — et apprécier — le calme bienfaisant d'une vie mesurée. Mais, comme nous aurions dû le savoir, ce n'était que temporaire.

Je suis toujours étonné de constater, lorsque je pense à cette période de ma vie, que mon souvenir d'incidents liés à notre vie privée cet hiver-là, ou au cours du printemps et de l'été qui suivirent, est toujours fixé dans ma mémoire, par des événements de l'époque. Par exemple, je peux dire exactement la première fois où je me suis rendu compte que ma mère était tombée désespérément amoureuse de James Thrush. C'était au soir du 21 mai 1927. Je m'en souviens, car c'est ce jour-là que Charles A. Lindbergh atterrit à Paris après son vol depuis New York et il sembla que tout le pays était pris d'une joie hystérique, laquelle atteignit même notre petite ville et je me rappelle que le quotidien local fut vendu avec un supplément de quatre pages. Ce soir-là, alors que je revenais du poulailler avec ma récolte d'œufs, je trouvai James Thrush en train de fumer sa pipe assis sur les marches de la véranda derrière la maison. Je portai les œufs dans la cuisine et revins m'asseoir à côté de lui ; j'avais fini mes travaux de la journée.

— Vous savez pour Lindbergh ? lui demandai-je.
— Jusqu'avant-hier je n'avais jamais entendu parler de

lui. Depuis, non seulement moi, mais des millions d'autres gens ont eu de la peine à entendre parler de quelqu'un d'autre.

— Je crois que c'est quand même un héros, non ?

— Oui, je pense...

— Si vous voulez mon avis, ça vaut quand même mieux que d'entendre parler de Judd Gray.

— Ça c'est vrai.

Il était assis dans le crépuscule, le regard perdu au-delà du toit de la grange, tout entier absorbé par les bruits environnants, comme s'il voulait entendre séparément chaque son lui parvenant des prairies et des arbres. Il continua :

— Mais tu sais, ce vieux Judd n'était pas sans posséder quelques qualités assez curieuses. Bien sûr, c'était un pauvre diable mais en tant que caractère il était peut-être plus intéressant à étudier que la plupart de ceux que l'on considère comme des héros.

— Comment ça ?

— Comment ? Eh bien, il était l'exemple parfait du strict moraliste qui sombre dans le péché. En tant que tel il était incapable d'évaluer ses péchés. Ou ses crimes, si tu préfères. Une fois que tu as commis un adultère, tu peux aussi bien continuer et perpétrer un meurtre. Dieu te tient dans les deux cas.

— Tout ça ne semble pas bien raisonnable.

— Le vieux Judd n'était pas un homme raisonnable.

Je ne savais que répondre à cela et de toute façon je n'eus pas à le faire, car ma mère venait de sortir de la maison, s'avançant vers nous.

— Le dîner est prêt. Allez vous laver les mains tous les deux.

— Moi c'est fait, dit James Thrush. Mark, saute. J'ai faim.

Quand je fus prêt, nous mangeâmes et, la vaisselle terminée, restâmes assis dans la cuisine. James Thrush fumant sa pipe, ma mère lui tenant compagnie avec une cigarette.

— Il faudra que j'aille en ville demain ou après-demain, dit-il.

— Pourquoi ? demanda ma mère.

— Mes cheveux commencent à être un peu longs. J'ai horreur de dépenser de l'argent pour ça, mais je crois que je vais devoir y passer.

— Si vous voulez, ça ne m'ennuie pas de vous les couper.

— Ma foi, je ne sais pas...

Il la regardait d'un air indécis.

— Je ne pense pas être plus vaniteux qu'un autre mais je n'ai pas envie d'être massacré.

— Je coupe les cheveux de Mark. A-t-il l'air massacré ?

— Je dois reconnaître que non. Etes-vous sûre que ça ne vous dérange pas ?

— Mais non, voyons ! Installez-vous sous la lumière pendant que je vais chercher mon matériel.

Sous la lumière, James Thrush s'assit sur une chaise à dossier droit et ma mère lui attacha une serviette propre autour du cou. Je sortis dans la véranda et restai là, contemplant la grange et, au-delà, la ligne des arbres bordant le ruisseau. Après quelques minutes, je me retournai et regardai derrière moi dans le rectangle de lumière de la porte de la cuisine ; c'est à cet instant que, en un éclair, je sus que ma mère aimait James Thrush. Je les voyais de profil, lui sur la chaise, elle debout à côté de lui. Dans la main droite, elle tenait les ciseaux en suspens et sa main gauche était posée sur le haut de la tête de James Thrush pour la lui faire tourner un peu de ce côté-ci, ou un peu de ce côté-là, selon le besoin. Tout ceci est assez ordinaire, me direz-vous, mais ce qui l'était moins c'est l'expression qui se lisait sur le visage de ma mère. Les yeux presque clos, la bouche entrouverte, son visage révélait l'image d'un bonheur absolu comme si la sensation qu'elle

313

éprouvait au toucher des épais cheveux bruns était presque plus qu'elle n'en pouvait supporter.

Ce fut un choc pour moi. Je fis volte-face, me sentant honteux d'avoir par inadvertance violé son intimité. Je me rappelle avoir ressenti une profonde peine à l'égard de mon père mort depuis peu de temps, mais cela passa vite. Voyez-vous, j'aimais beaucoup James Thrush. A partir de ce soir-là, je me mis à espérer qu'il aimerait ma mère autant qu'elle l'aimait, qu'il l'épouserait et ne partirait plus jamais.

A sa façon, je crois qu'il l'aimait. J'en suis même sûr. Après tout, ce n'était pas sa faute si son esprit était avide de liberté et si les pieds le démangeaient dès qu'il n'était plus sur la route. Ce fut notre tort, à ma mère et à moi, d'avoir voulu le retenir. Nous aurions dû savoir qu'un moment viendrait où ce ne serait plus possible. Quoi qu'il en soit, le printemps s'écoula, puis l'été, et le temps passa, agréable, et sans bien savoir pourquoi la vie fut en somme assez passionnante. Au jardin, la saison fut pour ainsi dire parfaite avec suffisamment de pluie et de courtes nuits tièdes favorisant la montée silencieuse de la sève. Tout ce qui avait été planté vint à maturité en abondance et il y eut de tout en quantité tant pour manger que pour vendre.

Un soir de juin, après le repas, nous étions assis dans la véranda derrière la maison. Le chœur des grenouilles s'élevait du ruisseau parmi la multitude de sons divers qui font vivre les chaudes nuits d'été. Entre la maison et la grange, le jardin était baigné d'or blanc.

— C'est une nuit superbe, dit James Thrush. Une nuit propre à laisser vagabonder son imagination et ses rêves. Qui veut venir se promener ?

— Moi, dit ma mère.

James Thrush se tourna vers moi :

— Mark ?

— Non, je suis fatigué. Je reste ici.

— Comme tu veux. Ta mère et moi, nous allons voir si

314

les lutins sont en train de faire des merveilles parmi les arbres le long du ruisseau.

Je les regardai s'éloigner tous deux sur la pelouse baignée de lumière et passer dans l'ombre de la grange, puis je m'allongeai sur le vieux canapé que l'on gardait dans la véranda. Après un moment, bercé par la musique des sons de la nuit, je m'assoupis. Je dormis profondément et, lorsque je m'éveillai, ma mère se tenait dans la lumière de la porte de la cuisine. Je ne bougeai pas et ne dis rien, l'observant à travers mes paupières mi-closes. Son visage offrait presque la même expression extatique que j'avais remarquée lorsqu'elle coupait les cheveux de James Thrush, mais je faillis ne pas percevoir la différence subtile qui l'imprégnait ce soir-là. Enfin je compris que le désir ardent qui l'habitait jusqu'alors avait été comblé. Ce n'était plus seulement elle qui aimait. Quelque part dans la complicité de l'ombre des arbres, au bord du ruisseau, dans la tiédeur de la nuit d'été, on *l'avait* aimée.

Je fermai les yeux. Après un moment elle s'approcha et, se penchant sur moi, me secoua doucement l'épaule.

— Il est tard. Va te coucher.

Je perçus une voix rêveuse, plus mélodieuse qu'à l'ordinaire, comme bercée par l'accent et le rythme de sa nuit enchantée.

Je me levai et montai me coucher mais, m'étant assoupi si longtemps, je ne pouvais me rendormir. Allongé dans le noir, je me mis délibérément à penser à ma mère et à James Thrush. Aurais-je dû être en colère ? Je ne l'étais pas. Bien au contraire, j'étais rempli d'une sorte de bonheur tranquille et égoïste. Maintenant, James Thrush allait sûrement rester pour toujours. Maintenant, nous allions demeurer ensemble dans la maison que j'aimais, lui, ma mère et moi, et tout finirait bien par s'arranger.

Pendant une longue période, tout cela sembla être vrai. La nuit enchantée se prolongea pour devenir jours, semaines et même mois enchantés et je ne crois pas possible que, sur cette terre, trois autres personnes aient jamais autant de plaisir à travailler ensemble ou à partager tant d'émotion dans l'accomplissement des tâches simples de la vie quotidienne. Ma mère brunit et devint de plus en plus belle au soleil de l'été. Elle semblait habitée d'un rayonnement intérieur comme si son corps, devenu diaphane, donnait à sa peau un aspect satiné et, de jour comme de nuit, parait ses courts cheveux bruns d'un chatoiement de clair de lune. L'émerveillement enfantin avec lequel elle embrassait chaque nouvelle journée aurait pu faire croire que tout était pour elle découverte constante, ou bien qu'elle voyait les choses d'une façon différente, avec une sorte de joie réprimée, comme si elle pouvait à nouveau ressentir tout avec beaucoup plus d'intensité. Je me demandais ce qu'ils se disaient au cours des longues promenades qu'ils faisaient le soir et toutes les autres fois où ils se trouvaient seuls. Je me demandais aussi à quel moment ils arriveraient à se mettre d'accord pour qu'il abandonne la sellerie et vienne s'installer dans la maison. Enfin, il n'y avait pas de raison de se presser. Je pensai qu'ils aimaient le voile d'incertitude qui planait sur leur vie à ce moment-là. Il serait toujours temps en automne quand les nuits s'allongent et que le temps fraîchit.

Les pénibles chaleurs d'août déclinèrent et septembre arriva ; l'école commença et notre long armistice avec la réalité prit fin. Il se termina abruptement, brutalement, un soir vers la fin septembre. Bien que la soirée fût fraîche, James Thrush et ma mère étaient sortis se promener vers le ruisseau au-delà de la grange et du jardin et, bien plus tard, ma mère revint seule. Assis à la table de la cuisine et faisant mes devoirs, je remarquai tout de suite que quelque chose n'allait pas. Elle semblait frappée de stupeur et se déplaçait comme une aveugle. Il y avait quelque chose d'atrocement fermé dans son attitude ; elle semblait être repliée au plus profond d'elle-même, toute vie arrêtée. Raidie, elle s'assit à la table, les yeux perdus dans le vague, le visage exsangue et sans expression.

— Qu'est-ce qu'il y a ? demandai-je.

— Il part.

— James Thrush ?

— Oui, James Thrush.

— Il s'en va où ?

— Ailleurs. Juste ailleurs. Demain, il s'en va ailleurs.

— Je pensais qu'il ne le ferait pas. Je croyais qu'il allait rester ici pour toujours.

— Il part. Il part demain.

— Il est où maintenant ?

— Dans la grange. Dans sa chambre.

— Je vais y aller et lui parler.

Elle ne répondit pas. Je me levai et me dirigeai vers la grange. James Thrush était dans la sellerie, en train de ranger ses affaires dans son sac à dos. La pièce était éclairée par une lampe à pétrole et mes pieds étaient juste au centre de l'ombre de sa tête sur le sol. Lorsqu'il me vit entrer, il se détourna et se tint face au lit, le regard obstinément fixé sur diverses choses qu'il avait étalées sur les couvertures. Bien qu'il me parlât doucement et sans qu'un soupçon de colère ne parût dans sa voix, je discernai pourtant dans son attitude une nuance d'irritation.

— Je pars. Je pars parce qu'il est temps que je m'en aille. Je fais toujours ce que je dois faire quand je dois le faire.

— J'aimerais que vous restiez.

— Est-ce que j'ai jamais dit que j'allais rester pour toujours ?

— Non, jamais.

— J'ai rempli ma part du contrat, non ?

— Je ne peux pas dire le contraire.

— J'ai fourni le maximum pour ce que j'ai reçu, non ? Mon travail contre mon hébergement. C'était bien convenu comme ça, non ?

— C'est vrai.

— Et si j'ai reçu plus que l'hébergement, je n'ai pas non

plus rechigné sur le travail. Je n'ai pas menti et je n'ai jamais fait de promesses, vrai ?

— Non, jamais.

— Mark, je t'aime bien et j'ai été très heureux de te connaître mais maintenant il est temps que je m'en aille et demain, je pars.

— Où ferons-nous suivre votre courrier ?

— Il n'y en aura plus. J'ai reçu toutes les réponses que j'attendais.

— Ça serait gentil si vous disiez au revoir à ma mère avant de partir.

— Bien sûr, je lui dirai au revoir.

Je retournai à la maison. Ma mère était toujours assise à la table de la cuisine.

— Il s'en va, n'est-ce pas ?

— Oui, c'est ce qu'il dit.

Elle ne parla plus, ne bougea pas et il n'y avait rien que je puisse faire pour qu'il en soit autrement. Je ramassai mes affaires et montai dans ma chambre, la laissant seule. Le lendemain matin, elle n'était plus là. Le petit déjeuner n'étant pas prêt, je partis à l'école l'estomac vide. Je déjeunai à l'école et, cet après-midi-là, comme un fait exprès, je dus rester un peu plus tard pour rattraper un examen que j'avais manqué. Ainsi, et compte tenu du chemin que j'avais à faire à pied pour rentrer, il était presque six heures lorsque j'arrivai à la maison. Ma mère, encore assise à la table de la cuisine, était dans la même position que la dernière fois que je l'avais vue. Si je ne l'avais pas si bien connue, j'aurais pu jurer qu'elle n'avait pas bougé d'un centimètre depuis la veille, mais le soir d'avant son visage avait été comme un masque de pierre. Maintenant, c'était le visage égaré de quelqu'un embarqué pour toujours dans un rêve sans fin. Je lui demandai :

— Est-ce que James Thrush est parti ?

— Non. Il a décidé de rester. Il a changé d'avis parce qu'il m'aime. Il restera toujours avec nous.

— Où est-il ?

— Ici. Dans la petite chambre. Il s'est allongé. Nous étions en train de boire un café, comme la première fois quand il est arrivé chez nous et, tout d'un coup, il ne s'est pas senti bien. Il se repose.

J'allai jusqu'à la petite chambre et trouvai James Thrush allongé sur le lit. Il n'ouvrit pas les yeux quand j'entrai ni ne bougea lorsque je le touchai. Il avait les mains croisées sur l'estomac. Je fis demi-tour et retournai dans la cuisine. Le four était froid, rien n'avait été préparé. Assise à la table, ma mère fredonnait rêveusement un refrain de l'époque qui a survécu au passage du temps :

Je t'aimerai toujours — toujours
D'un tendre et fol amour — toujours

Elle ne prononçait pas les mots, chantonnant seulement la mélodie. Il fallait que je sorte. Je ne pouvais pas supporter de la voir ou de l'entendre. Je ramassai la boîte de cyanure, l'emportai dans la grange et la replaçai avec les autres insecticides.

Cette nuit-là, j'enterrai James Thrush, et tout ce qu'il possédait, au fond du jardin.

Je fis tout mon possible pour m'occuper au mieux de ma mère mais elle essayait toujours de sortir dans la nuit froide, pieds nus et en vêtements de nuit. Lorsque je m'en apercevais trop tard et partais à sa recherche, je la retrouvais toujours à proximité du ruisseau. Elle finit par contracter une pneumonie et mourut juste avant Noël.

Depuis, il y a eu une autre guerre, et d'autres encore après celle-là.

C'était il y a bien longtemps.

I'll be loving you.
Traduction de Christiane Aubert.

TABLE

ACHEVÉ D'IMPRIMER EN FÉVRIER 1992 SUR LES PRESSES DE
NUOVO ISTITUTO ITALIANO D'ARTI GRAFICHE - BERGAMO
POUR LE COMPTE DE FRANCE LOISIRS
123, BOULEVARD DE GRENELLE, PARIS.

N° d'Édition : 20672 — N° d'Impression : 4485
Dépôt légal : février 1992
Imprimé en Italie